云卷云舒 四时春

刘风雪 著

中国文史出版社

图书在版编目（CIP）数据

云卷云舒四时春 / 刘风雪著. —— 北京：中国文史
出版社, 2021.12

ISBN 978-7-5205-3430-7

Ⅰ.①云… Ⅱ.①刘… Ⅲ.①文学—作品综合集—中
国—当代 Ⅳ.①I217.2

中国版本图书馆CIP数据核字(2021)第246992号

责任编辑：卜伟欣

出版发行：中国文史出版社

社　　址：北京市海淀区西八里庄69号院　　邮编：100142

电　　话：010—81136606　81136602　81136603（发行部）

传　　真：010—81136655

印　　装：廊坊市海涛印刷有限公司

经　　销：全国新华书店

开　　本：710mm×1000mm　1/16

印　　张：21.5

字　　数：300千

版　　次：2023年1月北京第1版

印　　次：2023年1月第1次印刷

定　　价：58.00元

——·—— **目录** ——·——

辑三　所悟所启

辑六　所作所咏

辑一　所读所学

艺苑漫步

中国号称"诗国"，文化传统悠久，历来以文明古国闻名于世。五千多年来，出现了多少风流人物和灿烂辉煌的作品啊！令人叹为观止。

许多作家都有自己的创作风格和写作习惯，犹如嫣红的海棠、紫黛的玫瑰、鹅黄的月季、乳白的茉莉，构成了艺苑百花齐放的生动场景。

作家是人类灵魂的工程师。现当代作家中，写农村题材的最多。这使我们想起赵树理、柳青、王汶石、马烽、西戎、李準、孙谦、刘澍德……赵树理的小说，继承中国古典小说的传统，写景状物，简洁生动，故事性强，放得开，收得拢，语言幽默风趣，很大众化，为广大读者喜闻乐见。难怪他的成名作《小二黑结婚》《李有才板话》一问世，便轰动一时，不胫而走。他的以上两部作品，确实写得好，经得起时间的考验。解放后出版的《三里湾》《灵泉洞》都很好，故事性强，艺术技巧更臻于圆熟，很有吸引力。窃以为，他的个别作品，有些啰嗦絮叨。马烽、西戎、孙谦的作品风格相似，被称为"山药蛋派"，带有浓郁的乡土气息和地方特色，通俗、洗练、生动、耐人寻味。我很喜欢马烽的《三年早知道》《我的第一个上级》等。我上小学时，在语文课本上读过他的《韩梅梅》《马小翠的故事》，20多年过去了，至今还有印象。西戎的《赖大嫂》写得好，把一个农村妇女写得活灵活现，呼之欲出。遗憾的是，这样一篇优秀作品，在1962年后，被作为写"中间人物"的黑样板，受到批判。孙谦的《伤疤的故事》《火把节之夜》也写得很好，平淡中见波澜，作者在语言、结构、人物塑造上，别具匠心，是下了功夫的。王汶石的小说，不追求情节的离奇、玄虚，但布局巧妙、颇具匠心。他的《新结识的伙伴》《在沙滩上》《木匠迎亲》《新任队长王三》等，千回百转，波澜起伏，精彩纷呈，他的小说，语言更佳，继承了中国古典小说的优秀传统，加以改造和继承，准确、洗练、生动、传神，常常几句话，三言两语，使书中人物栩栩如生，呼之欲出。柳青的作品，浑厚、凝重、朴实，乡土气息浓郁。他的作品，短篇不多，大都是中长篇。文如其人，柳青的小说，如同他的人格气质，毫无矫揉造作之感。柳青前期的作品，有《种谷记》《铜墙铁壁》等，后期有《狠透铁》和描写农业合作化运动的丰碑作品《创业史》。杜鹏程的小说，粗犷、雄浑，很有气势，尤其他呕心沥血、几经寒暑、数易其稿的力作《保卫延安》问世后，引起轰动，成为向建国十周年献礼的优秀文艺作品之一。书中彭总的形象塑造得尤为生动传神，很感人。据说，杜鹏程当年提着沉重的《延安保卫战》的手稿来到北京人民文学出版社，当时的社长冯雪峰同志接待了他。冯不愧是"伯乐"，独具慧眼，认为这是描写战争题材的不可多得的优秀长篇小说，欣喜之情难以名状，便马上组织人力、物力尽快出版，并将原名《延安保卫战》改为《保卫延安》，写了洋洋两万言的具有独到见解的长篇序言。

老舍先生习惯上午写作，下午读书、复信和接待客人。他每天都要写字，没什么可写时，就写日记和复信，不叫自己闲下来。杜鹏程写上一段，反复修改，再写下一段，再修改。王汶石、李準喜欢构思好后，奋笔疾书，一气呵成。这是作家创作的习惯，各有不同，无什么优劣之分。

（1979.5.18）

好书伴我度一生

从小至今，最大的嗜好就是读书。

少时家贫，喜读书却无钱购买，便想尽一切办法借书看。记得上小学六年级时，同桌不知从哪借来一本当时很轰动的小说《林海雪原》，看得津津有味，真把我馋坏了，再三央求他看完后借我一睹为快。他经不住我软磨硬缠，同意了。之后，我课间十分钟看，晚自习看，沉醉在跌宕起伏的故事情节里，看得如痴如醉。谁知乐极生悲，就在快看完时，放在书桌里的书不知被谁"拿"走了。问遍全班同学，谁也说没见，真把我急疯了！《林海雪原》当时定价不到一块钱，可对我来说却是个很大数字。怎么办？同学看我把书丢了，整天阴沉个脸，连话都不和我说。我只好利用课余和节假日，到建筑工地或哪个小工厂，捡些废铜烂铁，到废品收购站卖点钱，不知过了多少天，好不容易才攒够了钱，买本新书作赔了事。

由于家穷，放暑假时，我在街上摆小人书摊，每天能挣个块儿八角，除补贴家用，留下一角钱，或买根冰棍，或看场电影。这天，看小人书的不多，没挣上几个钱，便早早收了摊。干什么好呢？突然，我想到家住银川老城的同学说过，他有一本《红岩》，何不到他家借来，利用假期好好看看？这时已是下午4点钟左右，我大步流星地向老城走去（那时我家住在新城）。走了一个多小时，到了老城。只知道同学住在西塔附近，具体住址并不清楚。直到暮色四合，也未找到同学家。怎么办？回去吧，书未借到，心犹不甘，不回去吧，晚上住哪，又肌肠辘辘。一咬牙不回去了。正好马路边有几个又长又粗的水泥管子，晚上，便钻了进去，忍着饥饿，凑合了一夜。第二天，继续打听同学的住址。又经过了一个多小时，终于见到了要上街的同学，一阵惊喜，便说明了来意。同学也为之感动，很痛快地把书借给了我，又塞给我一个又凉又硬的玉米面窝窝头。我怀揣着书，啃着窝窝头，向新城家中走去。

后来参加工作了，但由于工资低，买书的钱并不多，或是向别人借，或是节假日到新华书店看"白"书，常受到营业员的驱赶或呵斥。但许多名著，都是那个时期读的。"文革"时期，可读的书不多，大都是政治方面的书。十一届三中全会以后，许多"文革"中被当作"封、资、修"受批判的书陆续开禁出版。随着工资的增加，又购了不少书。这些年，虽然工资翻了几倍，但总也赶不上图书价格上涨的速度，一本书大都在二三十元或四五十元。由于囊中羞涩，到了书店，翻翻这本不错，看看那本很好，但最后还是很不情愿地把书放回原处，怅然离去。

一晃，三十几年过去了，至今，我已有几千本书了。劳累一天，坐在书桌前，望着十几个书柜中排列整齐、有新有旧、有厚有薄、有古有今、有中有外的书籍时，一股暖流涌上心头。有时打开书柜门，随意抽出几本翻翻摸摸，每本书的来历都清清楚楚，像是和老朋友相互致意，默默交流，简直是一种难得的享受。我是工薪一族，虽然清贫，但精神却十分富有。购书、读书、藏书、写作，不亦是人生的一大乐事、幸事？

好书伴我度一生。

（2002.4.28）

淘书乐

每次上街，首选之地便是书店和个体书摊。

这些年，书价翻着跟头往上涨，一本三四百页的书，标价不下二三十元。我一个工薪族，又要养家糊口，又要赡养老人，总感囊中羞涩。所以，进了书店总是看得多，买得少。这几年，盗版书大有和书店叫板之势。其特点就是出得快，印量大，价格低。只要书店哪些书畅销，不出几天，盗版书便会蜂拥上市。我也买盗版书，因为便宜。但盗版书也有其致命之处，就是装帧错乱，错别字多。有的盗版书买回来，因错别字过多，又当废纸再卖出去，吃个哑巴亏。所以，个体旧书摊又成了我经常光顾的地方。这些摊主，一斤几块钱从收废品者那里买来，稍作整理，便以每本数元以至数十元的价格卖出去，获利甚厚。不过，这里有时真有好东西，什么解放前的旧报纸，一些报刊的创刊号，各种票证邮票，"文革"前的书籍也能在这里淘到。一套"文革"前版的《醒世姻缘传》，书店卖数十元，在这里十元钱便可买走。巴金、冰心、沈从文、老舍等大家的作品，我都以很低的价格从这里购走，不过也有吃亏的时候。有时买回一本书回家翻检，发现内中缺少数页，找摊主吧，人家肯定不会认账，只好认倒霉。当然，也有想购的书因要价过高而无法成交，令人遗憾多天。那年出差，到北京相国寺旧书交易市场，一本样板戏连环画（我也收藏连环画），开口要价五十元，任你怎么砍价，老板都不为所动。一本"文革"前版的《水浒传》连环画，开口两百元，你一还价，老板连讽刺带挖苦，只好怏怏离去。看来，不要说搞收藏，就是买本心仪已久的书，没有一定的经济实力也是不行的。

每淘回一本书，就像得到一件宝贝似的，拍去尘土，把破裂处粘贴平整，摆上书架。饭后茶余，心闲气定，静静地看着书柜里的书籍，就像面对自己的孩子或老朋友，一种亲切和惬意油然而生。幸福是一种感觉，我这时便认为自己是最幸福的人了。

（2002.5.9）

学习·方法·效率

读书学习，增长知识，开阔眼界，提高自己的能力，这是时代赋予我们的任务。随着科技的飞速发展，人们越来越感到自己的知识远远不能适应时代对我们的要求，越来越多的人如饥似渴地埋头读书、刻苦学习，这固然是可喜的事情。但是，在今天知识更新、信息爆炸的时代，怎样才能在有限的时间内多读书、读好书、会读书，提高读书学习的效果，是当前迫切需要解决的一个大问题。这里，不揣冒昧，简单介绍几种学习方法：

首先，要筛选读书。就是分清什么是必读之书，什么是可读可不读的书。培根说过："有的知识只要浅尝辄止即可。只有少数专门知识，要深入钻研，仔细揣摩。所以，有的书只读其中一部分即可。有的书，只知其中梗概即可，而对其中少数书，则要精读、细读、反复地读。"具体地说，就是要求你把你需要读的书，认真地分分类。第一类，工具书。工具书只用于查阅，不属于经常性地阅读范围。但有时也可以拿来读，特别是对某门学科的初学者，通过阅读有关工具书，能够了解某门学科的概貌。另外，为了扩大知识面，了解有关学科的大致情况，而不去专门研究它时，阅读工具书，是省时间、收效大的一条理想"捷径"。第二类，业务书。这是我们所读书中的最主要、最基本的部分。在可能的情况下，业务书应经常读，花更多的时间读，有目的、有计划、有系统地读，做到"专""细""精""深"，不要零敲碎打。第三类，业余爱好书。这是为了扩大知识面，对各方面的知识都有所涉猎，但不要占用过多时间，适用细水长流的方法。第四类，欣赏书。指那些为了欣赏而要读的书。读这类书不需要什么计划性、系统性，只要见缝插针，零敲碎打即可。第五类，袖珍书。出差开会，等候朋友，接送客人，排队就餐，候诊就医，是人们日常生活中常遇到的事，切不可白白浪费。随时拿出书刊资料卡片来读，就能把时间充分利用起来，还能消除等候的寂寞烦躁不安，会收益不少。

把书分类后，怎样才能提高读书学习的效果呢？这里面还有个方法问题。首先，先揽全貌。拿到一本书或资料时，先不要细读，先大概地浏览一遍，尤其是对内容提要、序言、目录、小标题、插图、后记等要用心地看一下，以增强对貌的理解与记忆。其次，慢慢诵读，或读出声来，或默读，有的地方要重读反复读，直到理解消化为止。其三，训练记忆力。培养良好的记忆力的秘诀在于把有用的资料由短期的记忆变为长期的记忆以及在需要时找出所需要的资料。其四，将资料分类。把许多资料很快地消化是困难的，先把新资料加以综合分析，再分门别类，这样消化就容易了。其五，专心致志。遇到必须掌握的新知识时，首先要明确它对我们有什么用处，读这些东西想到了什么，这样可减少学习上的惰性，朝着一个方向继续坚持下去。

最后，谈谈怎样积累资料。古今中外，大凡有成就的人，都十分注意积累资料。积累资料除了做读书笔记、索引、卡片、剪报外，还要深入生活，从生活实践中获得丰富的资料。这里，简单介绍几种方法，以供参考。一种是唐代著名诗人李贺式——信手拈来，随得随记。这是集大成式的知识积累法。无论是书本上的"文学语言"，还是日常生活中的"社会语言"，以及和同志、亲朋聊天，都可以把你认为有用的东西记下来，然后再加以整理，厚积薄发，日后必有其用。第二种是蒲松龄式——蒲松龄设茶点，摆摊子，广招街邻路人，听他们讲"鬼事、鬼人、鬼趣"，只要有新东西，就整理加工成文，历经二十余载，《聊斋志异》方告成书。这是直接向人民群众收集资料的方式。第三种，鲁迅式——主要从文献中收集资料，从事文史写作。鲁迅研究中国小说史，翻阅了上千卷"经、史、子、集"以及野史笔记，才使他的有关小说史的著作，资料内容翔实，考证准确，论述有力，令人诚服。第四种，达尔文式——直接向大自然索取生活素材，从调查研究、试验和各种实践中亲手获得第一手资料。达尔文为了写《物种起源》环球科学考察，潜心钻研，经过 23 年艰苦努力，终于完成了这部辉煌巨著！

学习是终身的事情，但人的一生有个最佳学习时期。研究表明，儿童大脑在出生后的 5 年内迅速生长和发展。三四岁时，脑重量就达到成人的 2/3，五六岁时已达到成人的 90% 左右。12 岁时脑重量已和成年人差不多了。人脑的发展，需要营养、刺激和锻炼。如果一个人在 12 岁前得到精心培养和锻炼，对大脑的成长、智力发展都大有益处。

从近年来对科学家和有科学发明的峰值年龄研究发现，真正有创造性思维，能有发明创造，一般到 20 岁左右才开始，最佳时期在 40 岁左右。综上所述，学习最佳时期在 3 岁至 20 岁，其中，3 岁左右是启蒙教育的关键时期，五六岁至 20 岁是学习的黄金时期，20 岁到 40 岁是学习创造的又一个关键时期。

为了跟上时代的步伐，为人类作出较大的贡献，让我们牢记列宁的教导："学习、学习、再学习！"

（1985.10.9）

天道酬勤　方成大器

——《围棋人生》读后感

　　聂卫平、王端阳著的《围棋人生》是本不可多得的好书，与眼下一些名人粗制滥造的"跑马书"不可同日而语。该书真实反映了一代棋圣聂卫平成长过程，读后令人从中看到一个真实、率真、可亲的聂卫平，给人以颇多启迪。

　　聂卫平在国内外尤是围棋界知名度很高，在国人心目中占有很大分量。他5获全国围棋比赛冠军，还获得过全运会冠军、第一届"新体育杯"冠军和东京第一届业余围棋比赛锦标赛冠军。1981年，他不仅获得了全国冠军，还获得了"新体育杯"冠军和第一届"国手战"冠军，成为当时国内三大比赛的"三冠王"。1979—1981年他两次被评为全国十佳运动员。他还在国际围棋重大比赛中获得过骄人战绩。中日围棋擂台赛举办了十一届，他担任了中方十届擂主，是擂台赛造就了"抗日英雄"聂卫平。尤其是在第一届中日围棋擂台赛中，他担任中方主帅，连胜日本超一流棋手小林光一、加藤正夫和藤泽秀行，取得了首届比赛的胜利。在第二届擂台赛中，战胜日方超一流棋手武宫正树，此战被称为"世纪之战"。在前三届擂台赛中，聂卫平是在极其严峻的形势下，挽狂澜于既倒，取得了9连胜，再加上第四届的两盘，共11连胜的惊人战绩，被日本人惊呼为"聂旋风"，被国人誉为"抗日英雄"。1988年3月，第三届擂台赛结束后，聂卫平被国家体委授予"棋圣"的称号，这也是中国围棋历史上的第一人。

　　1988年第一届"应氏杯"赛，聂卫平不负众望，一路冲杀，进入决赛。他决赛的对手是韩国老将曹薰铉。由于太多因素干扰，他在二比一领先的形势下，输掉了第4局。决胜的第5局，他下了一个"空前绝后"的大昏招，交手未几，便输掉了决胜局，与"应氏杯"桂冠失之交臂，成为终生憾事。此后，他似乎一直处于低谷，没有翻过身来。

为什么这些年来聂卫平一直在低谷徘徊？众说纷纭，莫衷一是。最"流行"的说法是聂卫平的心脏不好，年龄偏大，每当后半盘，屡出昏招，输掉全盘。笔者认为，这是个原因，但决不是最主要的原因。为什么在此之前，尤其是在中日围棋擂台赛上，他八面威风，"谈笑间，强虏灰飞烟灭"。他那时心脏就好吗？说年龄大了，这也不是理由。聂君今年不过49岁，正当盛年。真正原因何在呢？窃以为，可能是鲜花、掌声太多，头上的光环太多，使自己懈怠下来，再没有过去那么刻苦了。这些年来，有关明星、名人（包括棋类明星、名人）绯闻、丑闻不断。不是自认为高人一等，满嘴粗话、脏话不断，酗酒闹事，就是大打出手，动辄罢演、罢赛，漫天要价，偷税漏税。这当然与他（她）们的自身素质有关，但也与一些媒体不负责任的吹捧炒作有直接关系。当一个人拥有几百万、几千万元，还会像过去那样流血流汗去刻苦训练比赛吗？世界围棋第一人李昌镐，除了参加国内外重大比赛外，似乎再无其他嗜好，每天闭门打谱，一坐就是十几个小时，多少年如一日。有人从各个角度拍摄李昌镐比赛的照片数十张，待冲洗后，大吃一惊，几乎每张照片其表情都一样：如老僧入定，面无表情，故人称之为"石佛"。为什么中国棋手至今无人能赶上和超过李昌镐呢？甚至连最著名的国手与之交战，都败得惨不忍睹，不是10连败，就是11连败。想要找到答案吗？我想这就是答案。下棋是需要天赋的。但你的天赋再好，不下苦功，想要取得优异的成绩，也是天方夜谭。寄语聂卫平、马晓春、常昊、罗洗河、邵炜刚等老将新秀，对自己多一些严格少一些懈怠，多一些投入少一些应酬，像李昌镐那样对围棋投入痴迷，中国围棋全面赶超韩国围棋，也不会是遥远的梦。

我们期待着。

（2001.8.20）

从《一只绣花鞋》谈手抄本小说

《一只绣花鞋》这部长篇小说，描写的是 1948 年国民党政府崩溃前秘密成立了一个梅花党组织，其宗旨是打入中共内部伺机而起。我党特工人员龙飞设法与梅花党党魁白敬斋的女儿白薇邂逅，潜入南京紫金山梅花党党部，偷取有梅花党人名单的梅花图，失败后不知所踪。从此梅花图音信杳无，图上的梅花党人名单成为悬谜。

20 世纪 60 年代初期，某港口城市核潜艇设计图纸机密外泄，老虎滩出现一具伪装的女尸，火葬场"闹鬼"真相大白，看门老头假腿里发现发报机。此时，另一山城的废弃教堂的楼板上发现一只华丽的绣花鞋，而清洁工却横尸楼前。武汉长江大桥的哨兵遇到一个临产的孕妇，没想到她的肚子里捆着一个炸药包……种种迹象表明，已销声匿迹 10 多年的梅花党开始蠢蠢欲动。

笔者当时也多次听人讲《一只绣花鞋》的故事，不过每个人讲的都不大一样，各自发挥自己的想象和编造故事的才能，反正越离奇越好，越恐怖越好，于是形成了多种"版本"辗转流传、不胫而走。这种情况有其深刻的历史原因。"文革"期间，由于林彪、"四人帮"推行极"左"路线，8 亿人民只有 8 个样板戏，精神生活贫乏，文坛萧条寂寞。人民群众不满足于这种状况，于是民间口头文学广为流传，各种手抄本应运而生，鱼龙混杂。手抄本文学现象是中国文学史上一种特殊的文化现象，因为它诞生于"文革"时期这一特殊的历史环境，人们对此是能理解的。各种手抄本不是"佳酿"，但毕竟还是"文化快餐"，伴随着人们度过了难耐的文化饥荒时期。

时至今日，各种"文革"时期的手抄表基本销声匿迹。因为现在已不再是"文革"时期，不再有禁锢人们思想和扼杀文艺百花园的极"左"路线，文艺繁荣，文化市场空前活跃，谁还热衷于偷偷摸摸搞什么手抄本，编造故事以满足精神生活的需求呢？客观地说，张宝瑞这部手抄本小说是当时比较健康、完整，文学性相对较强的一种版本，基本上保持了原始的面貌，在今天出版也是完全应该的。笔者认为，这种手抄本小说看看也无妨，毕竟也是一株别花异草，但看多了也没多大意思，毕竟不是文学的主流。它最大的特点是故事编造得离奇、恐怖，除了感官刺激外，还能给人什么呢？至于深刻的思想性、社会功能、教育意义、文学底蕴都谈不上。现在再拿起这本小说，也有隔世之感，怎么也找不到当初新鲜刺激的感觉了，毕竟今天不再是当年的"文革"岁月，历史，又掀开了新的一页！

（2001.11.15）

莘莘学子艰难的求学之路

——简评长篇报告文学《落泪是金》

新中国成立至改革开放前，我国实行的是计划经济。不管你是富家子弟还是贫寒的农家儿女，考上大学后，所需费用均由国家包起来，毕业后由国家统一分配。因此，那时几乎没有考上了大学上不起学的人。改革开放后，我国逐步由计划经济转为市场经济，我们众多出身寒门的莘莘学子还能上得起大学吗？这是人们普遍关心的问题。《落泪是金》正是这样一部可以引起人们对中国大学校园特别关注的、来自当代中国大学城的沉重报告。

这部长达30万字的长篇报告文学，是著名作家何建明历时1年，走遍了东西南北几十所大学，与数百位当事人推心置腹访谈后写下的力作。他以细腻、流畅的笔法，详尽记录了那些闻所未闻、揪心落泪的真实故事。这些故事的主人公，便是已成为今天大学校园的一个特殊群体的贫困大学生们。他们为了跨进大学校园，完成来之不易的学业，时而迷惘与挣扎，时而郁闷与徘徊，时而激动与欢快，从而勾画出了当代大学生凝重而多彩的人生风采。作品内容宏大博深、回肠荡气，具有震撼人心的冲击力和催人泪下的感召力，同时又充满令人深思的警世空间，是 20 世纪末反映中国大学校园生活画卷的一部不可多得的优秀作品。

中国大学校园的贫困生（含极端贫困者）虽然只占在校大学生的 10% 左右，但他（她）们的贫困程度令人吃惊。1998 年 4 月 4 日，陕西省蓝田县汤峪镇白家坡村的白引明夫妇，因交不起孩子上大学后的高额费用，服下剧毒农药后双双自杀身亡（白引明夫妇在村中还不算最贫困者）。有为上大学千里打工，乞讨筹措学费者；有在大学校园补鞋、打扫卫生甚至卖血自救者；有一天只吃一顿饭，严重营养不良晕倒在地者；有入学时带了一塑料袋腌白菜，吃了一学期者……这揪心动情的一幕幕，怎不令人掩卷叹息，热泪长流！

实事求是地说，与那些在苦难中挣扎，用不懈的努力争取摆脱困境，从而获得命运改变的精神相比，我们自己身上有许多东西远不如这些当代大学生们。有人说，苦难是所大学，它对那些勇于上进、努力拼搏者来说，确实是的。但我们并不能因此认可贫困的苦难，和苦难的贫困。今天，在许多人淡漠轻视于"贫困"二字时，我们的社会有必要通过这些大学生的命运奋争，来重温一下"贫困"所能创造的巨大精神创痛和奋发有为的人生意义。

21 世纪我国将要实现全社会的小康水平和四个现代化，然而我们始终不要忘了，中国仍然是一个有许多人在过苦日子的发展中国家，贫困对于一部分人来说，仍是基本的生存状态。正视它重视它，同它作斗争，这是一项长期而又艰苦的任务。

物质贫困并不可怕，重要的是不要被精神的贫困所拖垮。贫困可以影响我们的生存状态，也同样可以使我们创造无比厚重的财富。每一代人都有不同的苦难经历，任何怨天尤人都无济于事。只有把眼泪铸成金子，你的人生足迹才会落地有声！——这应当是本书给我们的最大启示。

（2002.1.28）

征程万里八十秋

——《忆往书真》读后

宁夏回族自治区政协原主席李恽和所著回忆录《忆往书真》，就是这样的一部好书。

这部 30 万字的厚重之作，由 5 个部分组成。第一部分《烽火岁月》写作者从 13 岁参加中共外围组织"革命互济会"，进行抗日反蒋活动，到 1949 年冬进军新疆。第二部分《天山历程》写作者在新疆工作 30 年，为新疆的社会进步，经济发展付出的心血与汗水。第三部分《塞上踪迹》写作者 1979 年从新疆调到宁夏，在宁夏工作 15 年的情况。第四部分《余光微热》，写作者 1995 年退休后的生活。第五部分《附录》，有作者回忆老领导、老战友的文章，有怀念妻子的诗文，有学习笔记、阅读随想，还有作者在职时一些重要讲话和文章，以及著名作家杜鹏程同志的《战争日记》中有关李恽和主席的部分记载摘录等。

读罢此书，感到有以下几个特点。

之一，感情真挚、文字朴实。这是一部用生命之笔饱蘸激情写成的回忆录，作者的品格和精神跃然纸上，令人感动。但作者没有追求文字的华美，而是以真挚的感情、朴实的文字，写下了许多可歌可泣、感人肺腑的人和事。无论写战斗间隙探望老母，与战友并肩战斗、出生入死的往事，还是缅怀老领导王恩茂、郭鹏，深切怀念妻子的情节，都写得情真意切、真实动人。

之二，实事求是、秉笔直书。这是全书的灵魂所在。实事求是，是我党的优良传统和一贯倡导的作风。但能真正做到是很不容易的。对别人、对自己实事求是，敢于解剖别人，更能解剖自己，这才是无私无畏的战士，真正的共产党人。我们见惯了太多的做秀粉饰文章，对自己自我表扬，对别人以个人好恶作为评判标准，不惜歪曲事实，或说得一无是处，或歌功颂德。尤其是为尊者讳，为权者讳，只说成绩优点，不讲失误和缺点。而恽和主席的这本书却不是这样。写战争年代，部队打了胜仗，没有一好遮百丑，功劳归于自己，而是保持清醒的头脑，从胜利中找不足。战斗失利，不把责任推到别人身上，多从自身找原因，勇于承担责任。在社会主义建设时期，作者不但写我们所取得的成就，更时时反省检点自己工作中的失误和不足，不贪功、不诿过。尤其难能可贵的是，作者敢于对当年新疆区党委主要负责同志的错误，对宁夏一些领导同志工作中的失误，直言不讳地进行披露批评，这是很不容易的。并没有因为他们是高级干部而遮掩护短粉饰。这在其他回忆录中还不多见。

该书还有一点与众不同，那就是收录了作者多篇在新疆、宁夏工作期间的重要讲话和文章。有些归在《附录》中，有的穿插在回忆文章中，浑然一体。这些重要讲话和文章，虽然已过去几十年，但对今天我区的社会发展和经济建设，仍不失参考和借鉴之处，是我们宝贵的精神财富。

文如其人。读罢此书，一位襟怀坦荡、顾全大局、虚怀若谷、平易近人、生活简朴、关心同志，具有高度责任感，深受大家尊敬的革命老前辈形象便树立在了眼前，令人于肃然起敬之际感慨万千。

（2002.11.30）

病榻上书写人生感悟

宁夏大学心理学教授王秉琴所著《心灵的绿洲》，是一部饱蘸心血，笑对死神写就的感悟人生的好书，读后，使人心灵受到巨大的冲击和震撼。

王秉琴1960年毕业于东北师大，在宁夏教育战线上耕耘了40个春秋。她应邀为社会各界举办600多场讲座，义务心理咨询1000多人次，发表的论文多次获奖。1993 年荣获国务院特殊津贴，1994 年荣获曾宪梓教育基金二等奖。她是我区一位蜚声教坛、卓有成就的女教授。

这些年，王教授屡遭厄运，生命蒙受沉重的打击。先是几十年相濡以沫的老伴患癌症去世，使她精神几乎崩溃。之后不久，王教授也不幸身罹绝症，忍受着常人难以忍受的痛苦。但她没有倒下，擦干眼泪，不屈不挠，同病魔进行顽强的搏斗。在病榻上，忍着剧痛，笔耕不辍，一篇篇佳作在报刊上发表，受到广泛的好评。

我认为，这些文章有以下几个特点。

首先，这些文章不是一般的说理文，也不是一般的心理咨询，而是一个阅历丰富、饱受人生苦难的老人发自内心深处的人生感悟，是一个拥有博大胸怀仁慈爱心的人民教师，用毕生心血凝成的诲人箴言。犹如一位参透人生、看破生死的睿智哲人，向你娓娓道来，指点迷津。她的文章，字里行间透着智慧的灵光。这灵光，可使醉心于私欲的人逃离无边的苦海，可为华发老人享受夕阳欢乐，可令死神望而怯步，可让人性大放光彩！这是她文章的灵魂所在，也是其人格魅力所在。

其次，王教授自青年起，即接受辩证唯物主义之浸润滋养，久而久之，化进自己的世界观，而且能用于教学和著述之中。其思想睿智而深刻，剖析矛盾准确透彻，见解精辟可行，令人折服，总给人以哲学的启迪与生活之警策。文章所阐发的唯物辩证法思想，在全书中处处闪耀。

再次，书中收录的文章多是千字文，文字清丽、准确、精炼。有谈生活经验的，有谈人际关系的，有谈文说艺的，有谈婚姻关系的，有谈品格修养的，有谈思维方式的。由于作者阅历丰富，学识渊博，对人生有深刻体验和感悟，典故运用信手拈来，自然贴切，文字婉蓄而有力度。这些精美佳作，既可作散文来读，更可当作哲学小品反复品读，常读不厌、时读时新。

王秉琴教授愈挫愈奋，笑对死神勇敢抗争的精神令人钦佩，而她的道德文章更值得称道。假如在身体条件允许的情况下，真诚希望她能再拿起笔来，写出更多更好的文章来。

（2002.10.30）

廉贵于金

——从《一代廉吏于成龙》谈起

电视连续剧《一代廉吏于成龙》，受到广大电视观众的欢迎。该剧着重塑造了于成龙公正廉明、嫉恶如仇、爱民如子、执法如山的清官形象，观后令人感动，令人震撼。对我们今天的反腐倡廉颇有启迪和借鉴作用。

于成龙在历史上是一位和包公、海瑞齐名的人物，被康熙皇帝誉为"天下廉吏第一"。他生于1617年，卒于1684年，字北溟，山西永州（今山西离石）人。

顺治十八年（1661年），于成龙任广西罗城知县。罗城地处山区，贫瘠落后，他住在破庙里，随时都有被杀害的危险。从家乡带来的4个仆人，死的死，逃的逃，只剩下他一人。尽管如此，他还是费尽心机，招抚百姓回乡，设计捉拿盗匪，调解民族矛盾。不到一年，罗城风气大变，百姓安居乐业。他视百姓如亲人，百姓称他为"衣食父母"。当他离任时，百姓追送他数百里。他调任武昌知府时，逢吴三桂叛乱，他单骑入贼人巢，凭着大智大勇，招抚反叛的百姓，"不费国家丝粟钱粮，破贼十万"。一时天下震动。当他升任福建按察使离鄂时，数万百姓送至九江，沿岸哭喊声与江潮相同。在福建，他平反冤狱，救助数百孤儿，免掉数万锄草人伕。他自甘淡泊，拒收馈赠，官场人人敬畏。他任直隶巡抚时，力排众议，严禁州县增收火耗，勒索民众，馈赠上官。大旱之年，他冒着杀头的危险，开仓放赈，"救活饥民无数"。他65岁时，升任两江总督，严整吏治，革除多年积弊，令贪官污吏胆战心惊，贫苦百姓拍手称快，社会风气为之一变。他的作为也触犯了当权人物，遭到参劾，使他精神上蒙受巨大压力。

1684 年，于成龙病殁于任上。"民罢市痛哭，家绘像祀之"。身后遗物仅床头小柳条箱里官袍一身，靴一双及换洗的内衣一套，瓮中粗米数斤和几个盛有食盐、调料的小罐，除此之外，就是数十册书籍而已。

今天我们广大党员干部，也应该做到于成龙这样。不管你处在哪个时代，公正廉洁，永远是中华民族的优良传统，是反腐防腐的根本保证。新中国初期，刘青山、张子善因贪污受贿被处于极刑，在全国引起极大的反响，杀了两个人，管了几十年。人类最大的敌人就是贪婪和私欲，正是这永远也填不满的私欲。多少高官堕落顶风作案，多少腐败分子钻法律空子铤而走险，多少腐化分子怀着侥幸的心理继续步人后尘，多少官员丢掉了党风党纪，丢掉了为人民服务的宗旨，最终丢失了人格、尊严和原则，在金钱和美女面前，一次又一次伸出了罪恶的手，永远成为千古罪人，被钉在历史的耻辱柱上。勿庸讳言，腐败是一个恶性肿瘤，中国社会腐败现象并没有得到根本的遏制。一个个党员干部堕落为犯罪分子，其主要原因是放松了世界观的改造，世界观、人生观、价值观发生了倾斜，信仰发生了危机，不严格自律，经不起金钱、女色的诱惑，逐步走向了犯罪的道路。因此，首先，要十分重视加强监督工作，尤其要加强对领导干部的监督，强化领导干部的自我监督，强化组织部门的日常管理和监督，强化班子内部的监督，强化群众的监督，强化舆论和审计的监督，有效堵塞、控制发生腐败的病因和空隙。其次，必须坚定不移地贯彻社会主义法治原则，依法治国，建设社会主义法治国家，惩治、根除腐败。在选拔使用干部上，要公开、公正、公平，要选准人，用好人。要从干部选拔使用的源头上防止不正之风和腐败现象的发生。其三，要在全社会牢固树立反腐、防腐的思想观念，要清正廉洁、防微杜渐，攻克腐败顽症。其四，要牢记党的宗旨，不忘本色，淡泊名利，自重、自省、自警、自励，全心全意为人民服务，真正当好人民公仆。

（2000.12.12）

辑二　所动所感

凤凰城晨曲

破旧的平房住了多年，终于搬到一套三居室的楼房，真有一种"20年媳妇熬成婆"的感觉。

因搬家，忙到大半夜。清晨，睡意正浓，一声高亢嘹亮的声音把我惊醒。

"倒奶子来！"

孩子一岁不到，她妈又没奶水，一直吃牛奶。我揉揉惺忪的睡眼，一骨碌爬起来去打奶。

听送奶员高亢嘹亮的呼叫，我以为是个年轻小伙儿，其实是个中年人。由于常年风吹日晒，皮肤粗糙，皱纹道道。一双手关节粗大，青筋裸露。别看他长得"粗"，说话却很"甜"，服务热情、礼貌周全。

邻居张大妈夸："这冯师傅送了多年奶，我的两个小孙子都是吃他送的牛奶长大的。"

退休的李大爷赞："这老冯是个大好人啊！那天我和老伴儿不巧都病倒了，孙子又小，出不了门。没想到，老冯上到6楼，把奶送到我家。"

冯师傅不好意思地笑笑："应该的，应该的。"说罢，又躬着腰，蹬着三轮车送奶去了。

一晃，十几年过去了，孩子也长大了。但无论严寒酷暑，风霜雨雪，清晨，冯师傅那匆忙的身影和高亢嘹亮的呼叫声却没有一天间断，成了一道靓丽的城市风景线。

突然有一天，这高亢嘹亮的声音变得尖脆悠长了。我心一沉，怎么换人了呢？

送奶的是个十八九岁的姑娘，红扑扑的脸蛋，扎着一条"马尾巴"，显得精神利索。

"冯师傅呢？冯师傅怎么不送奶了？"我问。

"我爸啊？他退休了，由我给大家送奶。"姑娘一脸的自豪。

望着姑娘远去的背影，我陷入了沉思。这父女俩很平凡，没几个人知道他们的名字；但他们又不平凡，年年岁岁，风雨无阻。送来的不仅是牛奶，还是生活的香甜，人们的健康。

这一声"倒奶子来……"不就是凤凰城动听的晨曲吗。

（2001.3.26）

我的电影情结

每次路过银川新华东街，看到几家电影院门前冷冷清清，便感到很难过。

20世纪80年代前，电影正处在辉煌时期。我小时候，家住在新城，很爱看电影，但家穷没钱买票，便和小伙伴们每晚翻墙溜进影院躲起来，待电影开演后，场内漆黑一片时再进去看。运气不好时被逮住了，就被连推带搡地赶出影院，有时还挨上一顿打。就是在那样的"艰难"情况下，还看了不少电影，如《地下少先队》《地下航线》《三宝磨坊》《五彩路》《海军少尉巴宁》等。后来工作了，有了工资收入，每月能看上一两场电影，便觉得是最大的精神享受。回到单位，给那些没看电影的同事绘声绘色地讲述一遍，很受大家欢迎。那时电影票很难买，想看电影，常常托人找关系买票。实在没办法，就在电影放映前几十分钟，候在电影院门前等退票，见人就问："退票吗？"运气好时，在电影放映前等到一张退票，满怀喜悦地走进电影院；运气不好时，电影开演几十分钟也等不上一张退票，只好快快离去。

印象最深的有两件事，一是20世纪70年代放映朝鲜电影《卖花姑娘》，那是一部反映朝鲜一个家庭悲欢离合的故事，故事情节很悲切感人，每次放映时场内啜泣声一片。银川各影院放映场次排得满满的，甚至连夜里 11 点半，凌晨 5 点钟都排上了。这部影片我连看了 3 遍，每看一次都流泪。还有一次也是 70 年代初，厂里包了一场阿尔巴尼亚电影《伏击战》。影片临放映前，部分职工因故不能观看。因为电影票是我经办的，所以，影片开演前我只好到电影院门前去退票。那天，影院前站满了等退票的人，我刚掏出两张票，便"呼啦"冲上来一伙人围着我，你抢我夺，人越围越多，连挤带推，把我从影院门前一直挤出五六十米远，比后来的"追星族"还热闹。大冬天里，挤得我满头大汗。十几张票退完了，一数钱，少了一元多。可能是混乱中有人没给钱，也可能钱被挤丢了，只好自认倒霉。

30 多年过去了，由于娱乐形式的多样化，人们对电影的热情不再像从前。有识之士关于电影的发展及现状在不断地深入地探讨其症结、原因，想了许多办法。有人主张票价要降下来，有人认为要在影院设施环境的硬件上下功夫，有人疾呼：年内电视里不得播放新影片等。似乎什么办法都用了，但效果并不明显。

最近，银川金凤凰影院采用购票抽奖的办法提高上座率。我看到这个方法后心情很沉重，认为这也是治标不治本。奖品贵了，影院承受不了；轻了，观众又无兴趣，不能从根本上解决问题。到底采用什么方法好，我愿和大家共同探讨。作为一个老影迷，我真心希望电影业能早日走出低谷。

编后　人人买票看电影

一位老影迷对如今电影业现状的痛心之情令人感动。正如文中所说，针对电影业的现状，有关部门采取了很多措施，但是，票价涨上去了不行；票价跌下来了，也不行；新片来了，不宣传不行；大张旗鼓地宣传了，也不行；演国产片不行，引进进口大片，也不行；影院的座椅换了，不行；安上空调也不行。目前因财力、物力等原因，银川乃至宁夏还不能实现类似四川等地搞的小放映厅等措施，其他招数也用遍了似乎都难以"回天"。其实，正如北京市市长对众多热心支持奥运的人们所说，支持奥运最好的行动是给你的孩子买一双运动鞋，人人参加健身体育运动。我想，电影复苏的最好办法恐怕也就是，人人买张票进电影院，也就是常说的：从我做起。

前一段时间住在小区的人曾念叨：现在社区服务项目这么多，怎么不见在小区附近建一两座小型电影院？所以针对银川地区电影院相对集中的现状，在如今小区建设加快的同时，电影业能否也像其他服务业一样进入小区，或者靠近小区？

（2001.9.21）

我的交友体会

一个人长相有丑俊，能力有强弱，职务有高低，钱财有多少，但善心都应是一样的。我的朋友不是遍天下，我交友是很慎重的。有的人在平平淡淡的日子里可以和你相处，做你的好朋友，可是一旦爬到高位，便"人一阔脸就变"，在心里把你打入"另册"。有人在你的地位、事业、成就都不如他时，可以和他称兄道弟，一旦你某一方面超过了他，他便想方设法给你下绊子，阻止你继续前进。这样的朋友，比敌人都可怕，因为敌人在明处，他在暗处，一不当心就会栽到他手里。还有这样的人，见面熟，见谁都拥抱，双手紧握着你的手，摇呀晃啊，似乎比他爹都亲，第二天他就记不得你是谁了。这样的人，能是你的朋友吗？我倒要提醒一句，关键时第一个出卖你的很可能就是他！如果你得罪了他，掐死你的心都有。任何东西，重质量而不是数量，人生得一知己足矣，包括动物。

行文至此，我想起多年前读过的一篇谈交友的短文，文短意长，准确深刻，给我留下了难忘的印象。

不轻易亲近的人，才能不轻易离弃人；不轻易允诺的人，才能不轻易失信于人；不轻易与人交友的，才能不轻易与人绝交；不轻易称赞人的，才能不轻易毁谤人；不轻易附和人的，才能不轻易背叛人；不轻易帮人忙的，才能不轻易拆人台；热得快的物体，冷的也必然快；和谁见面就熟的朋友，十有八九靠不住。处事、交友，不可不察。

一个人对生他养他的父母都不孝敬，他对别人更不会真心实意。不要亲近一个虐待配偶的人，他对自己的配偶都那样无情无意，对别人更不会体恤关爱了。不要亲近一个忘恩负义的人，他既然对别人忘恩负义，以后也会如此对待你。

如果一个人对别人不忠诚，却对你表示忠诚，切勿和他亲近。不然终有一天也会对你不忠诚。如果一个人常在你面前搬弄是非，你要远避他，不然，早晚有一天他也会在别人面前说你的不是，就像今天他在你面前说别人的不好一样。如果一个人为你的缘故陷害别人，你应当迅速躲避他，恐怕他早晚也会为别人的缘故陷害你。

一个人见利忘义，唯利是图，在其他事情上大半都不可靠，亲近这样的人便是自取祸端。见利益就上、见危险就让的人，不可与之交友。

当你有权有势富贵荣华时，和你亲近的人就会多，但真朋友少；当你遭厄运，穷困潦倒时，能仗义执言帮你的人，才是真朋友。

和你并无深交，却常在你面前夸奖你、赞美你、奉承你的人，这种人多是靠不住的。不是廉价吹捧，便是别有用心。他这样做，为博你的欢心，以后好利用你，好从你这里得到利益。你若把他视作良师益友，大祸近矣。

经常责备你规劝你的人，要和他亲近，他们才是真正爱护你。尽管话不顺耳，听起来不舒服，甚至惹你生气发火，但良药苦口、忠言逆耳，这才是真正的朋友。

黄金万两容易得，人间知己最难寻。交个真正的益友不易，务必用真情实意对待他们，信任他们，以心换心，以情换情，切不可对他们猜疑生忌，盛气凌人，不可听信谗言途说疏远他们。要像对待自己的亲人一样对待他们，有福同享、

整天饥肠辘辘。

三年困难时期，老百姓叫作"低标准，瓜菜代"。成年人每月口粮一度降到 18 斤，每天只有 6 两。后来逐渐涨到 21 斤、24 斤，后长期固定到 28 斤。如果是现在，每月 28 斤也够了，现在物质何其丰富，可吃的东西太多了，主食已吃得很少了。那时的 28 斤，大部分是杂粮，主要是高粱米、玉米面，大米白面尤其是大米很少，一个月只有几斤，吃顿米饭像过年似的。杂粮少吃点偶然吃点是不错，还新鲜。天天吃就受不了。一是不耐饱，饿得快；二是口感不舒服，胃也难受。每人每月食油只有 1 两，炒顿菜都不够。那时不光主食少，也没什么副食品，商店、门市部（那时还没有商场、超市，那是几十年后才出现的）除了烟酒糖茶外，就是萝卜、白菜，马铃薯都很少。从新中国成立到改革开放，国家实行"统购统销"政策，没有什么个体私企。

在农村，大割"资本主义的尾巴"，每家几分自留地一度都被取消。全国农业战线上的一面红旗山西省昔阳县大寨大队的口号是："堵不住资本主义的路，迈不开社会主义的步"。当时几乎买什么东西都凭票。城里人除了户口外，命根子就是粮证。全家老小所有的粮食定量、食用油和各种票证都在上面。

曾听到这样一个悲惨的事情：丈夫去买粮，不慎丢失了粮证，感到没有了活路，便上吊自杀了。妻子听说后，一气之下，买了瓶"敌敌畏"，大人孩子服毒自杀。后被人发现，虽抢救过来，妻子也成了神经病，整天在街上疯跑，嘴里念叨着"粮本、粮本，我的粮本！"那时票证有粮票（又分全国通用粮票和地方粮票）、布票、肉票、糖票、豆腐票、粉条票、糕点票、香烟票等等。就是买盒火柴也要票。你就是有钱没粮票也吃不上饭。看到别人不管吃什么，便下意识地死死盯着，心想，要是能掉地上一点，我捡起来吃了那该多好。一家人吃完清汤寡水的调和饭（放一点米半锅菜煮的饭），孩子们为抢着用勺子刮锅底争吵不休，甚至打起来。在饭馆里，不管谁，吃完稀饭还要把碗里舔得干干净净，没人见笑，认为是一种当然行为。由于主食定量少，又没什么副食，大家肚里没什么油水，胃也萎缩了，肠子也细了。后来形势好转基本能吃上饱饭了，很多人低标准时没饿死，撑死的倒不少。除了饥饿，就是饥饿，见面第一句话就问"吃了吗？"有人刚从厕所里出来，进去的人见了就问吃了吗？被问的人只能苦笑，不知该怎么回答。只有逢年过节，才能凭票买点少得可怜的东西，全家人吃顿饱饭，人人喜笑颜开。

一到冬季来临，家家户户想一切办法，尽量多买大白菜、莲花菜腌起来，这一冬天就靠这缸菜吃饭了。我现在一看到腌菜就反胃，就是到了韩国旅游，别人都说韩国泡菜如何好吃，我也不为所动。我上初中时，有个同班同学，攒了几分钱，买了一些沙枣，沙枣吃完了，核舍不得扔，装在口袋里。我问他沙枣核为什么不扔了？他说，想吃沙枣了，又没钱买，就把沙枣核放在嘴里再咂咂，也挺好啊。在工厂工作期间，难得有次吃回锅肉，有位同事吃得急了些，一块肉没夹牢掉在了有土的地上（那时没什么沥青路，基本都是土路，石子路就算好的了。房子里也都是土地面），忙捡起来，在裤子上擦了擦，填到嘴里，吃得那么香。就是到了 20 世纪 70 年代，别说吃好，能吃饱也是人们最大的愿望。有一次，干了一上午重活的王师傅，狠狠心，疼自己一次，午饭在食堂买了 10 个馒头（1 个 2 两），一碗菜汤，狼吞虎咽，不一会儿就吃完了。有人问，王师傅吃饱了吗？他不好意思地笑了笑说，大半饱吧！

那时，吃不饱，还要上三班倒，尤其是夜班，从夜里 12 点上到第二天早上 8 点，整个通宵，对身体影响很大。十几二十岁，正是瞌睡重的年龄，接班的时候，摇摇晃晃地向车间走去。休息时，在地上铺张报纸枕块砖头也能睡着，和别人说着话也能睡着，甚至走路也能睡着。

"君不知沙场征战苦，至今犹记李将军"。有人说 20 世纪四五十年代出生的人，这辈子受苦最多，命运最坎坷，对国家贡献最大，但待遇也最低，他们才是国家的栋梁。这话也许有些偏激，但也基本如此。作为一个从那个年代过来的人，我感同身受。

"一声何满子，双泪落君前"。没经历过那个年代，是无法体会到当年的工作和生活的。现在做梦，也常常在车间上班，饥肠辘辘到处找吃的。故我现在随时随地都能休息，随时随地都能做事学习，什么时候吃饭都可以，再苦再累再难的事也能坚持克服，这也许是那个年代对我的"馈赠"吧！

当然，我们这一代人吃的苦、受的罪，同无数革命先烈和老前辈比起来，又算得了什么！他们为了民族翻身、阶级解放、新中国的诞生，前赴后继，抛头颅、洒热血，多少人连姓名都没留下，他们才是民族精英，我们最可崇敬的人！

（2016.5.31）

城里·城外

我离开曾经工作的工厂 20 多年了，因种种原因再未回过"母厂"。前些时候闲逛，我骑自行车回厂见见当年的同事。

到了丽景街，我傻了眼，过去回工厂，出了东门有一条南北的土路，向南走不远，便东拐上坡，坡上有一条红花渠。过了渠南边是银川亚麻厂，北边是后来成立的银川五中。再向东的土路上还要走几十分钟才能到达厂里。这条路两边是农民的菜地和庄稼地。当时由于工资低，没有自行车，在这条土路上步行了十几年，对这里的情况太熟悉了。如今，哪还有这条土路的影子，有好几条向东的宽阔的沥青马路，道路两边高楼林立，到处是商店超市。我只好凭感觉骑行在一条向东的沥青路上。骑了一会儿，感觉不对劲，原来这是通往黄河大桥的银古公路，只好折回到东环路，问了几个人，才算找到了我曾经工作过的工厂。我暗自发笑，我在银川生活工作了近 40 年，也算"老银川"了，怎么大白天找不到去工厂的路了？这银川变化实在太大了，尤其是改革开放这 20 多年，一年一小变，三年一大变，变得使我这个"老银川"都目瞪口呆了，我感到作为一个宁夏人、银川人的骄傲。这使我想起了多年前的一件"迷路"的事。

1964 年冬，我刚参加工作不久，一个星期日的下午，我下班后步行回老城母亲家。冬天天黑得早，走到新华东街时，天已经很黑了。那时的新华东街，虽然是银川最繁华的地方，被人们戏称为银川的"王府井""南京路"，不过只有两家电影院，一个简陋的灯光球场，几家小饭馆和几个门市部而已。几盏路灯无精打采地射出惨淡的光，街上行人寥寥，汽车也很少。当我走到一家烟酒副食品门市部（即现在的银川购物中心位置），进去买了一毛钱的水果糖，十几粒（那时还没有奶油糖等），含了一块，出来后想抄近路回家，谁知，一不留神走到了城外（即现在的银川商城附近）。天黑漆漆的又没月亮，寂静得有些瘆人，我不知道如何是好。正在这时影影绰绰走过来一个人，看不清长相。我鼓足勇气问道："同志，到银川怎么走？"他站住了，没说话，似乎感到不好回答。我又马上说道："我一不小心走到城外了，想回到新华东街怎么走？"他向北指了指说："往北走进这个胡同，再走几步就到了。"果然顺着他指的路，没走多远，又走到了新华东街了。我觉得有点可笑，就这几步路，怎么就走不回来了呢？

37年前，我一不留神从城里走到城外；37年后，我却找不到我曾经工作了12年的工厂，这变化是多大啊！难怪1973年，我小舅从山东来银川看望我母亲，见银川老城又破又旧，比山东县城好不到哪去，且干什么都排队。有次我陪他上街看电影，电影散场后想买点吃的，看见电影院旁边有人排起了长队，我以为是卖吃的，便习惯地排上了，谁知是卖皮带的。小舅做我母亲的工作，动员我们调回山东老家工作。后因种种原因没有调成。28年后的五一节，小舅退休了，第二次来银川看望我们，一见面连说银川变化太大了！太大了！我们陪他游览了西夏王陵、西部影城、沙湖等著名的旅游景点，他更是赞不绝口，没想到宁夏还有这么多好地方，那年你们没调回老家是对的。随后他又笑着说，我今年也退休了，想来银川定居，你们不会拒绝吧？

"欢迎！欢迎！欢迎小舅来银川定居！"我们齐声说。

（2001.6.28）

摩托车风波

那次发行助残福利彩票，我四哥购了 5 张，就中了个大奖——摩托车一辆。四哥很兴奋。在一阵阵祝贺的鞭炮声中，四哥推走了摩托车。

中大奖得了辆摩托车是好事，可自从这辆摩托车进了家，他家中再没安宁过。我四哥有两个儿子，都 20 多岁了，还很贪玩。两人为争骑这辆车闹得不可开交。后经我四哥裁定，一人骑一个月。先是老大骑。那天，他和朋友在饭馆喝完酒，带着醉意骑上摩托车街上兜风。因车速过快，一头撞在了路旁的树上。车撞坏了，人也受了伤。

后来，车修好了，轮到老二骑了，他带着女朋友上街兜风，由于车速快，技术差，在拐弯时，撞坏了马路隔离栏，不仅被罚了款，还住了几天院。我四哥一气之下，把摩托车卖了。这下倒好了，没有了摩托车，兄弟俩相安无事了，家中也安宁了。

车卖了，钱呢？四嫂问。四哥说，捐了，捐给福利院了。

"捐了有什么不好？"四哥说，"咱们只花了 10 块钱，就得了这辆摩托车。卖了把钱捐给福利院，也算奉献一片爱心嘛。"

四嫂张了张嘴，没说什么。

有次见到四哥，我调侃道："以后还买福利彩票吗？"

"买！为什么不买？"四哥说，"这本来就是为国家和社会福利事业捐助，中不中奖关系不大。"

此后，凡是发行福利彩票，我和亲属们还是去买。四哥说得对，中不中奖关系不大，是为了向社会奉献一片爱心嘛。

（2001.6.25）

两次邂逅女骗子

一次，我到外地出差，返回时在候车室等车。这时，一个30多岁的女人凑上来，未言先笑，柔声柔气地说："大哥，我的钱包被小偷掏了，行行好，帮帮忙吧。"

这个女人中上等身材，瓜子脸，高鼻梁，皮肤白皙，齐耳短发，穿着新潮，怎么看，也不像个乞丐，更不像个骗子。

"钱包怎么被贼偷了？"我问。

"唉！下车时，我摸了衣袋还在呢，谁知一出站钱包就没了。哪个挨千刀的把我盯上了。大哥，你说怎么办呀！"她用手绢擦了一下眼睛。

"你到什么地方去？"

"我在兰州工作，到上海去探亲。"

唉！出门在外，谁没个难处。我顺手抽出10块钱，递给这个女人。

"大哥——"她并没有接钱，似乎有些为难地说："我一看就知道您是好心人，干脆您借给我50块钱吧，我一到上海，马上给您寄去。"

我有些厌恶地白了她一眼，这女人真有点得寸进尺，10块钱还嫌少，还要"借"50，能指望她还吗？又一想，她如果是骗子，这50块钱算打了水漂；要是真丢了钱，算我"扶贫"了。我又抽出一张50元给了她。

"谢谢大哥！谢谢大哥！把您的地址告诉我，我到了上海，好给您寄钱呀。"

我笑了笑说："不用还了，算我帮你的忙。这回，可别再丢了。"

她千恩万谢地走了。

这事过后我也忘了。

3年后，我又到那个城市出差。办完事后，又来到候车室等车。正在这时，一位穿着入时的女人来到我面前。

"大哥！行行好，我的钱包被小偷掏了。帮帮忙吧，大哥。"

好熟悉的声音。我抬头看了她一眼，这不是3年前向我讨钱的那个女人吗？虽过了三年，她并没什么变化，还是那么年轻，穿着还是那么时髦。

我笑了："你的钱包又是被小偷掏了，又回不了上海了。你真健忘，那次我不是给了你50块钱了吗？我还等你还呢！"

她也认出我了，脸一红，忙抽身匆匆走了。

这世界真小，仅仅3年，我两次邂逅她。3年来，她骗了多少善良人的钱啊！我想。

（2001.9.15）

骗

那年，我在固原市某乡镇扶贫，经常往返于固原——银川之间。有次乘长途汽车从固原返回银川，车行至中宁县长山头附近，上来五六个小伙子，车上的人谁也没在意。这几个人刚坐下没几分钟，其中一个衣衫破烂、傻里傻气的人，一手拿着一块干饼子，一手拿着一听易拉罐，却不会打开，又咬又磕。旁边一个皮肤粗糙、满脸横肉的家伙，骂了句"大傻x！老庄户！连个易拉罐都打不开！"一手夺了过来，拉开了拉环，饮料喷了"老庄户"一身。过了几秒钟，"满脸横肉"像哥伦布发现了新大陆，惊叫："哎呀！你中奖了，5万元大奖啊！"刚才同上车的另一个"刀条脸"装模作样地看了看拉环，又翻了翻那本又破又脏的旧杂志，"嗯，不错，是5万元大奖。这杂志上说凭身份证到兑付点去领取。"然后又感叹地说："真是啥人有啥命，别看你傻样，手气却这么好！""老庄户"似乎没有高兴起来，愁眉苦脸地说："我一个打工的，哪有身份证啊！"

这时又站起一个头发蓬乱的家伙说："哎，我和你商量一下，反正你也没有身份证，把那个罐卖给我吧，我出 3000 块。""我出 3500！""我出 4000！"都是刚才一同上车的几个人在喊。"老庄户"站了起来说："你们喊也没用，我谁也不卖，谁知道你们是好人坏人！"正在这时，一个中年人坐不住了，说："卖给我吧，我出 3000 块。""老庄户"有点不情愿地说："3000 快太少了，我这个大奖 5 万块呢！"中年人又说："我只有 3000 块，要不把手表也给你。""老庄户"犹豫了一会儿说："好吧，我看你像好人，我卖给你。"说罢，接过 3000 块钱和手表，易拉罐递给了中年人。

过了几分钟，"老庄户"喊停车，车未停稳，刚才一同上车的几个家伙急慌慌地下了车。这时，车上像开了锅，热闹起来了。这个说："我早就看出他们是一伙的，用易拉罐来骗人。"另一个说："这几个家伙经常在这趟车上骗人，我都见过几次了。你上当了，花了 3000 块钱买了个没用的破罐。"

"你们知道，为啥不早说？这 3000 块钱，都是我借的啊！我老婆正住院，急着用钱啊！"

"早说？那几个家伙拿刀子戳我谁管？活该！谁让你爱占便宜！"一个小伙子鄙夷地说。

汽车奔驰，中年人嚎啕大哭起来。

世上没有免费的午餐。天上不会掉馅饼。这个道理人人皆知，可为什么总有人上当受骗呢？

（2001.7.2）

行乞的"大学生"

已是晚秋了，似乎已感到冬天来临。上班时，见前面有一些人围观着什么，好奇心驱使着我前去看看。

这是一个十八九岁的小青年，面容瘦削苍白，衣衫单薄，低着头，双手垂着，在寒风中瑟瑟发抖。地上铺着一块破布，上面用毛笔写着一行行字，大意是：我叫某某某，家住某省某县农村。母亲瘫痪，常年卧床不起；父亲最近遭遇车祸丧生，肇事者已逃逸。因家贫，弟妹已辍学。我今年考上了大学，因实在拿不出几千元的学费无法入学。爷爷奶奶叔叔阿姨大哥大姐可怜可怜我吧，我多想上大学啊！

看的人面色凝重，有的还抹起了眼泪。于是你3元，他5元，我也掏出了10元，不一会儿，小伙子面前堆起了一堆钱。小伙子不住地鞠躬致谢。

上班后，我一直心神不宁，眼前又浮现出在寒风中瑟瑟发抖的小伙子身影。

一个多年不见的老朋友来看我，晚上，请朋友到饭店吃饭。

这个饭店装修得很不错，豪华而又典雅，在银川也小有名气。服务员领我们到二楼雅座。刚落座，我一下愣住了。旁边一席三男三女正在吃饭，桌上摆满了菜，还有白酒、啤酒、饮料，很丰盛。一个西装革履的小伙子站了起来，笑容满面地正在说着什么。看来他在做"东"请客。这不是那个在寒风中乞讨的"大学生"吗？怎么在这里请人吃饭？一种上当受骗、美好感情被亵渎的感觉袭上心头，现在骗子真多，骗术五花八门，令你防不胜防，善良的人们一次次被愚弄欺骗。我真想高喊，这世上还有真乞丐没有啊！

（2001.9.29）

一块钱五个

张桂兰烧饼店里的烧饼分量足，火候到家，又黄又酥，远近闻名。我常去那儿买烧饼，渐渐认识了店主张桂兰，知道她是下岗女工。

一天傍晚，我又去买烧饼，因是老熟人，便聊了起来。正在这时，进来一个老太太，头发花白，脸又黑又瘦，穿得也破破烂烂的。她哆哆嗦嗦地掏出一把又脏又旧的毛票，数够1块钱，交给张桂兰。张桂兰把5个烧饼装进塑袋递给老太太，老人蹒跚着走了。

我感到奇怪，问道，一个烧饼4毛钱，5个烧饼两块钱才对，你怎么才收她1块钱？

张桂兰笑了笑说，这老大太很可怜，丈夫早就去世了，唯一的儿子前些年又出车祸死了，媳妇也一病不起，没过半年也死了。老太太和小孙女相依为命。由于没有生活来源，老太太每天靠捡破烂卖点钱生活。老太大第一次来我这买饼子时，问我饼子多少钱，我一看她的穿戴，就知道她是个受苦人，就哄她说饼子2毛钱一个。从此，每晚6点多，她准来买饼子，每次买5个。

一晃半年过去了，老太太也日见苍老，背也驼了。这天傍晚，我又去买饼子，便又和张桂兰聊了起来。到了7点钟，仍没见老太太来买饼子。我问张桂兰，怎么不见老太太来买饼子？张桂兰说，我也纳闷儿，她有一个星期没来了，是不是病了。正说着，进来一个五六岁的小女孩，虽然穿得有些破烂，可长得挺清秀，脸上似有泪痕。小女孩从身上掏出一个塑料袋，里面多是又脏又破的毛票。小女孩把塑料袋递给张桂兰说，阿姨，我奶奶让我把这些钱给您。

张桂兰吃惊地瞪大了眼睛，说，给我钱干什么？

小女孩说，我奶奶前些天病了，叫我到街上买饼子，每个饼子4毛钱。我奶奶说，看来饼子一个是4毛钱，不是2毛钱，人家张阿姨是照顾咱，咱们也不能让张阿姨吃亏。奶奶把捡破烂攒的钱拿出来，让我给您送来。

你奶奶呢？

前天晚上去世了……

（2002.5.26）

搀扶

每天清晨上班时，总要到一小巷内买个饼子做早点。这是小两口经营的饼子店，这对夫妻不过 20 多岁，个子都不高，皮肤黝黑，脸上总挂着憨厚的微笑。妻子腿有些跛，说是小时候得了病无钱治落下的。他们都是固原人，家里地少人多，十年九旱，生活拮据。来银川打工，丈夫先是在建筑工地干活，妻子在工地上做饭。后来夫妻租了一间小平房，后半间住人，前半间打饼子。由于服务热情周到，饼子分量足，火候到家，所以，每天打的饼子，很快就卖完了。

这天早晨，我照例去买饼子，却见小屋窗关门锁。我驻足良久，怅然离去。后来，一连几天都是这样。

又过了几个月，下班时，自行车胎没气了，我只好推着车子找修车摊打气。在一巷口，有一家修自行车的，旁边还有一个补鞋摊。走近一看，原来是打饼子的小两口，我一阵惊喜，忙问：这几个月你们到哪去了，怎么不打饼子了？我们这些老顾客还想买你们打的饼子呢。补鞋的妻子苦笑一下，没说话，修自行车的丈夫眼中闪过一丝忧郁的目光。半晌，他才告诉我，几个月前，他父亲病重，夫妻俩只好关闭小店回固原老家。父亲患晚期肺癌，在县医院住院，家里东挪西借凑了一万元钱也用光了。两月后，父亲去世了。料理完父亲的丧事，为了还债，为了生计，夫妻俩又来银川打工。原来租的平房也被房东另租了出去，成了美容美发屋。无奈之下，丈夫只好再去建筑工地干活，妻子一时没找到活干。丈夫干活时，脚手架断了，从空中摔了下来，右腿骨折，还是在一起干活的民工们凑了点钱才住进了医院。治疗了一段时间，虽然可以行走了，但腿上落下了残疾。后来丈夫学会了修自行车，妻子学会了补鞋，夫妻在街上干起了修车、补鞋的活儿。由于干这行的人很多，钱不好挣，只不过勉强糊口罢了。

我听罢，半晌无语。这夫妻俩命真够苦的，什么倒霉的事都让他们摊上了。他们倒劝起我来，说没什么，什么活不是人干的？这比在乡下农村强多了。以后您的车子坏了就到这来修，鞋破了就到这里补，咱们是老熟人了，有缘分。

暮色苍茫，华灯初上。小夫妻俩收拾摊子，向我告别，相互搀扶着，向自己栖身的小屋走去……

（2002.7.13）

难忘"山菜王"

今年10月，我到四川阿坝羌族藏族自治洲考察，并游览了著名的风景区九寨沟和黄龙寺。固然，九寨、黄龙那独特旖旎的风光令人叹为观止，但那个小小的羌族"山菜王"饭馆却给我留下了难忘的印象。

清晨，我们乘车从成都前往九寨沟。时近中午，车停在阿坝州茂县路边一家饭馆门前。这是家典型的羌族建筑风格的饭馆。饭馆前竖立的木招牌上赫然写着"山菜王"三个大字。热情好客的羌、藏族姑娘、小伙子早已迎候在路边，向客人们敬献了哈达并唱着悠扬动听的羌、藏族民歌。在饭馆前放着一个大坛子，里面盛着青稞酒。客人们一人一支长长的塑料吸管，插入坛内吸饮，一拨吸罢另一拨跟上，甚是有趣。青稞酒酸中带甜，别有风味。

这个饭馆分为两层，均木质结构。一层为饲养牲畜或储藏东西。我们踩着木梯拾级而上来到二层饭厅。饭厅很宽敞，足有近百平方米，摆着几十张木桌和木凳。屋顶是平的，搭着木板。整个建筑古朴独特。

客人们落座后，一道道菜上来了。没有大鱼大肉，生猛海鲜，全是从当地山上采集来的野菜，什么野木耳、野蘑菇、野黄花……风味独特。令在城里吃惯了大鱼大肉的客人们啧啧赞叹，胃口大开。羌、藏族姑娘、小伙穿着鲜艳的民族服装，唱着劝酒的羌、藏民歌，时而悠扬婉转，时而雄浑高亢。尤其是一个羌族小伙用羌笛演奏的《羌笛颂》，时而低沉，如泣如诉；时而高亢，激越悠扬。一曲长达五分钟，是一口气演奏完的（实际是边吹边换气，这是一种高难度的演奏技巧）。

姑娘、小伙歌罢、舞罢，交头接耳，低声商量着什么。我知道又有"好戏"看了。姑娘、小伙来到60多岁的四川省政协副主席面前，这位老主席看来知道就里，忙告饶道："我年龄大了，又有心脏病，饶了罢。"又用手指了指旁边的贵州省政协的一位50多岁身体壮实的老主任。姑娘小伙不由分说，拉胳膊的拉胳膊，抱腿的抱腿，把这位身胖体重的老主任抬了起来，抛向空中，连抛了三次，满座皆欢。这是羌族对客人们的最尊贵的礼节。有人打趣对他说，人家这么"抬举"你，你真幸福啊！

当我们乘车离去很远了，热情好客的姑娘、小伙子们还站在路边目送我们远去。

（2001.11.28）

莫待人去空悲切

老杜的母亲去世了，老杜哭得十分伤心。

了解老杜的人说，母亲活着时不好好尽孝，人死了哭得死去活来，又有什么用呢？

老杜出身挺苦的。他5岁丧父，从此孤儿寡母艰难度日。老杜的母亲没有工作，靠给人家缝缝洗洗，打个零工的微薄收入维持生计。在老杜的记忆中，那时母亲的手整天湿漉漉的，似乎从未干过。尤其到了冬天，又红又肿，像个小红萝卜。还没到冬天，母亲早早腌上一缸酸菜，上顿吃，下顿吃，吃得老杜后来见了酸菜就吐酸水。母子二人住的小土房又潮又冷，冬天有时没钱买煤，母子冻得瑟瑟发抖。母亲在昏黄的灯下缝补衣服，老杜在灯下做作业。母亲见老杜冻得直哈手，便把自己穿的破棉袄给老杜披上。灯下，母亲瘦削的身躯更显单薄。老杜暗暗发誓，待将来自己挣钱了，一定好好孝敬母亲。

一次半夜，老杜醒来不见了母亲，吃了一惊，正要穿衣服下炕去找，忽见母亲背着半麻袋不知什么东西，气喘吁吁地回来了，脸上淌着汗水。待母亲把麻袋里的东西倒出来，原来是煤面子。由于家里无钱买煤，母亲拿个麻袋，半夜去十几里外的火车站，把拉煤车撒到铁道边的煤面子一捧捧撮到麻袋里。母亲沿铁路不知跑了多少里路，才撮了半麻袋煤面，在刺骨的寒风中，跌跌撞撞背回到家。后来，老杜上了中学，母亲每次都为每学期的学费发愁。为了不给儿子"丢脸"，母亲常到很远的地方拾垃圾，有时瞒着老杜到医院卖血。医院的大夫看她又瘦又弱，死活不抽她的血。老杜母亲哭着说，孩子快开学了，学费又没凑够，我不卖血孩子咋上学呢？一番话，说得大夫、护士都流泪了，大家捐了些钱，才交清了学费。老杜上大学后，虽有助学金等，但生活费母亲每月都按时寄来。

老杜大学毕业后，分配到一个机关工作，日子才一天天好起来。但母亲仍改不了勤俭的习惯，只要老杜爱吃的东西，母亲上顿留到下顿。后来老杜娶妻生子，母亲更忙了，买菜、做饭、带孙子，一天到晚手脚不闲。老杜的妻子是个很挑剔的人，不是嫌婆婆饭做得不好吃，就是说衣服洗得不干净。弄得婆婆惶恐无措，像做错什么事似的。待孙子上幼儿园了，母亲不顾老杜的劝阻，又回到那间小平房里去住。开始，老杜常抽空去看望母亲，后来一忙，去得也少了。有时，叫儿子把生活费送过去。尤其这几年老杜当了领导，应酬多了，便很少去看望母亲。去年秋天，母亲病重住院，老杜花钱请了个陪护，自己只去医院一次，匆匆忙忙没坐5分钟就走了，谁知道，母亲说不行就不行了呢。那天老杜正在饭店陪客人吃饭，手机响了，是儿子打来的，说奶奶死了，老杜吓了一跳，匆匆赶回家，原来母亲死好几天了，还是邻居报的信。

人们常在假日举家到外地旅游，却不愿到同一城市的父母家看看；人们常在朋友圈中举杯投箸，却想不到温一壶酒，陪父母亲喝上一盅；人们常在妻儿的生日去饭店庆贺一番，却想不到父母的生日冷冷清清；人们总是借口工作忙、应酬多而吝惜到不愿陪母亲聊上一聊……

"老人不图儿女为家作多大贡献，一辈子不容易，就图个团团圆圆。"一曲《常回家看看》唱彻神州大地，唱出了多少父母的心声。从某种意义上说，从一个人对父母的态度，可看出一个人的品格为人；一个人只有理解父母，才能善待别人和自己。

（2002.7.4）

双胞胎女儿"飞"走了

我的双胞胎女儿，2002年以高分被全国两所重点大学录取。家中4口人，一下子少了一半，顿感冷清不适。孩子成长过程中的一幕幕往事，在眼前浮现。

妻子怀孕的时侯，我们没赶时髦，搞什么"胎教"，该干什么还干什么。不过，在孩子入学前那六年多里，每晚孩子入睡前，总缠着我给她们讲故事。讲故事是我的"强项"，古今中外、民间传说、英雄事迹，经过我的"加工"、"再创作"，讲给孩子听，孩子听得津津有味。可以说，孩子是听着我的故事长大的。

孩子会走路时，只要天气允许，闲暇时我便带着孩子或去公园湖泊玩耍，或到郊外踏青，放飞心情，呼吸新鲜空气，让孩子识别各种粮食、蔬菜和花果。有时还和孩子一起捉蜻蜓、扑蝴蝶、逮蚂蚱。孩子玩得十分高兴，这不仅使孩子更加热爱生活，热爱自然，而且也培养了孩子的童趣和爱心。

孩子小时，我就让她们干一些力所能及的活，如倒垃圾，洗自己的衣服，收拾屋子等，培养孩子亲自动手动脑的好习惯。

女儿5岁时在实验小学上学前班。一天，快下午一点了，还未见大女儿回来。小女儿说，姐姐在校门口等人，不肯回来。我忙骑车子来到实验小学，校园一片寂静，大女儿还呆呆地站在校门口。我问她为何不回家，她说，放学前，同班同学燕燕约我一块回家，我从中午一直等到现在也没见燕燕的影子，我还得等她。看她那认真诚实的样子，我不知说什么好。半响，我对女儿说，人家燕燕忘了这事，早回家了，连饭都吃完了，正在家睡觉呢。有你这么傻的吗？女儿睁大了眼睛，摇摇头，不信地说，不会吧，我要走了，人家再来找我怎么办？说好了一起走，哪能先走呢？唉！大女儿从小就这么憨直诚实，令人哭笑不得。

一天午饭后，只听阳台上响起叮叮当当的声音。我走近一看，小女儿正用剪子、锤头又剪又敲易拉罐，不一会，一个造型别致的变形金刚做成了。就是大人，也不一定做得这么快、这么好。那时，她不过10岁。

女儿12岁时的某个夏季中午，电闪雷鸣，不一会，天降大雨，一只被雨淋湿的麻雀从阳台上飞进屋内。由于被雨淋湿，麻雀飞进屋后再也飞不动了。我忙把它放到伙房土炉子上暖和暖和。过了大约10多分钟，我走进伙房，麻雀却不见了。抬头看看排气窗正开着，可能麻雀羽毛干后从排气窗飞走了。这里毕竟不是它的家啊。一会儿，女儿进来了，问麻雀怎么不见了？我故意哄她们说，可能掉进炉子里烧死了。两个女儿一听，马上嚎啕大哭起来，这怎么办啊，麻雀烧死了，多可怜啊！我一看事情闹大了，忙说，别哭了，别哭了，我哄你们呢。麻雀从排气窗飞走了。女儿不信，质问道，你怎么知道从排气窗飞走了？我说，如掉进炉子里烧死了，会有焦糊味，你们谁闻到糊味了？不从排气窗飞走，还能跑到哪去呢？女儿半信半疑地看着我，不再说话了。

双胞胎女儿"飞"走了，愿她们在人生的征途上"飞"得更高、更远……

（2004.5.5）

笑

放暑假了，女儿对我说，想去打工，我同意了。

女儿跑了一整天，总算在一家饭馆找到活干，每天 8 块钱。招呼客人，端菜上饭，别看钱不多，一天干 10 来个小时，女儿干得挺带劲。

小饭馆草坪前的石凳上从早到晚总坐着一个孤零零的老太太，头发花白，身上脏兮兮的。每当有孩子出现在附近，她都显得很快活，有时从口袋里掏出些小零食给孩子，但孩子们谁也不要。这时，老太太便神情黯然，失望地低下了头。

老太太似乎对女儿特别有好感，只要看到她就会冲她微笑、点头。有天中午没什么客人，老板对女儿说，你出去转转吧，两点半再回来。

女儿走出饭馆，这次老太太不但冲她微笑点头，还向她招了招手。女儿犹豫了，去还是不去呢？但看到那个老太太不停地向自己招手，女儿想，不就是一个孱弱的老人吗，又是大白天，怕什么，便走了过去。

女儿走到老太太跟前，老太太显得十分高兴，颤声问道："孩子，你在这家饭馆干活？"

女儿点点头，问："老奶奶，你有什么事吗？"

老太太犹豫地问道："孩子，你有时间到我家坐坐吗？"说罢，用手指了指不远处一幢十分破旧的家属楼，"不远，现在就去坐坐好吗？"

女儿想了想，反正现在没啥事，去就去。

女儿扶着颤巍巍的老太太，来到三楼她的家。一室一厅的小房子内光线十分昏暗，墙壁黑乎乎的，屋角结有尘网，旧木质沙发，一张木桌上放着一台小黑白电视，再没什么家具了。沙发上放着几个过去孩子们用过的布料破书包。

老太太苦笑着说，孩子，每天陪伴我的，是这几个破书包。见女儿不解，便讲起了自己的身世。

老太太是上海人，1958年同丈夫支边来到宁夏。她先后在几家小厂一干就是30年。后来工厂破了产，老太太失了业，靠每月刚够吃饭的"低保"钱艰难地生活着。老人一生没有生育，过去曾收养过几个孩子，一把屎一把尿地拉扯成人。见老人没什么油水可捞，便再也不登门了。前几年老头子也去世了，老人更加孤苦伶仃。寂寞时，便找出孩子们过去用过的破书包摩挲着，回忆起当年虽然清贫但充满温馨的时光……

听完了老人的身世，望着她满头白发、枯瘦的身体，女儿落泪了。她拉着老人的手说，奶奶，别难过，我就给您当个孙女吧！以后只要有时间，我就来看您。

老太太泪水夺眶而出，一把把女儿揽到怀里，搂得那么紧，似乎一松手，女儿便会飞走似的。

女儿本想帮老人收拾收拾屋子，一看表，快两点半了，便匆匆向老人告辞，回到了店里。

一个星期天的下午，有人敲老太太家的门。老人颤巍巍地把门打开，愣住了，一下子涌进来好几个小姑娘，齐声向老人问好。女儿笑着说，奶奶，这是我的同学，我把您的情况都给她们说了，今天我们都来了，今后，您就不会寂寞了。年轻人干活就是麻利，拖地的拖地，擦窗子的擦窗子，洗衣服的洗衣服，不到一个时辰，又黑又旧的小屋变得干净亮堂起来了。干完活，孩子们又拿出好吃的零食摆到木桌上，摆得满满当当。姑娘们簇拥着老太太，老人满是皱纹的脸笑成了一朵花，笑得那么开心，那么幸福……

（2002.8.17）

红底碎花裙的"旅行"

那年到北戴河开会，刚上中学的女儿让我在北京给她买一件好看的裙子。

开完会后路过北京时，我便为女儿选购裙子。跑遍了王府井、大栅栏，最后来到西单一个不大的服装商场，发现一件红底碎花裙子，款式新颖，十分漂亮，就是价格有些偏高，要价 120 元，我颇费一番口舌，最后"砍"到 70 元成交。

女儿穿上这件裙子既合体又好看，十分喜欢。从此，每到夏季，女儿便经常穿上这件裙子，不穿时就洗干净，叠得整整齐齐放起来。

女儿上小学时，由学校牵线，和固原三营小学的王小花结为"手拉手"对子，平时书信往来，逢年过节或给王小花寄些学习用品，或邀请她来家里小住几天，亲如姐妹。

初三暑假时，女儿又邀王小花来银川玩耍，陪她游览了西夏王陵、西部影城、沙湖。王小花临走时，我们给她买了一些学习用品和一套衣服。不过，王小花很喜欢女儿这条红底碎花裙子。我和女儿商量，干脆送给她算了，贫困山区的孩子买件衣服不容易。女儿虽然有些舍不得，还是大方地把这件穿了几年的裙子送给了王小花。王小花十分高兴，比送给她那一套新衣服还喜欢。

又是几年过去了。今年高考，女儿以高分被全国某重点大学录取。临走前，女儿又去了一趟王小花家。王小花初中毕业后，因家贫未上高中，在一家乡镇企业上班，小姐妹相见欢天喜地。女儿小住了几天，临别时，却发现了 3 年前送给王小花的那条红底碎花裙子。王小花说，现在人长高了，胖了，裙子有些小了，就把它洗干净包好放在床头，每当看到它，就想起姐妹俩的友情。女儿说，既然你现在穿着不合身了，就再给我吧，我明天到固原县城给你买件新裙子。就这样，3 年前送给王小花的旧裙子又回到了女儿身边。

我不解，一件旧裙子，女儿现在也穿不上了，为何又要回来了呢？女儿笑说，一是穿过几年，有了感情，留下作个"念想"；二是以后有了孩子，我就对孩子说，这件裙子，可是你外公跑了半个北京城才买到的，让孩子知道父母抚养子女的恩情。

小小年纪，竟有如此"深远"的想法，的确出乎我的意料之外。我怔怔地看着女儿，从内心里感到女儿确实长大了。

（2002.9.7）

她用柔嫩的双肩，撑起一个破碎的家

丰瑞雪的大哥是搞测量设计工作的工程师，足迹遍布西北的山山水水，身体一向很好。那年冬天，大哥患肺气肿，住了两个多月的院也未痊愈，转到自治区附属医院一检查，肺癌！大哥不相信，全家人也不相信，但事实谁也无法改变。前后治疗了一年多，最后还是撒手人寰，终年57岁。

大哥去世后，全家人心中巨大的悲痛还未消逝，不幸的事又接踵而至。两年后，大哥的二女儿因思念父亲，精神抑郁，又不幸病逝，年仅17岁！

两年内，全家5口人就走了两个，大哥的长女丹燕当时19岁，儿子宏志15岁，老伴因病卧床不起，这日子怎么过呀！

丹燕学习成绩很好，那年正面临着高考。凭她的学习成绩，考上重点大学不成同题。一天晚上，她找到丰瑞雪，说她想放弃高考，早点工作。

丰瑞雪怔怔地看着她，问为什么？

她说，父亲去世了，家中没有经济收入，母亲又卧床不起，我就是考上了大学也上不起。何况弟弟还在上学，谁供他呢？

那你放弃上大学，太可惜了。

这是没办法的办法。我以后还可上电大，或参加成人自考学习，脚下的路多的是，就看你怎么走。叔叔，我主意已定，先把弟弟供出来再说。

丰瑞雪真没看出来，外表柔弱的侄女，内心竟如此刚毅，如此有主见。他思忖了一会，拍了拍侄女的肩膀说，好，叔叔支持你，你会成才的。

丹燕进了父亲工作过的单位，先搞描图，后当会计，业余时间到饭馆打工，还要照料卧病在床的母亲，咬紧牙关支撑着这个破碎的家。

4年匆匆过去了，丹燕的弟弟宏志没有辜负姐姐的一片苦心，以高分考取了某重点大学。入校那天，丹燕和亲友以及单位的领导到车站送行。

火车就要启动了，姐弟泪眼相视，执手难舍。姐姐最后只说了一句话：宏志，你好好学，如能考上研究生，姐姐还会继续供你的。

宏志用力地点了点头。

4年又飞快地过去了，宏志不负众望，又考上了研究生。毕业后，在京都一家大公司工作。

丹燕深深地舒了一口气，这11年心血没有白费。在这11年里，她上了电大，并取得会计资格证书，后又获得本科文凭。她搓着粗糙的双手，看着镜中有些憔悴的面容，突然，一个想法涌上心头。她忙和在京工作的弟弟联系，请他多寄一些考研方面的资料，说是别人向她借的。

丹燕决定的事就去做，绝不更改。经过了一年的苦读、准备，以31岁的"高龄"，又考上国际金融专业的研究生。

当她把这个喜讯告诉弟弟时，宏志并没有像她想像的那样激动，却以平静的口吻说，姐姐，我早知道你有这一天。你问我要考研资料时，我就猜中是你要考研。知姐莫如弟，我相信你一定会成功。姐姐，祝贺你，没有你，也没有我的今天。我在北京站迎接你。

12年后的一个秋季，31岁的丹燕离银赴京读研去了。病愈的母亲和众多的亲友到车站送行。丹燕想起8年前送弟弟赴京上大学的情景，今天自己又要进京读研了，止不住泪水盈盈。亲友们也个个喜泪涟涟。孩子们，你们没有在困境中沉沦倒下，而是努力拼搏，同命运抗争，你们终于成功了！

北京站，精神焕发的宏志迎来了已不年轻的姐姐，又是泪水盈盈，双手相执。8年前的情景又浮现在眼前。姐弟俩又想起了过去经常相互激励的巴尔扎克的一段话：不幸和挫折，对于强者是一笔财富，对于勇敢者是一块垫脚石，而对于懦夫，则是万丈深渊！

（2002.8.10）

我的事业在银川

张强来银川打工十几年了。说起这十几年的打工生涯，他百感交集。

张强是甘肃静宁县农村人。因家里太穷，初中未毕业就读不下去了，便来到银川打工。

那些年，来银打工的小伙多是蹬黄包车拉客，一天能挣十几二十块钱。这活不需要什么技术，有力气就行了。不过，拉客也不易，有人坐车不给钱还骂骂咧咧，有人到了家门口借口上楼取钱再也不下来。最让张强难忘的一次是，那年冬天一个傍晚，张强正要收车，一个头发乱蓬蓬、横眉立眼的小伙子说要去北塔，张强犹豫地说，天太晚了，不去了。小伙子说道，怕什么，我还能吃了你？你们蹬黄包车的，不就是为多挣俩钱吗？我出5块钱。张强想想也是，便拉着小伙子上路了。谁知到了离北塔不远的偏僻处，小伙子喊停车，一下车，便掏出一把弹簧刀，凶相毕露地说，把身上的钱掏出来！张强掏出身上仅有的10块钱交给他，他嫌少，张强说再没有了。他又搜了搜，什么也没搜出，骂了句穷鬼！打了张强两个耳光，又一脚蹬翻了黄包车，扬长而去。张强那年刚16岁，泪水止不住流了下来。为什么打工这么难啊！

蹬了几年黄包车，攒下几个血汗钱。一天，老家的表弟来信说，想和张强合伙买辆中巴车，他开车，张强卖票并学修车，在家乡拉客，说用不了几年就赚了回来。张强想想在城里打工的艰难，心动了，便和表弟合伙凑了一笔钱，买了一辆中巴车，在家乡到县城的路上拉客。

刚跑了几个月，发财的梦还没实现，便出事了。由于表弟酒后行车，和一辆卡车相撞，中巴车严重报废，表弟和几个乘客都不同程度地受了伤。钱没赚几个，又赔进去几万，真是倒霉透了，张强只好第二次来银川打工。

来银川几天了，还没找到活干，身上的钱也快用光了，张强十分焦虑。一天中午，他在东环路漫无边际地走着，突然，身后有人高喊：抢劫啦！抓住他！张强回头一看，两个长发小伙子正气喘吁吁地跑来，其中一个还拿着一个坤包。张强待一贼跑到身边，一伸腿，把这家伙绊了个狗吃屎，骑到他身上夺包。正在此时，另一窃贼掏出刀子朝张强刺来，幸好"110"巡警路过，和张强擒住了这两个贼，将坤包交给了被抢劫的妇女。妇女对张强千恩万谢，问他叫什么名字，又掏出200元钱给他。张强说什么也不要，也不说出自己的名字，笑了笑走了。刚走几步，那个妇女骑车又追上张强，问他是不是找活干的民工，张强说是。那妇女说，巧了，我爱人办了个汽车修理厂，正缺人手，问张强愿不愿干？张强大喜过望，就这样，好心有好报，张强就在东门外这家汽修厂一直干到现在。

由于他踏实能干，每月能挣千把块。去年，张强又把老婆、孩子从老家接来。老婆在某单位当清洁工，孩子上小学，一家人过得和和美美。

张强的父母是老实巴交的乡下人，张强几次要把父母接到银川生活，父母因年迈，在城里住不惯不肯来。张强经常给父母寄钱，家中有事也常回去探望。父母和其他儿女在老家生活得很好。张强全家人深深地爱上了银川。他愿和众多的打工者一道，把第二故乡银川建设得更加靓丽。

（2002.8.3）

那永不熄灭的灯光

我家前面有一座楼房，每到晚上，有一间房子里的灯总会亮到深夜。我有个"恶习"，爱熬夜，总到深夜一两点才上床休息。但不管我什么时候睡觉，那间房子的灯光总是亮着。黎明我起床时，那间房子的灯光还亮着。

我暗暗佩服不已。自认为睡得很少，除了工作，就是学习，够勤奋了，看来还有比我更勤奋的，屋里的灯比我房间里熄得还迟、亮得还早。从此，我不敢懈怠，每天学习到深夜。

大学毕业后这些年，我越来越感到自己的知识不够用，便萌生了考研"充电"想法。我找来一大堆有关书籍和资料"啃"了起来。毕竟年龄大了，常常今天记住了，过几天又忘了。尤其是外语，记得慢，忘得快，学起来十分吃力。多少次我想打"退堂鼓"，算了，这么大年纪了，拖家带口的，还考什么研，自讨苦吃，何必呢！但每到夜晚，看到对面房子里的灯光亮到深夜，感到一股热流传遍全身，激励我又拿起书来刻苦学习。有几次，学着学着困得睡着了，醒来后，看见对面房子灯光依然亮着，十分感动，心里默默地念着：朋友，你是准备考大学，还是考研究生呢？那好，咱们共同努力，争取都实现自己的愿望。

功夫不负有心人。经过一番努力拼博，我终于如愿以偿地考取某党校的研究生。这么大年龄，又要像当年一样回到课堂里学习，心中备感亲切，也感到阵阵激动。

第二天，我就要启程开始新的学习生活了。晚上，当我又一次坐在灯下看书时，看见对面房子的灯依然亮着，突然萌发了一个灼热的念头，想到对面房子拜会一下这位从未见过的朋友，看看他到底是怎样一个人。

我走下楼，出了大门，来到对面楼房院子里，顺着楼梯上到三楼，那间房子的灯光依然亮着，走近仔细一看——原来是厕所！

（2004.5.12）

我家的"小黑"

那些年，我家住在西塔巷旧平房里，屋内阴冷潮湿。一到夜里，就成了老鼠的"天下"，啃噬东西，有时还发出"吱吱"的叫声，吵得人无法入睡。母亲常念叨，要是养一只猫就好了。正巧，有个老乡家里养的一只大母猫一窝下了4个小崽。听说我家想养猫，便送来一只小猫崽。

这只小猫刚半岁，浑身漆黑，毛像黑缎子似的，两只眼睛炯炯有神，特别可爱，全家人十分喜欢，给它起名"小黑"。俗话说，是猫就降鼠。自从养了小黑，家里老鼠少多了，夜里也安静了。有天傍晚，家里不见了小黑，我往床底下一看，小黑正一动不动卧倒，后身弓起，两眼圆睁。过了一会，一只小老鼠贼头贼脑地溜出鼠洞，东瞧瞧，西看看。说时迟，那时快，小黑一个虎跃，不待老鼠反应过来，小黑两只爪子已将其按住，叼在口中，还发出"呜呜"的声音。

几年后，家住新市区的一位远房亲戚到我家走动，见了小黑很是喜欢，说他家老鼠多，想把小黑抱走养上一段时间再送来。母亲虽然不大情愿，但碍于面子，只好含笑答应了。亲戚临走时，母亲给他找了一个布袋子，说猫记性好，认路，把猫装进袋子里，这样，猫就跑不回来了。

小黑被抱走后，家里顿感冷清，全家人脸上也少了笑容。3天后的凌晨，天还没亮，突然，家门被抓得咯吱咯吱响。母亲拉亮灯，喊我下床开门，看看是怎么回事。我刚把门开了条缝，一个黑影挤了进来，喵喵叫个不停。呀！原来是小黑回来了。我抱起它，只见它浑身湿漉漉的，爪子都磨秃了，显得十分疲惫。全家人都高兴地下了床，争着抱它。从新市区到我家几十里路，它是怎样跑回来的啊！人常说狗不嫌家贫，对人忠诚。看来，猫的忠心也不差啊！

又是几年过去了，小黑个头也长大了，不如当年灵活了，但全家人仍很喜欢它。这年春天，组织上派我到某省挂职锻炼，时间是两年。在外省这两年，发达地区的好经验让我学不够，工作十分繁忙。但一旦静下来，十分思念家乡，思念亲人，也思念小黑。

两年匆匆过去了，我返回家乡，和母亲及家人有说不完的话。但家中不见小黑。母亲说，自从你走后不久，小黑像掉了魂似的，整天蹿来蹿去叫个不停，后来就不见了。我听后十分伤感。小黑，你跑到哪去了？

由于一路劳顿，又和家人说了半夜的话，第二天近午时我才起床。刚刚洗漱完毕，突然又听到那悉的喵喵叫声。啊！是小黑回来了，我忙抱起小黑，它可"老"多了，身上的毛也失去了光泽，眼角还有眼屎。它一边叫，一边往我怀里钻，显得那么亲热。啊！小黑，你终于回来了。

奇怪地是，到了下午，再也没见小黑，它又跑到哪儿了呢？傍晚，终于在床下墙角处发现了小黑，它静静地趴着，一动不动。用手一摸，它已经死了……

（2004.5.19）

啊！我的父老乡亲

这些年在城里拾荒的安徽人越来越多了，或拉个平板车，或背个蛇皮袋，走街串户，高声吆喝。大中午一声声"收破烂！""收废铜烂铁！""收酒瓶子！"睡梦正酣，把人吵醒，一肚子火又无处发泄，这些讨厌的安徽人！

我对他（她）们印象不好，不仅仅是把午睡吵醒，总认为这些人不是在老家躲避计划生育，就是不愿意下地干活，吃不了苦，在城里收破烂，"方便"时还能"顺手牵羊"。

前些时候搬家，一大堆破烂，带走不值得，扔了又觉得可惜。正巧，来了个收破烂的。

这是个中年妇女，皮肤微黑，相貌周正，穿着整洁，见人笑嘻嘻的，全无收破烂者邋遢粗卑相。她拉着一辆平板车，车上坐着一个3岁左右的小男孩。

他到我家，动作麻利地将破烂归类捆扎，我便和他聊了起来。她是安徽涡阳人，农民，初中文化。

不在老家务农，怎么跑到城里收破烂，是逃避计划生育吧？我问。

她笑了笑说，大哥，你说得对，孩子超生了一个。原来两个女孩，婆婆和丈夫非要我再生一个，这不又生了个男孩。乡里知道了，一次罚款一万元。俺种地的，哪有那么多钱啊！人家罚不了款，把家里值点钱的东西都拉走了，还说欠几千元，这日子没法过了，只好全家来银川收破烂。

你家也是，有俩女孩不是挺好吗，非得再生个男孩？

唉，大哥你不知道，农村和城里不一样。听说你们城里人有的一辈子不结婚，有的结了婚还不要孩子。你们有工资，退休了有养老的钱，不愁吃不愁穿。农村不行啊！不说女孩子大了要嫁人，就是干农活，没有男孩也不行啊！种地、收庄稼、打场、卖粮、挖渠、盖房，女孩子到底不如男孩。另外家里没个男孩，也常受人家欺负，处处跟你过不去。

噢？不是说，现在农民的日子好过了，谁还这么横行霸道欺负人？

唉，大哥，你不是农村出来的吧？

我点了点头，又摇了摇头。其实，我父母过去和上几辈人都是农民。

大哥，你别看报纸电视里说农村多好多好，农民多富多富，其实不是那么回事。农村有富的，大多数人还很穷。农村那么好，城里人为啥不到农村去？过去在我们村插队的知青，后来一个个宁可在城里打工，也不愿留在农村。过去吃大锅饭，农民是穷；后来分了地，包产到户，刚过了几年好日子，这些年又不行了。

咋又不行了？

咱农民还得靠天吃饭。别说不丰收，就是丰收了，各种滥收费、乱摊派也压得你喘不过气来。

真有这么严重？

他不满地白了我一眼，咋不严重？什么教育附加费、计划生育费、优抚费、民兵训练费、乡村道路修建费、广播电视费、村公积金、公益金管理费……唉，俺都记不清有多少了，少说也有几十种。该交的当然要交，咱农民又不是不讲道理，有的费交的冤，不该交。什么广播电视费，小广播早拆多年了，我家也没电视，为什么要交广播电视费？什么道路修建费，打我嫁到这个村，那条土路几十年就没修过，交啥道路修建费？

我心里沉甸甸的，像压了块石头。

那些乡村干部，不干什么活，整天背着手，今天催粮，明天要款，动不动打人骂人，比黄世仁、南霸天还坏！

我想笑，可笑不出来。

怎么没人告他们？

告？到哪儿告？那是人家的天下。我们村里有个民办教师，大半年没领到工资，家里都揭不开锅了，写信告到县上。谁知告状信三转两转又转到了村委会主任手里。这下可捅了"马蜂窝"了。那天黄昏，刚吃罢晚饭，村委会主任带了3个人，把这个老教师捆起来带走了。吊起来皮鞭抽，棍子打，折腾了三天三夜，等把人放回来，还剩下一口气，眼还打瞎了一只，耳朵也聋了。过了几天，乡上派人调查此事。调查人在村主任家里又吃又喝，闹腾了半夜，打人的人啥事也没有。

她还在絮絮叨叨地说着，我一句也听不下去了，心里堵得慌，就像有一团火在燃烧。解放都50年了，农村怎么还有这么横行霸道的黑恶势力，农民还能活下去吗？

九届全国人大四次会议举行的记者会上，朱镕基总理回答记者提问时说："目前从农民手里收取300亿元的农业税，600亿元的乡统筹、村提留，再加上乱收费，恐怕从农民那里一年要拿 1200 亿元甚至更高。"我心里感到十分沉重。朱总理又以坚定有力地口气说："我们下定决心，一方面要减轻农民的负担，一方面要保证农民的义务教育的需要，这是坚定不移的。我们首先在安徽省举行试点，然后再在全国推广，这是一个非常重大的任务。"我顿感释然。

晚上看新闻联播，报道安徽等省广大干部走出机关，背上行囊，深入农村，为广大农民办好事、办实事、办难事，真诚减轻农民负担，感到十分欣慰。只要这样坚持下去，不走过场，不搞花架子，我国的农民就不会怨声载道，农村大有希望，我们的国家一定会蒸蒸日上！

啊！我的父老乡亲！

（2001.4.2）

王哑巴

小时候，我常到河对岸父亲下井的煤矿上玩，经常见到一个 30 多岁的黑脸汉子，吃力地挑着两大桶水，向山上的食堂走去。黑脸汉子和人说话打手势，我才知道，他姓王，是个哑巴。王哑巴靠给煤矿食堂挑水和侍候大大小小的头头们生活，经常挨打受气（那时还未公私合营）。

后来和王哑巴熟了，发现他是个很善良的人。他爱抱我们几个小孩子，有时买一些花生、水果糖给我们，我们都很喜欢他。

有天下午，我们几个小伙伴到清水河里玩耍。玩着玩着，一个叫大宝的孩子被冲到河中间，在水里上下沉浮。我们几个孩子吓得大哭。不远处，正在挑水的王哑巴扔下水桶飞奔过来，跃入水中，把大宝救上岸，又把他倒过来控水，用手轻轻拍打着他的后背，是那样地轻柔细心。待大宝没事了，他又用手比划着，叫我们以后小心，千万不要再淹着。

一天深夜，河对岸传来王哑巴一阵阵的惨叫声惊醒了我。我问父亲谁在打王哑巴，为什么要打他？父亲没有回答我，只是愤愤地骂道，连个哑巴都这么欺负，这些人不得好死！第二天我才知道，矿主王胖子晚上烟瘾发作，叫王哑巴到很远的县城给他搞点大烟。王哑巴不肯去，被王胖子等人吊起来打到大半夜。

早晨，我和小伙伴们去上学，走到半路，见王哑巴背着又破又旧的行李，坐在路旁。他鼻青脸肿，两腮深陷，头发蓬乱。我们都很难过，不知该怎样安慰他才好，便把我们中午吃的干粮给他。他接了过来，眼里流露出感激的神情，犹豫了一下，摇了摇头，又把干粮装进我们的书包里，又从衣袋里摸出几块早化了的水果糖给我们。

后来，我们全家迁到宁夏，再没有见过王哑巴，也不知他最终流落何处。王哑巴如果现在还活着，也已是 80 多岁的老人了。

（2002.12.1）

无言的第一课

这是一个真实的故事。

一个秋天，北京大学又开始了一个新学期。一个外地来的学子背着大包小包走进了校园。他走的实在太累了，就把那些包放在路边。

这时，正好一位老人走了过来，年轻学子请老人替他照看一下包，他自己则轻装去办理入学手续，老人爽快地答应了。

近一个小时过去了，学子办完手续归来，老人还在那里尽职尽责地守着行李。学子谢过老人，背着包朝宿舍走去。几天后，在北大的开学典礼上。这个年轻学子惊讶地发现，主席台上就坐的北大副校长季羡林，正是那天替自己照看行李的老人。

还没有正式开学，季羡林先生就给年轻的学子上了无言的一课。

是真名士自风流，唯大英雄出本色。真名士、大学者是一座山，是一个海，其精神力量在潜移默化地影响着一代又一代人。

人的高贵，来自于灵魂，只有注入高尚的灵魂，我们的事业和人生才会获得强大的动力之源和生命之源。强大的精神力量是生命画卷的调色板，生命因此而多姿多彩，光彩照人。

伟大的中华民族一贯把人格修炼作为人生第一要义。在新的历史时期，我们应该秉承传统，勇于创新，在世间的红尘之中，求真、向善、爱美，塑造高尚的人格，提升我们的灵魂，让心灵走向崇高，让人生更加充实而美丽！

（2002.12.21）

那席地而坐的民工们……

晚上散步，信步拐进一条小巷，在一家小门市部外面，摆放着一台小电视机，电视机前，有20多个衣着破烂的民工席地而坐，正在津津有味地看一部"肥皂剧"。再往前走，在一间不足10平方米的小土坯房内，住了4个民工，正光着上身，吃着没有多少菜的白水煮面条。

这些年来，农村大批剩余劳动力向城市转移，许多民工来到银川，费尽周折，好不容易找个干的，大多是城里人不愿干的又脏又累又苦的工作，吃的是最差的伙食，穿的是最破烂的衣服。一座座壮观漂亮的大楼拔地而起，城市的面貌发生着日新月异的变化。而这些民工们还常常被黑心的包工头欺骗，有时辛苦一年，一分钱也拿不到。家中的父母跷首盼子归，妻子儿女等待他们带钱归来，他们此时又是何种心情？他们除了从事繁重的体力劳动外，精神上也承受着巨大压力。他们不属于这个城市，城里人本能地排斥他们。西北人到了北京、上海、广州等大城市，当地人本能地排斥西北人，连说话的声音都高八度，西北人为此愤愤不平。而我们为何又排斥自己的同乡西海固人呢？

当你全家晚饭后舒适地坐在沙发上看电视的时侯，当你牵着狗悠闲地散步的时候，当你在歌舞厅健身房尽欢尽兴的时候，当你步人高级宾馆享用着山珍海味、一掷千金的时候，请你不要忘记这些民工吧！他们不仅仅值得我们同情，更值得我们尊敬，尽管他们文化不高，衣衫褴褛，甚至不讲卫生……

（2001.11.1）

忏悔

有个商人挺慷慨，曾经大方地把钱大把大把地借给四面八方的朋友。可当他急用钱时，身边又恰好没有了钱。于是他在自己的商厦门前贴出一张醒目的告示，上面写着：年关将至，银根吃紧，请下列借款者务必快点还钱。那告示上开列了一个个借款者的名字，只不过这些名字全是虚构的。众多借款者发现告示上的一大串名字中唯独没有自己，便认定老板给了很大的面子，于是出自感激，迅速地还清了借款。

在日常工作和生活中，也要讲究方式方法，才能收到事半功倍的效果。否则，只能事与愿违。

大学毕业后，我曾在一所中学任教。我任课的这个班的班长，关心同学，热爱集体，有很强的组织能力，在同学中有很高的威信，但学习成绩一般。有次期中考试，他语文只考了58分，我很生气，你当班长的，才考这点分，怎么去管别人？上课时，当着全班同学的面，我又是讽刺又是挖苦。这位班长低着头，面红耳赤，偶尔抬头看我一眼，我发现他眼中溢满泪水。我心里"咯噔"一下，我这样做，是否过分了些？他虽然只有18岁，也有很强的自尊心啊！

不久，我调离了这所学校，但总想找个时间当面向他道歉，但一直没有机会。那年中秋节，有几个学生来我家看我，我问起这位班长的情况，一位学生含着泪说，他死了！

那是上个月的某天中午，一位妇女在买菜时，一窃贼偷走她放在自行车车筐里的包撒腿就跑。恰好从旁边经过的班长听到这个妇女的喊声后，骑着自行车猛追过去，同窃贼展开激烈的搏斗。窃贼穷凶极恶，拔出刀子刺向班长，班长倒在了血泊中。闻讯赶来的民警制伏了歹徒，但班长因伤重不治而亡。

听了这个消息，我心情十分沉重。班长去世时，还不到 19 岁，我永远失去向他道歉的机会，留在心中的只有深深的忏悔。

（2002.11.29）

夫妻间说话的艺术

一位朋友在单身时是大男子主义者，强调男人是一家之主。他结婚不久，却成了"太太万岁"的丈夫。

从大男子主义到太太万岁完全是他太太"教育"的结果。平时，有关孩子上学、住房安排等问题，他都和夫人商量，再以一家之主的尊位来下结论。可是事后发现，所有事情的最后决定权仍在夫人身上。

他夫人常用的方法是"三段论法"。她每次都问丈夫："这事你有什么好办法？"将决定权谦让给丈夫。

当一家之主受到信赖时，自尊心上升，心里飘飘然，以为决定权掌握在自己手中。

之后，太太在适当的时机再反问："你看这样行吗？""这样做不妥吧？"此时，再固执的对象也会软化："就这样吧！"

他太太的高明之处，是在于巧妙地利用了人心之盲区，将决定权赠与对方，是要刺激其自尊心，提高优越感，让他产生不是别人控制他人之错觉。

实质上，将决定权授予对方只是一种技巧，目的是将对方诱导对自己有利的地位。对方受到尊重，心胸也变得宽广了，再抓住时机，提出自己的意见，对方就很容易接受，于是便收到了"言听计从"的效果。

假如路上有一个障碍，你可以绕过去；如果夫妇说话不投机，就换一个话题，等到机会合适时再回到原话题上。

一位丈夫这样介绍了自己的谈话诀窍：那是个星期三晚上，我问妻子能否跟我一起参加周五晚上的一个聚会。

"那谁知道，这个周末之前，我还有其他事要办。"

"哦，那就再说吧。顺便说一句，这道菜不错，是你新学的吗？"

"对，是我妹妹小兰教的，我决定今天试一试。"

"小兰她好吗？"

"还好，上星期她有点不舒服，现在全好了。"

"你什么时候见着她的？"

"昨天。"

"好，很高兴听见她身体好了。哎，星期五那个聚会怎么样？能抽出时间吗？"

"尽量争取吧，你现在就要我定下来吗？"

"他们要统计一下有多少人能来，以便安排，要么我告诉他们你去，如果临时有急事，再打电话通知他们，怎么样？"

"好的，就这样决定了。"

很显然，这位丈夫一开始谈话便发现了妻子有些抵触情绪，于是，很自然的把话题内容转到妻子高兴和关心的事情上，然后适时地使谈话回到原来的话题上，而这时妻子的抵触情绪已经没有了，夫妻间便很容易沟通了。

（2003.7.24）

不同时代，不同的"她"

我心中的"她"是谁呢？不同的年代，我心中有不同的"她"。

20世纪50年代，我上小学。那是个热火朝天的年代。我心中的"她"是个健康活泼的小姑娘，圆脸，扎两个小辫儿，夏天穿着"布拉基"（连衣裙），冬天穿着大红小棉袄。常发出咯咯的笑声，是那样的清纯可人。

到了六七十年代，我已是个小伙子。当时人们服装基本上是灰、绿、蓝色。我心中的"她"身体结实，肤色健康，留着齐耳短发。"她"最好穿一身女式军装，袖子挽起，扎着腰带，显得精神干练。后来军装不再流行，我心中的"她"又穿着劳动布服装或中山装女便服，而且总会想方设法穿出点花样来。有时在外衣里穿一件自织的色彩艳丽的毛衣，有时脖子上围条漂亮的纱巾，把衬衫领翻到外面，是那么的美丽动人。

历史的车轮进入了21世纪，放眼今天，服装潮流快速流转，令人眼花缭乱，目不暇接。我心中的"她"皮肤白皙，身材高挑，化着淡妆，穿紧身T恤、牛仔裤，夏天则是一袭白色（或黑色）长裙，高贵典雅，风情万种。

尽管我心中的"她"变来变去，但不管是什么时期，有一点是共同的，那就是心地善良，乐于助人，是非分明，善解人意，充满朝气，超凡脱俗。

（2002.9.28）

男儿也当"容"

爱美之心，人皆有之。当今世界爱美已不是女性的专利，男士也一样要"容"。

服饰、装扮作为人体语言，可以最感性地传达其内心思想和情感。一个人喜欢穿什么衣服，可以在一定程度上反映这个人的精神状态。

过去读一些外国小说，看到一些官兵立刻要上战场，生死未卜，还把衣服整理得干干净净，头发梳得一丝不乱，皮鞋擦得乌黑锃亮，当时怎么都不理解，命都保不住了，还有闲心打扮自己。后来才慢慢体会到了，男士把自己打扮得清清爽爽，整整齐齐，还是自信的反映，对生活热爱的表现。向世界展现自己美好的一面，既是对自己的尊重，也是对他人的尊重。女士打扮得漂漂亮亮，人们总爱多看两眼；同样，一个男士把自己收拾得精精神神，也能引起大家的好感。

我过去上学时，有两位任教老师给全班同学留下很深的印象。一位是衣着邋遢，不修边幅，夏天甚至趿拉着拖鞋来上课，离老远就能闻到其身上散发出的一股怪味儿。讲课间隙，这位老师还要点上一根香烟，过过烟瘾。尽管他学识渊博，课讲得不错，但他一上课，大家就交头接耳，小声议论，精神总集中不起来，因而大大影响他讲课的效果。下课后，有疑问也不愿找他，因受不了他身上的那股异味。另一位老师，衣着整洁，还常"领导服装新潮流"，发常理，面常修，指甲常剪，总是那样精神干练，风度翩翩，不论男女同学都喜欢他。"爱屋及乌"，大家从喜欢他这个人发展到喜欢他的课，课堂气氛活跃，大家精神集中，讲课效果出奇的好。

男士不管老幼丑俊，懂得修饰自己，永远没有错。男为谁"容"？为了使生活更美好，使世界更加丰富多彩！

（2002.9.14）

老年再婚应慎重

有一位老干部，级别不低，工资不少，老伴去世几年了，虽有儿有女，但毕竟不能天天守在身边。他在公园晨练时认识了一位丧偶的退休女工。没几个月，两人就开始了另一次婚姻。刚开始，两人感情尚可。但没半年，两人又闹起离婚。原因是这位退休女工不但在老干部吃喝花钱上处处限制，还把老干部多年的积蓄渐渐转到自己的儿女家。老干部一气之下坚决同她离了婚。还有一位丧妻的老同志，认识了一位丧偶的女干部，两人未征求儿女意见就结了婚。虽然感情不错，但双方儿女却不理解，3 天一小闹，5 天一大闹，结果还是拆散了这对有情人。

类似这种事情，在我们日常生活中并不少见。那么，如何才能使再婚老人幸福地度过晚年呢？

一是切忌"短平快"（认识时间短，婚后感情平淡，离婚快）。老年人再婚是为了找个伴儿，以便在生活上互相照应，在感情上互相沟通，在精神上互为依托，完全是有利无害的好事。但是一定要慎重，要相互了解，切忌"反正老了，来日无多，随便凑合一个就行"的思想。对再婚不能操之过急。另外，老年人的婚姻也要建立在感情基础上，不能只注重对方的地位、收入等。其三，老人要将再婚的愿望告诉儿女，征求儿女的意见。如果儿女不理解、不支持，则应做好他们的思想工作，相信多数晚辈会理解支持的。老人婚前应就财产、赡养等具体问题，与双方儿女达成必要的协议。这样做，对再婚老人婚后的生活保障有重要意义。当然，如果儿女另有所图，对父母再婚横加干涉，无理取闹，那就要拿起法律武器，维护自己的合法权益。其四，对双方的子女要一视同仁，切忌厚此薄彼。许多再婚老人对这个问题没处理好，导致了离婚的悲剧发生。

老人再婚后，应该相互信任，相互尊重，你敬我爱，才能有真挚的感情。在家庭生活，尤其是经济方面更应公开、公平，相互商量，切忌相互猜疑或独断专行，否则就不可能有幸福美满的生活。

（2001.9.18）

老年夫妻也应浪漫

有人说，花前月下卿卿我我，阶下道上携手缱绻，那是年轻人的专利。其实不然。

老年夫妻由于年事已高，生理和心理已趋老化，不再像年轻时那样充满激情，平平淡淡的生活已缺乏新鲜感。一些老年夫妻错误地认为，一辈子也这样过来了，相伴几十年，谁还不了解谁，没必要再沟通交流了。其实，老年夫妻才更应该增加沟通与交流，不断增进感情。最好走出室外家门，或徜徉于林荫道上，或流连于花丛中，放飞心情，回味往日的恩爱，年轻时的浪漫，既能增进夫妻感情，又能使老年夫妻心理年轻化，重新焕发青春，何乐而不为？另外，夫妻忙碌了一天，在户外牵手信步，说家事，谈未来，观风景，精神愉悦，这对老年人常见的冠心病、糖尿病、神经衰弱、腰腿老化等病症大有裨益。

所以，老年夫妻不要抱着过一天算一天的生活态度，这对心理和生理都无好处。夫妻携手，"浪漫"一回，你会感到生活别有乐趣。

（2001.11.18）

家庭节支理财之道

健康即省钱。常言道，"健康是福"。身体健康不上医院不吃药不打针，自然就能省下一大笔钱。如果因过于节俭而不懂得爱惜身体，什么也不舍得花，无疑步入"贪小失大"的误区。

平安即赚钱。人生在世平平安安，不仅是一种福气，而且等于赚了钱。衣食住行都应做好安全防范工作，家庭常用品，如老化破损，不要"超期服役"，要及时更换。安全不出问题就等于赚了钱。

心明不破财。"天上不会掉馅饼。""世上没有免费的午餐。"明白这一点，就不会贪图便宜而上当受骗。不破财，也就是最成功的理财。

发现等于发财。现在值钱的东西越来越多，如钱币、字画、邮票、古董、家具、古籍等，一旦发现其身价就等于得到一堆金元宝儿。即使没有上述古董，现代的东西，如分币、像章、各种票证、小人书等，现在也开始升值了。因此，在理财中，常翻翻家里的"老底"，切不可把宝贝当废品卖掉。说不定有所发现，给你一个意外惊喜。

避免盲目性开支。购物不可见好就买，以讲求实效为主，避免出现不必要的开支。

杜绝有害性开支。赌博是最典型的例子。另外，如抽烟、喝酒等都属于有害性开支。

降低消费性开支。家中无人不关灯，人走不关水，饭菜浪费等，看来是"鸡毛蒜皮"的事，但积少成多，也不能掉以轻心。

限制积压性开支。商品够用就好，一次不宜买得过多，否则积压资金，还会超过保质期、保存期，造成不应有的浪费。

延续损耗性开支。任何商品加强护理才能延长使用寿命，提高利用率，无形中就减少了开支。因此对家用电器和交通用具要经常清理、保养，护理，虽非直接开支，但达了节省的目的。

节省再生性开支。可买一把吹风机、理发工具和一台缝纫机，理理洗洗，缝缝补补，一年可节省不少再生性开支。

（2002.3.14）

理解、支持妻子的"购物癖"

现在的家庭"经济大权"，一般掌握在妻子手中（"聪明"的丈夫也不愿掌这个"权"，因为费力不讨好）。作为一家之"主"的妻子，既要保证全家人的肚子，又要让丈夫穿得体面，还要支付孩子没完没了的各种费用，应付难以预料的"天灾人祸"……她只有尽量以最少的钱,购自己最急需、最喜欢的东西。聪明的妻子常常在季末打折时购物或反季节购物。总之,只要"逮"住机会,就"狠"买一些物美价廉的东西。

既要在单位承担繁重的工作，回到家中又有干不完的家务活，身心俱疲，难得有放松的时候。只有在节假日或闲暇时约一两位好友结伴逛街，说说笑笑，放飞心情，这时候才是她们快乐的"节日"。既放飞了心情，又买回了自己心仪已久的东西，何乐而不为？作为丈夫，如能陪妻子一同上街购物最好，不能去，也应支持妻子逛街购物，不应讽刺挖苦，百般刁难。那样做岂不太不近人情？

总之，女人的"购物癖"有着各种原因，作为丈夫，不但不应制止，而应理解和支持。

（2002.8.17）

人与动物

我判断一个人是否可交，看他对待动物的态度。一个人说笑着就把动物整死，很多动物都残忍地杀害吃掉，这样的人我唯恐避之不及！我认为他是恶魔转世，怎能和这样的人相交呢？前几年，有个年轻人到银川东门外某网吧上网，他带出的小狗在外面等他，他不想要这条小狗了，上完网直接从后门走了。那条忠实的小狗一直在门外等他，一天天、一月月、一年年，这个小孩子打一拳，那个小孩子踢一脚，小狗默默地忍受，仍在门外等候。网吧的老板烦了，把小狗扔在一辆拉货的车上，拉到很远的地方。过了几天，小狗又回来了，仍蹲在网吧门外。有一个民工被感动了，将小狗抱走喂养。看了新消息报的报道后，我泪流满面。你不想喂养了，可以送人或送到动物收养站，为什么这样折腾动物呢？当然，也有些人对自己喂养的小狗、小猫比亲爹妈还好，对自己的父母却没有一点孝心。这样的人，我不认为他对动物真正的好，只不过把动物当作解心慌无聊的玩偶罢了。哪天烦了，就把猫狗抛弃或弄死。林子大了，什么鸟都有。人上一百，形形色色。人啊，一半是天使，一半是魔鬼，就看哪个占主导地位罢了。

（2015.12.27）

动物的情感

多年前，藏北有一位老猎人。有一天清早，他从帐篷里出来，正要喝酥油茶时，突然看见前面站着一只肥硕的藏羚羊。他转身回帐篷，拿了猎枪正要射击的时候，奇怪的是那只羚羊并没有逃走，反而"扑通"一声跪在他面前，眼中流出两行清泪。但这个残忍的老猎人，还是开枪打死了这只羚羊。猎人在剥皮开膛时方才发现羚羊的子宫里，有一只已经死去成型的小羚羊……

当我读到这个故事时，我流泪了。痛恨那个残忍的猎人，为羚羊的母爱深深地感动着。动物的这种伟大的母爱，丝毫也不比人类逊色！有人会说这是动物的本能，没什么大惊小怪的，那么请看下面这则故事。

在日本，某家为了装修拆开了墙壁。日本式的墙壁是中间夹了木板后，两边涂上泥，里面是空的。主人在拆墙壁时发现有一只壁虎困在那里，一根钉子从外面钉住了那只壁虎的尾巴。主人感到惊奇，细看，那根钉子是10年前盖那栋房子时钉进去的，那只壁虎竟在黑暗的墙壁里整整活了10年！它的尾巴被钉住了，动弹不得，靠吃什么活了10年呢？主人停止施工，仔细观察起来。过了不久，不知从哪里又爬来一只壁虎，嘴里含着食物……

我是一个善感但并不脆弱的人，我的坚强的意志不逊于任何人。但当我读到这个故事时，我的泪水又一次潸然而下。那是无比高尚的爱，生死不渝的爱！为了那只被钉住尾巴的同伴，这只壁虎10年里一直在觅食喂它。10年啊！这种爱是本能的，自觉的，丝毫没有被迫和功利主义思想。就是人类自己又有几人能够这样做呢？也许又有人说，这是动物对待它的同伴，对人类不一定这么"慈爱"。果真这样吗？那么，请再看下面这个催人泪下的故事。

那是1960年冬夜，一农妇正要入睡，被空空如也的面缸里传来的声音惊动。点着煤油灯一看，面缸底部有一只大白鼠，不知什么时候掉下去的，怎么也爬不上来。农妇气不打一处来，我们全家饿的前心贴后背，你这个坏家伙还来凑热闹，我非打死你不可。她找了一根长棍，正要下手，奇异的事发生了。那只大白鼠像人一样站立起来，抱着两只前爪向她作揖，小眼里闪着亮晶晶的两滴泪。农妇心软了，把棍子立在面缸里，那只老鼠爬了上来，临逃走时，又向农妇作了揖。从那以后，大白鼠经常率其子女光顾农妇家"做客"，玩上一会便走了，"秋毫无犯"。多少年过去了，大白鼠也老态龙钟了。后来，农妇全家搬到了城里，大白鼠也随主人搬到了新居。一个闷热的夏夜，全家人难以入睡。夜半，农妇感到钻心的疼痛，原来耳朵被大白鼠咬破了。女儿又惊叫起来，原来大白鼠又把女儿苹果似的小脸咬烂了。大白鼠如此"忘恩负义"，可把全家4口人气坏了，一直把大白鼠从屋里追打到胡同口（门不知什么时候被大白鼠咬了一个洞），停停追追，又追到街上，大白鼠跑不动了，被农妇的儿子一棍子打扁了。全家人喘息甫定，突然，电闪雷鸣，强光闪耀，传来惊天动地的响声。顿时，大地剧颤，楼倒房塌，震惊中外的唐山大地震发生了！24万人死亡，16万人重伤，这家人却安然无恙，是这只义鼠救了全家人的性命！

多少年来，人类对动物的认识是何等的肤浅幼稚，把它们当作行尸走肉甚至敌人对待，干了多少残酷而愚蠢的事情！今天消灭这个，明天除掉那个；今天与天斗，明天与地斗，改天换地，还其乐无穷！大自然的报复令人手足无措，付出了沉重的代价。人类只有适应自然，和自然保持和谐，才能生存得更长久。争斗的结果，只能适得其反。人类和动植物都是地球生物链上重要的一环，谁也不比谁高贵，维持生态平衡，缺一不可。人类如果连动物都不如，那是人类的倒退；如果地球上只剩下人类自己，人类的末日也就到了，这决不是危言耸听！

（2005.9.30）

记忆力漫谈

人的记忆本领，远远胜于动物。老年人常常记不住眼前的事情，却对几十年前的事情记得很清楚。伊拉克有个谢赫·卡泽姆的100多岁老人，据说他能回忆起19世纪奥托曼帝国最后三个苏丹的统治情景。

我国古代记忆力超人的也不乏其人。三国时的王粲过目不忘。有一次，他与朋友看了路边的一块碑文，朋友有意要考他一下，叫他把看过的很长的碑文背诵一遍，他果然背得一字不差。另一位三国时代的张松，把曹操的《孟德新书》看了一遍，居然也能从头到尾背诵下来，说曹操这本书是抄袭古人无名氏的，害得曹操一把火把《孟德新书》烧了。

苏联著名作家奥斯特洛夫斯基，在瘫痪和双目失明的情况下，创作了著名的长篇小说《钢铁是怎样炼成的》。据知情者说，他在创作这本书时，为了情节的连贯，他必须能够背诵整篇甚至整个一章。

在我国现当代人中，也有记忆力特别好的人。据说著名文学家茅盾，有过目不忘之能。有一次，他到一位朋友家，朋友为了考考他的记忆力，顺手拿起《红楼梦》，随意翻到某一回，请茅盾背诵，他竟能一字不差地背了下来，令朋友惊诧不已。

记忆力好是个优势，但不能一味地依恃。记忆力再好，如不勤奋努力，也会一事无成。晚清中兴名臣曾国藩的记忆力就很差，科举考试都是几次才考中。有一次背诵一篇并不长的古文，背到大半夜也没背会。家中躲藏的一个盗贼实在忍不住了，跳了出来斥责道，没见过你这么笨的人！夺过书本，只看了一遍，如流水般地背了下来。背罢，将书本一扔，扬长而去，惊得曾国藩目瞪口呆。但历史记住了曾国藩，那个籍籍无名的窃贼，却无人知晓。

（2020.6.2）

彩票是一种缘

小王在一家装潢公司工作，妻子小张是小学老师，儿子上中学三年级，一家 3 口，小日子过得和和美美。

小王有个嗜好，爱买彩票，每次不多不少，只买 5 注。一连买了几年，和大奖从来无缘，末等奖倒中过不少。有人说运气来了挡都挡不住，这话可真不假。这次小王又买了5注，就中了个大奖，连小王都惊得目瞪口呆。活了30多年，从来没见过这么多钱，这几十万呢，该怎么花呀？

吃罢晚饭，小王两口子开始商量这几十万怎么消费。小王说，先买套房子，好好装修装修，再买辆车，闲暇时我带着你和孩子好好兜兜风。到了春节，咱们一家3口到南方旅游，也过过神仙日子。

妻子小张一撇嘴说，照你这样花，再有几十万也不够。买套房子我同意，小车就别买了吧，你没听人家说，车子买得起养不起，这费那费的。剩下的钱存起来，将来孩子要上大学，咱们也得防个天灾人祸，用钱的地方多着呢。

就在小王夫妻俩还在商量如何用这笔钱时，亲朋好友知道小王中了大奖，小王家顿时热闹起来。大舅子要借3万元买房子，小舅子要借10万元做生意。小王父亲脑血栓住院，费用原说好兄弟姐妹分摊。一听说小王中了大奖得了几十万，都不摊了，让小王一人出。小王大姐的女儿在外地上大学，大姐找到小王，张口就借3万，说等女儿毕业后挣上大钱再还。你伸手，他张口，搞得小王焦头烂额。借吧，借给这个，就得借给那个，再有多少万也架不住这样借呀！再说了，你还能指望他（她）们还吗？不借吧，那就得罪了一大片！这可怎么办？愁的小王夫妻俩坐卧不安。再说，一下子得了几十万，这存折好像放在哪里都不保险，生怕有人入室抢劫；白天走在路上，总觉得有人在跟踪盯哨，整天提心吊胆。唉，没中大奖前，家里虽不富裕，但小日子过得平平安安；这中了大奖，怎么日子反而不好过了呢？就这样，折腾了不到一个月，小王由于神经过度紧张，经常语无伦次，神经分分，到医院一检查，是神经错乱，需住院治疗。就这样，好日子还没过上，人倒先病了。

彩票是一种缘，缘来缘去，看你怎么对待。随意凑几组数字，买几注彩票，权当娱乐。中奖了，心平气和，切不可忘乎所以；未中奖，就算为社会福利事业做点贡献，日子该怎么过还怎么过，一切随缘。

（2002.11.10）

他们在天堂团聚

　　吴祖光20岁左右就发表了小说戏剧，25岁创作了轰动一时戏剧《风雪夜归人》，被誉为大才子。1945年他在重庆任《新民报》副刊编辑时，首发了在重庆谈判时毛主席词《沁园春·雪》，轰动了整个山城。此公耿介豪爽，直言不讳，不会投机钻营，1957年被错划为右派，发配到了北大荒劳动改造。

　　新凤霞出身贫苦，没上过学，从小学艺，先学京剧，后学评剧，和小白玉霜（李再雯）、赵丽蓉同台搭档，成为著名的评剧表演艺术家。她没文化，却对文化人十分崇敬，对吴祖光一见钟情，主动追求吴祖光。吴被打成右派发配到北大荒后，文化部一位副部长找她谈话，逼她和吴离婚，被她断言拒绝："王宝钏能等薛平贵18年，我愿等吴祖光28年！"掷地有声，令人钦佩！1966年"文革"初期，中国青年艺术剧院造反派抄新凤霞家，批判新凤霞和吴祖光，还打伤了新凤霞，至今也无人道歉。新凤霞偏瘫后，吴祖光教她绘画写文章，先后出版了几本书，受到读者好评。新凤霞去世后，一向谈笑风生的吴祖光枯坐书房，整天也不说一句话。不久，也追随新凤霞去了。天堂没有痛苦，他们又在天堂相聚了。

（2019.12.21）

辑三　所悟所启

长街偶感（三则）

"永久"的最后三天

从街道上经过，常见一些商家打出"最后三天"的牌子，什么清仓大甩卖，所有商品降价处理，最后三天莫失良机云云。一个月过去了，还是"最后三天"的牌子，大半年过去了，还是"最后三天"。商家的"最后三天"何其长啊！我疑心他们进入了"时间隧道"，一天等于人间多少年！

"降价"处理

"降价"是许多商家促销的一种手段。商品滞销，为了不影响周转资金快速流动和新商品的购进，将积压的商品降价售出，这本无可厚非。但现在的降价，大多成为坑害消费者的"温柔"一刀。什么"原价 200 元，现价 120 元"，其实原价只有 80 元，"降价"后反而又贵了 40 元……银川城市不大，人口不多，客流量有限，这种不道德的欺诈行为也只能是一次性行为，只能自己砸自己的牌子。经商同做人同理，还是要以诚为本，以信为上。

"武大郎烧饼"

不知从什么时候开始，街上流行起一种小吃食——"武大郎烧饼"。这种烧饼个头小巧，味道很好，价格也不高，颇受消费者的欢迎。武大郎是众所周知的《水浒传》中的人物，经营者借武大郎这个历史"名人"为自己的烧饼做广告，增加食品的文化内涵，使其生意做得更好。这样做当然可以。武大郎已死去近千年，他不会告你侵权，生意尽管去做。但我不明白为什么这种烧饼做得这样小？武大郎个头矮小，并不等于其烧饼做得小。东西大小和经营者的身高长相没什么必然关系。看来，经营者对武大郎及其烧饼并不了解，打出"武大郎"的品牌，使人感到有些滑稽。看来，文化现象也是掺不得假的。

（2001.6.6）

人生感悟

之一

● 人生如……

有人说，人生如梦，到头来，一切终是一场空。

有人说，人生如踢足球，你可以充分施展你的才能，左冲右突，盘带过人，有机会，临门一脚破网，没机会，将球传给位置更佳的同伴，他将球射进，同样有你的功劳。

有人说，人生如演戏。在人生的舞台上，有的人表演得很精彩，而有的人却表演得很蹩脚，破绽百出。

有人说，人生如赶集。当年，你挎着青春的花篮，怀抱着满腔的希望，走向社会，就像农民提着鸡蛋，背着山货赶集一样，希望买卖公平，换回一段称心如意的日子。

人生如什么？我想，不同的人会有不同的答案。

● 笼中鸟，我为你悲哀

每每听到笼中鸟儿啁啁鸣叫，都使我心中一颤，为鸟儿悲哀。鸟儿的天地不在笼中，在辽阔的天空，浩瀚的森林。鸟在笼中，犹如人被判了无期徒刑一般，永无自由。望着鸟儿那渴望飞出的眼神，我感到人的残酷。把自己的快乐建立在别人或动物的痛苦之上，是否也是人的兽性一面呢？

在这个地球上，动物是人类的伙伴，都是大自然生态链上的一环，缺一不可。如果有一天，地球上只剩下人类自己，人类末日也就到了，那才是人类真正的悲哀！

● ×××到此一游

外出参观旅游，在名胜古迹的一些城楼亭柱上，常常看到刻有"×××到此一游"的字样，颇感大煞风景。

想流芳千古不是坏事，但靠刻（写）在名胜楼墙上的一行字就能流芳千古吗？乾隆皇帝喜附庸风雅，到处题诗，据说一生题诗不下万首，但没有一首能流传下来。人怎样才能流芳千古，似乎人人都明白，但一些人却干着不文明的行为，刻下的名字肯定不能"流芳"，"遗臭"那是可以肯定的。

要流芳千古的，也许腐烂得最快，没想到自己流芳千古，而一生做好事的，却将永远活在人们心中。正如著名诗人臧克家在《有的人》一诗中所写的那样："有的人/把名字刻入石头想"不朽"/把名字刻入石头的/名字比尸首烂得更早。"

● 死人·完人

有的人活着的时候默默无闻，死后倒热闹起来，身价倍增。前些年，某单位一位工程师积劳成疾，英年早逝，死后被追认为高级工程师，令人啼笑皆非。他活着的时候，如果工作出色，贡献很大，为什么不能评为高工呢？被评为高工的又是哪些人呢？为什么死后才追认为高工呢？

"人无完人，金无足赤"。这是人人皆知的道理。但是，在一些悼词里，往往有"杰出的"、"优秀的"等一顶顶桂冠加在死者的头上。当然，不是说这些词不能用，如果真正够格的，当然可以用。但是否都真够格呢？有些人既然表现这么优秀、突出，为什么死后才追任中共党员呢？那些入了党的又是些什么人呢？是否都符合党员标准？如果都符合，为什么党内贪官、腐败现象如此严重呢？话说过了头，让人感到不真实，难以相信，还是实事求是为好。难怪有人说："最好的商品在哪里？广告里；最好的人在哪里？悼词里。"

● **真实最美**

大海有大海的壮阔，小溪有小溪的秀美，我们不需借油彩来粉饰虚浮的门面。生命是一朵朵花，静静地开又悄悄地落，只要有阳光和水分，就能按自己的方式生长。徒步人生，我们既不戚戚于贫贱，也不汲汲于富贵，要的只是一份真实与自然。

● **幸福**

许多人对金钱梦寐以求，但当他得到金钱后，才会发现并不像他想象的那么快乐。这不过只是通往幸福的途径之一，并不是目的。自我实现才是人生的最高需要，它能使人的潜力得到充分地发挥，使你感到活着的价值，这个价值不是用金钱可以衡量的。

幸福不是财富是共享。有的人什么都没有了，但总是和条件更好的人相比，越比心理越不平衡，总也感受不到幸福。所以，幸福是一种感觉，并不是某种物质标准。知足常乐，对自己的现状满意，就会感到幸福。总是挑剔，完美主义，永远不会快乐。

● **生态平衡**

动物的天敌，自然形成"相克相生"的食物链，如果出现人为的某些环节缺损，就会失去生态平衡。

大自然的生态平衡，包括物种的多样性，是经过亿万年漫长的过程，才达到和谐共生。而人为地破坏这种平衡，在工业化时代的几十年乃至更短的时间是能办到的，其结果自然就会遭到灾难性的报复，而且后患无穷！

- **思维定势**

中国人历来热衷于思想划一，视不同为异端邪说。凡与自己相同的，则认为是正常，而和自己稍有不同，往往不问青红皂白，一律加以排斥、否定。

这种思维定势，往往以"大多数人的一致看法"出现，因而往往具有相当大的"生命力"。即使一部分人摆脱了这种思维定势，但由于胳膊拧不过大腿，在某个时期，它往往成为主流。一部中国封建史，便形象地证明了这种思维定势。

- **走出"感谢"的误区**

市场经济是法制经济，一切公民、法人或其他组织，当其合法权益被非法侵害时，应当及时拿起法律武器"讨个说法"，来维护自己的合法权益，当问题得到解决时，要走出"感谢"的误区。自己的权益所以得到了维护，是法律的正义得到了伸张，而不是任何机关、任何领导人的恩赐。如果非要道个感谢，真正感谢的是国家的法律和政策，是法律和政策为我们撑了腰，而不应感谢哪个人、哪个部门。

- **人生**

作为一个人，要是不经历人世间的悲欢离合，没跟生活打过交道，就不可能真正懂得人生。所以，一个人必须走过漫长的生活道路，方知人生有多么短暂。

执着与其说是一种认真，还不如说是一种偏执。做人不能太较真，做事也不能太较真。做人与做事一旦到了太投入太较真的地步，往往都会事与愿违。

之二

● 缺点

人无完人，金无足赤。但重要的是有自知之明，敢于正视自己的缺点，勇于改正自己的缺点，哪怕是生活"小节"，有时也决定人的命运。一个似乎没有缺点的人，其实这正是他最大的缺点。

● 孝道

百善孝为先。许多人以为多给老人一点钱便算尽到了孝心。其实，人是有血有肉的感情动物，金钱又怎能用来代替自己对父母的一片孝心呢？再说上了年纪的人，其实消费也不多，那些有退休金者不大在乎钱，他们更需要的是儿孙们亲亲热热地坐在一起吃顿饭、说说话，那种带有浓浓亲情的相聚。

● 成长需要体验

爱是一个口袋，你往里装时是满足感，往外拿时才会有成就感。人在帮助弱者时，最能体现一个人的价值。

成功的基础是自信。喊着"我能行"长大的孩子，能力肯定要远远超过背着"我不行"包袱的孩子。

● 彩票

彩票是一种缘。缘来缘去，看你怎样对待。"谋事在人，成事在天"。随意凑几组数字，买几注彩票，权当娱乐性情。中奖了，权当侥幸，切不可忘乎所以；未中奖，就算为社会福利事业做了贡献。日子该怎么过还怎么过，财缘该怎么来会怎么来，一切随缘。

- **历史**

现实是历史的延伸，史学家如此说。

现实就是历史的一面镜子，只有熟悉历史，才能直面现实，才能在现实中恰如其分地行动。对于一个集体的成员，高尚不是公德的全部。只有学习历史才能对历史负责，只有学习历史，才能把握现实，才能创造民族的，而不是自我的未来。

- **道德与力量**

当一个人整个的道德力量前进着的时候，他的智慧也在前进。道德力量，实际上也是真理的力量和人格的力量。道德力量，是通过才能去反映的。

- **谦让**

多一份谦让，多一份大度，于人于己都是好事。进不求名，退不避罪，困难面前不低头，荣誉面前不伸手。能做到这样，也是一种境界。

- **美**

看一个人美不美，首先要看风韵、风度和风骨。古人常以"态"取人，"态"也就是今天所说的气质和风度。女人的漂亮不会永驻，女人的仪态却是长伴终生。仪态，如火之有焰，灯之有光，金银之有宝气。

- **寂寞**

在人的一生中，轰轰烈烈不常有，平平淡淡才是真。从追求结果看，追求自身价值获得他人和社会承认的角度，去追求鲜花和掌声组成的热闹，自然是一种人皆有之的正常心态，但从追求过程、追求保持自身同他人和社会之间的关系的默契、追求增强个人发展的后劲的角度看，寂寞就不一定是坏事。

之三

● 放弃

放弃，也是人生的正常际遇，而且从某种意义上说，放弃比获得更接近生命的本质。因为任何人迟早总要放弃自己最宝贵的东西——生命，由此也就放弃了其生命过程中所有获得的一切。明于此道，我们才能跳出患得患失的狭隘，坦然地面对放弃。

● 制度

一个好的办法胜过千言万语，也胜过空泛议论的千辛万苦，把正义与良心抄写上一万遍，远不如一项制度有用，解决各种社会问题，建立公正的社会秩序，最根本的出路在于不断拿出新的办法、新的措施。

● 长与短

一个人处于重大的人生抉择面前，一定要反复权衡，认真思考，特别是认识自己之所长，从而扬长避短，达到事半功倍的效果。

人生的目的在很大程度上就是为了发挥人的全部潜能，为社会多做贡献。怎样才能做出更大的贡献，重要一点就是用其所长，人尽其才。

● 讲话

在大大小小的会议上，我们常常听到一些领导干部讲一些模棱两可的含糊话，缺乏新意的陈旧话，人云亦云的重复话，不解决问题的原则话，不懂装懂的外行话，脱离实际的吹牛话，甚至讲一些违背党的方针政策的错误话。工人生产出了次品、废品要受到处分，指挥员的错误使部队遭受重大损失而被撤职罢官，唯有领导讲上述话却安然无恙，既不会受处分，也不至撤职罢官，结果是变本加厉。

- ● 磨难

不经风雨，怎见彩虹。只有经过艰难困苦的磨砺，才能一步一个脚印地迈向成功，才更懂得珍惜每一分成果，每一缕阳光。当磨难战胜了，才是人生的财富；当磨难摧垮了你，便会成为你永远的梦魇！

- ● 礼物

礼物不在于多少，不在于轻重，重要是用心去体会礼物中凝聚和倾注着的亲朋好友的深情和期盼。能指引你生活、改变你命运的，这是一个人一生中得到的最好礼物。它不教你去享受奢华，而是激励你创造有价值的人生。

- ● 关于女性形象

女性，在我心中一直是崇高的。

我赞美姑娘的天真可爱，少妇的端庄秀丽，母亲的慈爱温柔。每当我想起补天的女娲，替父从军的花木兰，诗人蔡文姬，词人李清照，发明织布机的黄道婆，救死扶伤的南丁格尔，率军抗敌的贞德，研究铀的居里夫人，随十二月党人赴西伯利亚的贵妇人，保护黑猩猩的古多尔，慷慨就义的赵一曼、刘胡兰、江姐，考察南极的女科学家，歌坛夜莺，舞坛孔雀……以及那在工厂田间辛勤劳作，在其他各行业努力工作，支撑着半边天的千千万万的女性时，心中油然而充满了敬意。

- ● 牛黄

牛黄是牛的胆结石，像狗宝是狗的肾结石一样。牛黄、狗宝可入药，是贵重的药材，可治很多疑难杂症。但牛得了胆结石是十分痛苦的，最后还要死去。可以说，牛黄是用牛的生命和痛苦换来的。任何孕育"宝贝"的母体都是伟大的，也是艰难痛苦的。母体付出越多，"宝贝"的价值也越大。

越是贵重的东西，仿造假冒的也越多，人越容易上当。黄金珠宝文物市场上，骗子比好人还要多。越想不劳而获或造假贪心的人，不是进了牢狱，就是失去更多。贵重的东西产生不易，得到它更是不易。

● 大与小

大与小，相对而言。世界上没有绝对的"大"与"小"。以"大"现"小"，小事不小。针眼大的洞，透过斗大的风；千里之堤，溃于蚁穴。贪官也是一点点贪起，越贪越大，不可收拾，最后不是身陷囹圄，就是被送上断头台。许多英雄人物，一生中并没做什么惊天动地、轰轰烈烈的"大事"，但正是用千千万万的"小事"，铸造成光辉的一生！

● 投机取巧

投机取巧者，投机的目的在于取巧。如果投机者的目的总不能实现，投一次机，碰一次壁，投机越多，倒霉越多，那他们不会再投机，形式主义自然会减少甚至杜绝。世界上有投机取巧，搞形式主义者，是因为有人欣赏形式主义，又有人从形式主义中得到好处，尝到了甜头。故搞投机取巧、形式主义者，从古至今，不乏其人，后继有人。

之四

● 考试

千百年来，把考试作为衡量人们知识才能、选拔人才的标准，虽不是最完美的方法，但也没有比它更好的方法了。因此，中国历史上出现了许多通过"科考"成为重臣名相，对历史的发展，起到了推动作用。但作为唯一的选材标准，就不可取了。因为有真才实学的，并不一定在考场上都能获胜，如李白、曹雪芹、蒲松龄等等。如果考场失意，也不是人生末日，"条条道路通罗马"，"东方不亮西方亮"，踏踏实实干好工作，发挥自己的优长，总会做出一番事业的。寄希望各级考官们，对确有才华能力而不擅"科场"的人制定一些特殊政策，不拘一格选人才，不要将人才埋没在"考场"上。

• 节目主持人

节目主持人应具备广泛的知识，而又精于一行。他（她）们兼有编辑记者的才能，现场采访，即兴编织语言，随时推出新的话题，不仅会当场表演，以形象感觉取胜，更以语言表达的功力吸引观众。他（她）们机智灵活、左右逢源、洒脱大方、举重若轻，出现"意外"时还能"救场"，"化险为夷"。

可惜，我国像这样的节目主持人，不能说是凤毛麟角，总之少之又少。我们见到更多的节目主持人，搞不清苏轼、苏东坡是一个人，不明白《新青年》《青春之歌》不是一回事，不知道岳飞是古人还是今人……腹有诗书气自华。只靠漂亮的外表，时髦的装扮，改变形象的化妆，"花瓶式"的节目主持人，决不会走得更远。

• 名声

真的名声，总是建在德行和为国为民的功业上的。真正贵重的名声，是不可以靠结党营私、自吹自擂、胁迫众人歌功颂德而得到的。虽然，靠这些手段造成如雷贯耳的大名的名人，历代不乏其人，但无一人能够长久。

• 名山

山岳，在人类发展史上，占有举足轻重的作用。它是原森人类繁衍生息的主要依托，许多人类始祖，都是从森林里走出来的。

所谓名山，是指在国内外具有较高知名度，有一定的科学研究、文化沉淀和旅游观赏价值的山岳。

• 吃

中国人对于吃的研究，堪称源远流长、博大精深、无与伦比。从腊八粥到八大菜系，从满汉全席到中西合璧，从天上飞的（飞机不吃）到地上跑的（汽车火车不吃），从水里游的（轮船舰艇不吃）到四条腿的（桌凳不吃），都要尝试一下。因而也吃出许多病毒疫病。中国人对吃的创造和研究，可写出一部辉煌灿烂的文明史。

• 沉默是金

沉默是金，是因为它是与冷静的思索联系在一起的，它是胆识和智慧的象征，是沉着镇定的表现，是在特殊环境中高人一筹的处世方法。然而，并不是所有的沉默都是"金。"当我们听到错误的言论，遇到令人愤慨之事时，则沉默不得，而要大声疾呼，不平则鸣。只有应当沉默时，沉默才可称之为"金。"

• 潇洒

潇洒，是自然、大方、文明、进步、热忱、奔放之意。人们热爱潇洒，是希望生活得轻松愉快；人们追求潇洒，是希望世界更美好；人们盼望潇洒，是希望社会更进步，国家更富强。我们必须正确地去理解潇洒，去体会其真谛，切不可曲解潇洒，玷污潇洒。

• 顺口溜

顺口溜是一定社会现象的反映，具有很强的针对性和强烈的时代感。它反映群众的心态，批评不正之风，抨击腐败现象，它作为民间舆论监督的一种形式，作为人民群众心态的折射，给人们提供了一条认识问题的途径。当然，顺口溜也有其片面和不准确的地方，甚至消极的现象。对顺口溜，全盘肯定不行，一概否定不妥，应当实事求是地分析对待，积极引导。

- 父母官

"父母官"是以家长统治为基础的封建社会产物，带着浓厚的人治特色，汝为子民，我是父母，必须对我言听计从。古代的百姓，在黑暗的社会里，盼望着有一个为百姓说话作主的好父母官、清官，根本意识不到自己就是国家的主人。显然它与我们正在建设中的社会主义民主法治国家精神格格不入。所以，群众和新闻媒体以后再不要叫"父母官"了。

之五

- 孤独

孤独是一种静境，也是一种生活境遇。在此境界中，杂念顿消，仿佛置身于决然追求之悟境中，深感人生意义之无穷，昂然奋起并有所为，此乃在静境默处中苦求而得。

- 逆耳话

逆耳话并非都是忠言，但忠言大多逆耳。逆耳者为和固有的思维定势、固有的观念结论、固有的利益所在相悖者。能听进逆耳忠言，大体要有三种心态：无垢心态，心中没有龌龊，光明坦荡；无私心态，不存私心杂念，不求面子好看；无欲心态，不想借功腾达，不为失名生怨。

- 节俭

勤俭是中国人的传统美德，但生活中不该节俭而节俭的危害随处可见。变了质的剩饭剩菜不舍得倒掉，热热再吃，轻则上吐下泻，重则引发严重中毒甚至危害生命；过期的药品，不舍得扔了再服用，不但不治病反而有害，甚至加重病情；变质的化妆品擦在脸上，不但不美容反而毁容；一次性用品如筷子、碗、拖鞋等，用过不扔反复使用，看似节俭，实则为疾病的入侵提供了方便。节俭是美德，但要有"度，"那些对身体有害的东西，应毫不犹豫地扔掉。

● 学会拒绝

拒绝，不是拒绝友情，真正的友谊永远拒绝不掉。盲目的接受，有时不仅加深不了友谊，还会因为质量低劣而摇撼友谊的根基。面对纷繁复杂的世相和盘根错节的人情，一个人的时间精力毕竟有限，我们无法接受一切。一个有健全人格的人，都能有选择性地拒绝和有选择性地接受。

● 把握好现在

人生在世，最应把握好现在。现在是孩提的海滩，在这里，他玩沙戏水，拾贝壳放风筝。这里有他未来之梦。现在是青年人的码头，在这里他朝气蓬勃直面人生，他要乘着季风和海潮，向着他理想中的新大陆启锚首航。中年人也要在这里中转，修理船只，加足燃料备足食品，以便再度出海，乘长风破万里浪。现在又是老年人最后的港湾。小船已不再漂泊，水手已远离风浪。在晚霞中他回首往事，在星光下，他凝望未来，平静安详地过渡到彼岸。

● 淡泊

淡泊，就是将这个充满诱惑的世界关在窗外。清心自在，无意红尘，让自己的灵魂保持宁静，宁静的如同一池秋水。面对喧嚣与骚动，心中自有一片蓝天。

淡泊就是耐得住寂寞，淡泊就是与人为善，淡泊就是能够直面高处不胜寒的淡然。名利二字，身外之物，轻如鸿毛可有可无。淡泊的人生是世俗的叛逆，他们与种种社会潮流反其道，他们像雪，只用洁白来答复世间的问询。

● 金钱

把金钱视为神物，作为人生追逐的唯一目标，这种人就不值钱了，灵魂就要变形，行为就会变态、失常。古往今来。概莫能外。

因金钱驱使造成灵魂的变态，最大的特征就是永不知足，贪得无厌。没有家产想家产，有了家产想当官，当了小官想大官，当了大官想成仙。最后仙没当上，打回原形，不是家破人亡，七零八落，就是身败名裂，身陷囹圄，在高墙铁窗内了却残生。

- 生命

生命需要一种质量。小草活着，是为了给大地奉献一抹新绿；小树活着，是为了给生命留下一片荫凉；人活着，是为了弘扬一种精神。一种可以改造自然、改造世界的大无畏的英雄主义精神。只有人，才有可能把提高生命的质量当作一种快乐、一种幸福、一种追求、一种梦想，并且不遗余力地去寻找她、拯救她、实现她。这种过程，是血与泪交织的过程，是我们无法回避的过程。

- 善

助人为乐，实际上是"为善"，是我国传统的主题歌，是老祖宗极力倡导的美德。为善，首先要有善心，有善心，才有善言，才有善行。无论遇到怎样的风雨，善心不可丢，善言不可废，善行不可止，与人为善这一做人的原则，要贯穿人生始终。至于是否善有善报，那就不必多想了。

- 琢磨

琢磨太多，精明就会变成了愚蠢，琢磨太少，又会手忙脚乱，不知所措，难以应对很简单的场合。看来琢磨也有个限度问题，应随心随缘，顺其自然。无法把握的东西果断放弃，属于自己的东西，一定要珍惜。世间一切东西，莫不如此。

之六

● "双差生"

什么是"双差生"？这种划分本身就是极其错误的！没有差的学生，只有差的老师；没有差的徒弟，只有差的师傅；没有差的孩子，只有差的父母；没有差的部下，只有差的领导。责备别人差，是掩饰自己的失责和无能。世界上无不可用之人。垃圾只是放错了地方。

● 著名的……

事实上，真正著名的人物，不管是在何行何业从事什么职业，其实绩必已昭示于众，广为人知，不必在大街上标榜"著名"与否了。现在到处是"著名"，实在"著名"不了，那就冠以"知名"。就像到处是这个"家"那个"家"。出版了一两部无人问津的图书，就成了"著名"作家；演了几部没多少人观看的戏，就成了"著名"戏剧家；演了几部反响平平的影视剧，就成了"著名"影视表演艺术家；成就不大，没什么影响的文章著作，就成了"著名"教授……有人嫌"家"不过瘾，干脆标榜"大师"。这个"大师"那个"大师"满天飞。什么戏剧"大师"、相声"大师"、文学"大师"……多年前，真正的著名京剧表演艺术家谭元寿先生说过，现在这个"表演艺术家，"那个"表演艺术家"太多了，满天飞。真正的艺术家是极其少的。有人演了一辈子戏，也不敢说自己是表演艺术家。我不是什么京剧表演艺术家，我只是个京剧演员（大意）。争着闹着要标明其"著名"的，这个"著名"往往已打了很大折扣，其实并不怎么著名。桃李不言，下自成蹊。

● 挑战极限

当文明与腐败齐头并进，当精神与物化同床异梦，当真善美与假丑恶搅和不清，当发达与污染联手杀生——人类的智能和愚蠢，都发挥至极致。只有一些涉世不深的人，才有可能奋进抗争，从挑战自身的极限到创造新型的生存氛围——人类才有可能从这里重新起步。

- 时间

时间有时是一个定数，无论何人，均可保证归入黄土。但时间有时又是一个变数，它却无法保证一个人在有生之年伟大的创造力。一个人只要专注于一件事，时间对于他来说，往往可以忽略不计的。

- 给子孙留什么？

在为子孙留什么问题上，明智之举是"树人"而不是"造屋"，多留精神财富，少留物质财富。教育子孙在纷繁复杂的社会，明辨是非，识别真伪，积善养德，学会做人，勇于任事，自食其力，勤劳致富，做一个有益于社会的人。只有这样，才算为子孙留下了真正的财富，你的子孙才会一辈子打心眼里感谢和享用你取之不尽、用之不竭的财富。

- 人生 40 岁

虽然 40 不惑的人已负重生活，叫你无处可躲，无处可逃，其实倒不如勇敢接受，挺起人生的脊梁，不也是靓丽的风景？任何人都不会拒绝完美的，有崇高就有卑微，有得到便有失去。重要的是在自己心灵深处拓出一块净土，一泓甘泉。要学会善待生命。与其抱怨不如勇敢接受，多一点从容，少一点浮躁；多一点幽默风趣，少一些发狠斗气。如果这样，你才能坦然度过不惑之年，向 50 岁、60 岁迈进。

- 静下心来

静下心来过日子。日历一天天翻过，日子一天天来临，没有什么轰轰烈烈、惊天动地，平平常常一首歌。

静下心来干事业。事业是一块丰饶的土地，需要我们不懈的耕耘，辛勤地劳作。

静下心来爱一个人，你就不会朝三暮四，你就会发现和欣赏对方的美。静下心来思考一个问题，你就不会人云亦云，迷失自己。静下心来，守住自己的精神家园，把流浪的心停泊在宁静的港湾。

● 羡慕

女人羡慕男人世界的旷远，男人羡慕女人生活的舒适，工薪阶层羡慕大老板的富裕，大老板羡慕工薪阶层的安稳，老百姓羡慕当官的有权有势，当官的羡慕老百姓的轻松自在，乡下人羡慕城里人的繁华便捷，城里人羡慕乡下人的田园风光，成年人羡慕小孩子无忧无虑，小孩子羡慕成年人的独立自主，吃肉的羡慕吃素的维生素丰富，吃素的羡慕吃肉的蛋白质量足……其实，一味地羡慕别人，倒不如好好地欣赏自己。"世间岂能尽如人意，但求无愧于心"。找准自己的人生坐标，勤奋努力，不虚掷光阴，愉快地过好每一天。

● 开卷未必有益

这些年，各种真真假假、虚虚实实的新闻、广告、消息、说法、据说，我们还能底气十足地说"开卷有益"吗？读书人不是圣贤，更没有全知全能，也不具有天生的"免疫力"。浪费金钱、时间不说，还泯灭了人的良知，腐蚀了人的灵魂，引人入了歧途，实在令人不寒而栗！

之七

● 习惯

习惯这种东西，本身就如一个瓶子，既可以装美酒，又可以装泔水，至于究竟装什么，全看当事人的好恶取舍。好习惯也罢，坏习惯也罢，既不是从娘胎里带来的，也不是自己从天上掉下来的，恰恰是在天长日久之中，不知不觉之间，由好恶取舍潜移默化而成。好习惯自然多多益善，若是有了习惯成自然的坏习惯，那就错事做了又做，并且做了还不知道是怎么回事。

- 人生

人在中年，寂寞有时或许会成为事业的"催化剂。"而人之初，最怕孤独和寂寞，孤独的环境最容易使孩子们变得郁郁寡欢。人近黄昏，也最需要有人相伴，凄凉的晚景，比疾病更加可怕。

人的前半生向往后半生，渴望长大希望成熟渴望收获；人的后半生又向往前半生，难忘年轻难忘成功难忘爱情……

人在自己的哭声中赤条条的降临，又在别人的哭声中不带半根草离去……

- 包装

商品当然需要包装，所以才有了名人为商品代言的广告。但消费者最终买的是货真价实的商品，而不是"金玉其外，败絮其中"徒有虚名的外包装。包装过度，名不副实，欺骗坑害了消费者，最终也砸了自己的牌子。

人，还是真诚、本色的好。如果给自己一个虚假的外包装，罩上一层耀眼的光环，总有一天会原形毕露，只会贻笑大方。

做人，少去包装自己，多磨砥自己的内功，少一点虚假遮饰，多一点真诚透明。冲出"包装"的外壳，还一个真实、坦荡的自我。

- 旅游

旅游也是一项文化活动，所以国家和全国各地把文化旅游两大单位合并成一个机构。有经济条件，身体又允许，多参加一些旅游活动，开阔视野，增长知识，广交好友，锻炼了身体，确是愉悦身心的好事。但没有文化历史知识做基础，旅游活动便索然无味，正如许多"驴友"所调侃的那样："上车睡觉，下车尿尿，到了景点拍照，回来炫耀，一问啥也不知道"。只有把旅游变成文化寻踪，与古人对话，查看山川历史，则其魅力无穷、趣味无穷、其乐无穷，真乃人生一大享受。

● 容貌

爱美之心，人皆有之。人若既有潘安之容、貂蝉之貌，又具孔明之智、清照之才，那当然再好不过了。怎奈人的一生虽有多种选择，唯有外貌受之父母，与生俱来，无法选择。大千世界，芸芸众生，才貌双全者毕竟是极少数，绝大多数是相貌平平或者更差。长得不好看的人也不必气馁，真有真才实学，终有一天会大显身手，如齐相晏婴，身材很矮，其貌不扬，但他机智多才，能言善辩，是春秋时期著名的政治家、外交家。三国时期的庞统，很有才干，但相貌丑陋，清高狂傲，不受孙权、刘备待见。后刘备发现其确有才能，马上委以重任。清代咸丰年间的阎敬铭，长得很丑，但是理财高手，治国能臣，连慈禧太后都敬他三分。历任户部尚书、军机大臣、东阁大学士。历史上的和珅，民国时期的汪精卫，都长得很漂亮、美男子，但他们的所作所为，已被钉在历史的耻辱柱上。所以，容貌和才干、人品不完全是一回事。若是看人只看表面，而忽略其本质，那诚如孔夫子所说："以言取人，失之宰予；以貌取人，失之子羽。"

● 生活

生活如同一张转动的唱片，每天周而复始，一天天地旋转下去，迟早会有终止的一天。当你走到生命的尽头，才恍然明白，自己终日忙忙碌碌，机械地忙于自以为紧急的事情，却忽略了太多对自己的生命有十分重要的东西。

● 珍惜文化

文化是把文明意识转化为现实。也就是说对文化的态度如何，是一个国家、地区、单位和个人文明程度的反映。珍惜文化，就是珍惜文明。特别是在伟大的民族遗产面前，要怀有谦恭敬畏之心，切不可搞民族虚无主义，也不要做好龙的叶公。

- 零

一切从零开始，还要回归到零。这是世界上最简洁、最朴素、最浅显的哲学。它是思想的根、艺术的根。所不同的是，芸芸众生中，有人把这个零画得较大，有人画得较小。

- 钥匙

造物主之所以不直接告诉我们拥有哪些潜能，它是想让我们在完成使命之前，锻炼锻炼心力，磨练磨练意志，让我们在成功面前不自傲，在鲜花面前不陶醉。因此，它有意将我们的潜能，放入挫折和坎坷之中，放入曲折和泥泞之中，让你流血流汗去寻找。

造物主赋于每个人一把成功的钥匙，有人找到了，有人没找到。因此，人世间存在两种生命形成：一种是腐烂，一种是燃烧。腐烂是才能的埋没，燃烧是才能的闪耀。

- 比较

在现实生活中，总有人拿自己和别人比较，他们把自己和别人放在同一起跑线上，比最后的差距，比职务的高低，比薪水的多少，甚至比住房的大小，比儿女的异同。这种看似人有三六九等的比较，其实是人性之外的社会比较，这种比较容易使人用别人的模式来框定自己的人生，让本是鲜活而又独特的人生，失去了应有的张力。

作为人，最智慧的处世方式，是珍爱自己的风格，守住自己的精神家园，保持自己的尊严，使自己成为一个最好的自己。

之八

● 名片

名片是一个人身份的一种说明，也是人与人之间交往的一种媒体，古已有之。小小的一张名片，可以反映出一个人内心世界和精神追求。如果在上面过多地倾注个人"感情"，往往会事与愿违。我见过一些名人的名片，上面只有姓名、职业、单位和家庭住址及联系方式。我也见过一些人的名片，上面除了上述信息外，还密密麻麻地写满了本兼各种职务，包括实际职务和挂名的职务、头衔。正面写不下了，写在背面，什么出版过什么著作（包括主编或副主编过什么书），受过什么表彰，获得过什么荣誉，就差把自己的一生简历写在上面。这样的名片，一转身我就扔了。这样虚伪做作的人，不值得我交往。

想让人重视的，反而被人忽视；想让人尊重的，反而被人轻视；想炫耀一番的，反而叫人不屑一顾……名片就是名片，它不是档案，不是立功受奖的证明，它不可能有过多的功能，也不应强加给它过多的功能。

● 国宝需要扶持

严肃高雅的东西，反映文艺高水平的东西，代表民族精神和足以为民族骄傲的东西，乃是无价的国宝，需要国家的扶持。在市场经济的大潮中，在文化领域里，畅销与否，不是体现价值的唯一标准，甚至有相反的情况。阳春白雪，和者必寡；下里巴人，和者必众。有很多低俗的东西也很畅销。如果任其自长自消、自生自灭，势必导致囚鸾宠鸡，树榛拔桂，黄钟毁弃，瓦釜雷鸣的苦果，将是民族文化的灾难！

● 呼唤公平竞争

如果社会不能为真正的人才创造一个公平竞争的环境，任命干部没有严格的量才标准，那种昏者领导明者，庸者领导智者，劣者领导优者的怪现象就不会消除，而当官也仍会被缺德少才者视为飞黄腾达的捷径，并且许多人竟能够得逞。

● **精神力量**

人的高贵来自于灵魂，只有注入高尚的灵魂，我们的事业和人生才能获得强大的动力之源和生命之源。强大的精神力量是生命画卷的调色板，生命因此而多姿多彩、光华照人。伟大的华夏民族，一向把人格修炼作为人生的第一要义。在新的历史时期，我们应该秉承传统，勇于创造，在世俗的红尘之中，求真、向善、爱美，塑造高尚的人格，提升我们的灵魂，让心灵走向崇高，让人生充实而美丽。

● **达观**

人生与忧患俱来，而戚戚者早夭，达观者长寿。人生在世，总免不了有悲欢离合，生老病死，祸福相倚，沉浮荣枯。而伤感、懊悔、消沉于人生无补，于社会无益。达观处世，摒弃愚者的俗见和自私心理，我们就能拥有一个坦荡、洒脱的人生。

● **再说金钱**

钱，决不是越多越好，当然也不是越少越好。钱的多和少不是问题的实质，关键是"取之有道，用之有度"。一个最后"穷"的只剩下钱的人，一定活得很累，很乏味，并无真正幸福可言。

钱本身是单纯的，无罪恶可言，复杂的是社会和人本身。因此，对钱我们要有清醒的认识和恰当的把握。当我们没钱的时候，想想我们还拥有什么？当我们有钱的时候，想想我们还缺什么。这样的人生，便是艺术的人生，当然更是一种生存的智慧。

- **诱惑**

这个世界，诱惑无处不在，陷阱处处都有。在纷呈沓来的诱惑面前，一定不能失去冷静和理性，为自己找一个合适的位置，对自己对社会都是必要的。一个人过得好，活得有滋味，并不仅仅是物质上的富足。摒弃物质的诱惑去选择，那么就会享受到每一份成功带来的欢乐。

- **廉**

廉能生威，那是就主体与环境而言，对自身修养而言，廉能生浩然之气，廉能治缺钙之症，廉能养自然之性。这是因为有一个精神支柱，有一种信念和追求。有了这个精神支柱，不管在什么情况下，按照既定的信念去追求，按照既定的信念去做人，按照既定的方式去生活。因此，廉者能够保持完整的独立的人格，而贪者则无人格、尊严可谈。廉是生活的主人，是生活的强者，生活也必然会有滋有味，充满无穷的乐趣。

- **看破·放下**

看破了，许多事情就不值得伤感。看不破，即执迷，执迷而不悟，永难解脱。看破了，就彻底放下，如浮云在目，不入心中。真的放下了，岂不自在了吗？因而心如止水，了无杂念，此养生之三昧也。这是一个很高的境界。

人生在世，烦恼诸多，只有不自寻烦恼，方得解脱。要想解脱，只有看破，放下。

之九

- **捍卫人权与尊严**

今天，只要这世界上还有一个人的尊严得不到尊重，只要这世界上还有一个人受苦受难，只要这世界上还有一个人不自由，只要这世界上还有一个人受到不公正的待遇，只要这种不平等不公正不自由不尊重人的社会机制和人性土壤还在，明天倒霉的事就叮能落到我的头上，或者我们的兄弟姐妹严父慈母，或者我们的儿女，或者我们的至爱亲朋。所以，我们应该誓死捍卫人权与尊严！

● 生命

生命是一种现象，只有看重生命，才能善待生命，反过来说，只有看淡生命，才能超越生命。人人都是历史的过客。上帝既然给了我一次感受生命的机会，我就要认真对待它，再不能虚掷光阴，浪费生命了。我的生命倒计时，从现在开始。

● 过去

繁华散尽逐香尘，流水无言草自新。一切都会过去，一切都会成为历史。风动翠竹不留声，雁过潭水不留影。事过了，心遂空。一个人不会一生都万事如意，人要有越过坎坷度过灾难的能力。过去了，回首望，是劫后重生；向前看，依然峰回路转，柳暗花明。

● 读书

读书犹如朋友围炉夜话，古之圣人，今之贤达，不邀而至，与我们相会在新世纪里。他会穿透时空的思想和智慧，照亮千年长夜，征途鼓角长鸣。

读书更是一种收获，收获智慧，收获思想，收获平淡中的绮丽，收获人生的终极关怀。读书明理明智，陶冶性情，修炼身心，开启心灵之窗，犹如火把，照亮万里征程！

● 名著

名著之所以是名著，是因为它集中体现了人类的思想感情的精华，它能深深触动读者的心灵，是因为作品中融入作者对人生、社会、历史的体验和感悟，充满复杂的情感活动，体现作者独特的个性。这一切，既是作者个人的心灵世界，也是全人类普遍精神的高度体现，即是作者个人对生活的体验，也是全社会对人生意义的思考。

- 宽容

冤冤相报何时了？不如以宽容之心泰然处之。蔺相如以宽容之心赢得了"将相和"，成为千古佳话。气死周瑜的不是孔明，而是周瑜自己，可见造化弄人。不鄙人之短，不恃己之长，遇事大度些，宽容别人就是宽容自己，爱人就是爱己。泰山不拒抔土，大海不弃细流，正是这个道理。

- 如果说……

如果说对苦难的漠视，只能算良知的泯灭，那么对苦难的欣赏和嘲弄，则是对受难者的再度打击和戕害！

- 智者语

一智者说了这样一番话，在今天的中国，活的惬意富足的是官场和娱乐圈里的人。前者有权，权能换钱，后者有名又有钱。交际、应酬、鲜花、美酒、掌声、前呼后拥，占尽风光。企业家是新阶层，别看表面威风，一呼百应，但也不是什么令人羡慕的职业，享受倒是享受，但终日为产品、市场奔忙，累得一塌糊涂，说不定哪天破产倒闭，债台高筑。学者最不行了，整天跟自己作梗，想些不着边际的事，书生气十足，一遇具体事就傻眼了，自寻烦恼。对中国的情况看得最清楚，心知肚明的，决不是知识分子，还是政治家，影响和作用就更不用说了。

是也？非也？

- 人生箴言

用多少真诚的心对待生活，生活就会相应回报你多少真诚。

失败是一种痛苦，若因失败而陷入无尽的懊丧之中，得到的是加倍的痛苦。自己的命运不能完全由自己主宰，但人生的道路完全可以由自己选择。时常感慨生活平淡无味的人，是因为自己过于平淡无味。

失败是成功的前奏，成功是失败的延续。

人生在世，与其在碌碌无为中叹息光阴的虚度，莫如在流逝的光阴中奋起。

● **三说金钱**

钱可以买到房屋，但买不到家；钱可以买到婚姻，但买不到爱情；钱可以买到药物，但买不到健康；钱可以买到珠宝，但买不到幸福；钱可以买到伙伴，但买不到朋友；钱可以买到文凭，但买不到实学；钱可以买到权势，但买不到威望；钱可以买到小人之心，但买不到君子之交。

之十

● **朋友**

友人是生活沙漠中的一方萋萋绿洲，一泓晶晶月泉，是喧嚣中的一处怡静清幽，稻花飘香的田园，是干枯中一袭高唱着的不竭涓涓细流，是隆冬里那眼暖暖温泉。朋友，才是人生中不可多得的山清水秀的景致。人生无友，恰似生命中无阳光雨露，没有朋友的人生，是一片茫茫戈壁。

● **教养**

教养是一个人的品味，它是无意插柳，下自成蹊的结果，而不是有心栽花，刻意雕琢的产物。如同不起眼的小花，它在不经意之中，不起眼之处，散发出淡淡的花香，但其清香又是那样悠远绵长。

- **时光**

时光，对任何人都是一样的，绝无厚此薄彼之分。时光本身无始无终无影无形，不快不慢，不偏不倚，不论你是男人女人富人穷人，也不论你是勇士懦夫老人孩子，它总是一视同仁，而关键是看你如何对待它，感受它，利用它。人们对时光的态度不同，时光对人的意义价值也不同。对珍惜时光的人，时光比金子还贵重，是无价的，对虚度光阴的人，时光会变得毫无意义，也是无价的，一文不值。

- **圈**

人生就是这么一个圈，你需要我，我需要你，你牵制我，我牵制你，优势会有制约，地位会有制约，权力会有制约。金以刚折，水以柔全，山以高蚀，谷以卑安。任何一个人、一件事，超越了一定的限度，便会走向反面。

- **评优**

不少单位、部门的评优变了味，甚至走了样，评选的结果令群众寒了心。埋头苦干的"老黄牛"常常名落孙山，那些工作一般，业绩平平，但拍马有术、投机钻营者却榜上有名。苦干的，不如能说会道、逢迎巴结的。"老黄牛"因不会拉帮结派，早请示晚汇报而被冷落。另外，"老黄牛"既能干又不会滋事，即便领导们委屈他们，他们也不会计较。这种评优令埋头苦干的寒心，吹牛拍马者欢心，群众则冷了心。难怪有人说，干的不如站的，站的不如捣乱的。

- **假话**

说假话者无非三种人，一种是官僚主义，不了解情况，认认真真讲了假话；第二种是滑头，见风使舵，讲假话；第三种最可恶，明知是假话，还说成真的，诚心撒谎，以达到其不可告人的卑鄙目的。

● 作秀

当前，娱乐界、商界乃至政界，"作秀"成风，前赴后继，了犹未了。但因为泛起来的是沉渣，沉渣毕竟是沉渣，经此一泛，其本来面目更加分明，而最后命运，也还是依旧沉下去。"作秀"一旦沦为作假、作丑、作恶，与真善美对着干，就会误入歧途，甚至走上绝路。

● 歌唱

歌唱艺术决不是亮嗓加"公关"的等式，也不是某些人所吹捧的"声情并茂"的同义词。歌唱艺术不管是歌唱历史还是歌唱现实，也不管是唱人物还是唱世界，其目的是要塑造独特的艺术形象，并以此为媒体来完成和受众的审美交流。

歌唱不仅仅是唱歌。它是一门深广的综合艺术。天文地理，历史现实，文学哲学，无所不包。知识的贫乏和无知，唱出来的歌也只能是在那里哇哇乱叫，平添几分噪音罢了。

● 明星需要文化

从本质上讲，演员歌手都属于文化人，他们所从事的也是文化事业。文化事业毕竟不是不学无术之辈所能胜任的。

"演员拼到底，最后是拼文化"（于是之语）。艺术家只有具备深厚的文化底蕴，专业发展才能有后劲，才能产生出优秀的精神产品。在江山代有才人出，各领风骚没几日的今天，年轻演员，歌手们，应挡住名利的诱惑，千方百计提高文化素养，才能常葆艺术青春。

● 与人相处的艺术

拿得起放得下，其实并不难做到。与人相处，要有自己的空间和隐私，决不能好得像一个人似的，也就少了是是非非，恩恩怨怨在其中，更不会走向极端。俩人如果好得像一个人，俩人的分手和决裂也就来到了。自己做自己的主，既不依赖人，也不轻慢人，永葆自己独立的品格。只有这样，才能在不同的职业和环境中泰然处之，立于不败之地。

- 成功与失败

也许我还会失败，但也没什么，每一次失败，都在我人生的道路上竖起一块新的路标，让我们向着成功的目标前进。

我们每个人都追求成功，渴望成功，但我们常常并不明白成功的含义。一个失败者不一定曾经成功过，但一个成功者一定是一个曾经的失败者。从某种意义上说，一部成功史，也是一部失败史。正是这一次次的失败，在他通往成功的道路上立起一块块路标，指引他前进的方向，带他走向最后的成功。

（1999—2005）

茅台酒的启示

中国的名酒首数茅台，对于茅台酒有许多传说。

年轻的酒师郑淳经过不懈的努力，终于酿造出优质的"郑家茅酒"。可是茅台镇的镇长李尚廉却用种种卑鄙手段，骗来"郑家茅酒"，然后换上自己的"万福茅酒"的商标，利用金钱打通关节，企图钻进巴拿马万国博览会。郑淳发现了这一阴谋，抓紧时间又酿造出更好的茅台酒。当时，巴拿马万国博览会理事贝当先生在上海主持中国产品的推荐选送工作，李尚廉大施手腕，宴请贝当先生。郑淳在实业家夏明华兄妹的帮助下，来到宴会厅的隔壁，将盛满茅台的酒瓶子摔到地上，酒香味四溢。相邻处的宴会上，人们被摔瓶声惊动，接着被飘来的酒香吸引住了。贝当先生循香过来，亲口品尝了郑淳的酿香味美的茅台酒，赞不绝口，为茅台酒出国参展打开了大门。

有人说郑淳聪明机智，摔破酒瓶，以实广告的形式宣传了自己的产品，其效果是文字所不及的，终于使中国茅台酒获得巴拿马万国博览会大奖，名扬天下。依笔者之见，与其说郑淳聪明机智，倒不如说茅台酒质量上乘，味压群酒。如果是品质平平的酒，你就是再摔 10 瓶，除了招来训斥，又能怎样呢？

由此联想到当前假冒伪劣产品充斥市场，坑害广大消费者。有人不是在产品质量上下功夫，以质取胜，吸引广大顾客，而是功夫下在质量外。包装越来越精美，质量越来越低劣，喧宾夺主，"金玉其外，败絮其中"。更有甚者，一些假药广告吹破了天，误导消费者，似乎服用了他们的药，什么疑难病症立马见效，吃了他们的药，你就是风烛残年，也会立即返老还童，莘莘学子吃了他们的药，或用了他们生产的器械，智商翻着跟头往上增，考取北大、清华、剑桥、牛津如探囊取物。甚至矮的能增高，丑的能变俊，胖的能变瘦，似乎天下皆是俊男靓女。这样的广告，你能相信吗？当然有人会上当受骗，但上当一次，还会上当第二次吗？

商品是需要包装，但消费者买的是货真价实的商品，而不是徒有虚名的外包装。"桃李不言，下自成蹊"。话说过头，弄虚作假，坑害的是消费者，砸的是自己的牌子！

（2002.1.23）

这是谁的责任？

一位母亲为她的孩子伤透了心，他不得不去找心理学专家。

专家问，孩子第一次系鞋带时打了死结，你是不是不再给他买有鞋带的鞋子？母亲点了点头。专家又问，孩子第一次洗碗的时候，弄湿了衣服，你是不是不再让他洗碗？母亲又点了点头。

专家接着说，孩子第一次整理自己的床铺，整整用了一个小时，你嫌他笨手笨脚，是吗？这位母亲惊愕地看了专家一眼。专家又说道，孩子大学毕业去找工作，你又动用了自己的关系和权力。这位母亲更惊愕了，从椅子上站了起来，凑近专家问，你怎么知道的？

专家说，从那根鞋带知道的。母亲问，以后我该怎么办？专家说，当他生病的时候，你最好带他去医院；他要结婚了，你最好给他准备好房子；当他没钱的时候，你最好给他送钱去。这是你今后最好的选择，别的我也无能为力了。

现在的家庭，父母一般只有一个孩子，从小娇生惯养，真是含在嘴里怕化了，放在手上怕掉了。吃的是最好的，穿的是最好的，一切均由父母包办起来。孩子在家很少干活，饭来张口、衣来伸手，甚至孩子在校劳动，有的家长怕孩子累着，亲自到校替孩子干活。这样包办代替的结果，孩子成了四体不勤、五谷不分的书呆子，他们和父母的感情不是深了，而是更淡了，认为这一切均是父母应该做的。于是便出现了家长和孩子乘车，孩子大模大样地坐着，家长站着；师生乘车外出参观旅游，学生抢占座位，老师站着，竟没有一个学生让座。许多学生不会唱国歌，看到影视中外国侵略者杀我同胞，甚至还笑出声来。以致辍学，出走犯罪……

看来是到了认真反思的时候了。现在提倡素质教育，这是好事。但是素质教育的关键不在于简单地向孩子传授知识，不在于简单地对孩子培养技能，关键是教育孩子如何做人。这里所说的做人，不是狭义的指如何处理人与人之间的关系，而是广义的指如何以积极向上的心态和方式对待纷繁复杂的自然和社会，包括如何面对成功与失败；如何学习和思考，观察与判断；如何独处，如何尊敬师长、热爱集体，与他人协作，善于处理感情纠纷和理解别人等。每个人毕生学到和要学到的，也不外乎这些。

现实经验告诉我们，一个人的成功不在于他掌握知识的多少和技能的优劣，而本质是因为他做人的成功。研究证明，杰出人才青少年成才与否，不取决于父母的文化程度和职业，而与父母对子女的"三观"的培养以及父母自身人格因素密切相关。在一个人的成长过程中，如果忽视了人格品质的培养，即使孩子成绩再优秀，技能再突出，也不一定能成为对社会有用的人才。因为这样的孩子成才是畸形的，不健康、不全面的，很难有健全的人格。可以说，教会孩子做人，就等于给了孩子打开未来世界的金钥匙。作为家长，这方面又做得如何呢？

（2002.7.15）

穷则思⋯⋯

一位记者到某一贫困地区采访。当他来到一户贫困家庭时，禁不住直流泪。原来这户人家全家老小吃饭的"碗"，竟是在灶台上挖了几个坑，把饭盛在这个当"碗"的坑里。更让他吃惊的是，他们全家连一双筷子也没有，吃饭时都是直接用手抓。可是当他走出他们家的后门时，他看到这户人家房前屋后，都长着极适合做筷子的竹子。

记者之后又来到一位生活在贫困线以下的女工家里。这位女工的丈夫前几年就病逝了，欠下一屁股债。两个孩子，一个残疾、一个正在上中学。女工微薄的薪水养活三口人，还要还债。但记者见到这位女工时，却发现她脸上的笑容，就像她的房间那样明朗：漂亮的门帘是自己用纸做的，灶间的调味品尽管只有油盐两样，但油瓶和盐罐却纤尘不染。记者进门时，女工递给他的拖鞋鞋底竟是用解放鞋底做的，再用旧毛线织出带有美丽图案的鞋帮，穿着既舒适又好看。女工说，家里的冰箱、洗衣机都是邻居淘汰下来送给她的，用着蛮好。孩子很懂事，没作业时还帮她干活⋯⋯

同样的现状下，一种是不思进取的懒惰，一种是微笑着面对生活勇敢地抗争。

中国人有句名言：穷则思变。这句话说得不错。但变的结果会有两种：一种是变得懒惰，不思进取，坐等施舍，坐等救济；另一种面对困难，不屈不挠，想办法，找致富的路子，改变自己的生活命运，做生活的强者。

这些年，党和政府对贫困地区投入和扶持力度不可谓不大，有些地方变化很大，而有些地方多年来面貌依旧。有些贫困户越来越懒，冬天蹲在南墙根晒太阳，夏天串门谝闲话。坐等政府救济，粮食吃完了再到乡上去要，不给就闹。救济的大衣卖了去赌博，救济的品种羊不喂不繁殖，牵回家就宰了吃。而有些贫困户多种经营，既种庄稼又搞养殖业，农闲时外出打工，广开致富门路，没几年就解决了温饱，甚至过上了"小康"生活。同样，搬迁到条件较好的川区的移民户，有的如虎添翼、大展身手，没几年就盖起了小楼开起了车，过上了好日子；而有的又懒又馋，摘枸杞说胳膊酸，挖沟开渠嫌腰疼。因吃不了这个"苦"，没多久，又回到山里去等救济。

同样的条件下，会产生两种不同的结果。穷则思变，有的变得更好，有的变得更差。关键是干，不向命运低头，做命运的主人，还是自甘沉沦，自暴自弃，永做命运的奴隶！

（2002.7.28）

一个行动，胜过一打纲领

在一个促销会上，某公司的经理请与会者站起来，看看自己座位下有什么东西。结果每个人都在自己的座位下，发现了钱，最少的捡到了一枚硬币，最多的拿到 100 美元。

这位经理说："这些钱归你们了，但你们知道这是为什么吗？"

全场鸦雀无声。没有人能猜出这是为什么。

最后，经理一字一顿地道出其中缘由："我只想告诉你们一个最容易被大家忽视、甚至忘掉的道理，坐着不动是永远也赚不到钱的。"

"坐着不动，是永远也赚不到钱的。"这话说得何等好啊！

有些人干什么事情总是瞻前顾后，前怕狼后怕虎，不知坐失多少良机！

同是一村人，有人下决心到南方打工，几年后满载而归，盖起了楼房，买了汽车；而有的人还守着一亩三分地，为一日三餐发愁。

同是一个班的同学，有人已到国外发展，数年后开了公司，资产过亿；有的人还在原地踏步，坐等天上掉馅饼。

两人各经营一家企业，一个看准了市场行情，四面出击，推销自己的产品，"人无我有、人有我优、人优我转"。总是立于不败之地，企业搞得风风火火。

另一位又怕风险，又怕亏本，总想等到有 100% 的把握才行动，错过了一次又一次的发展机会。没过几年，企业倒闭，关门了事。

"发展才是硬道理"。发展，就是干。不干，何谈发展？

"一个行动胜过一打纲领（马克思）"。

坐而议，不如立而行；临渊羡鱼，不如退而结网。

少说空话，多干实事。

干，永远也没错！

（2002.11.21）

伟大不在于量多

有一次，高尔基写完了一篇小说，因为没有想到一个适当的字，他迟迟没有交付印刷。他不顾出版社的多次催促，仍然苦苦地思索。有一天看马戏的时候，这个字突然想出来了，他高兴极了，连马戏也没看完，便匆匆跑回了家。

法国大作家福楼拜在文字上对自己要求极严，甚至花了 8 天功夫，才写出一页，然而他很快活。正如他所说的那样："转折的地方，只要 8 行，却用了我 3 天。""已经过一个月了，我还在寻找那适当的四五句话……"

一切伟大的作家，对自己的文字是异常慎重的。一切优秀的作品，都是作家呕心沥血的结晶。

而中国当代的众多作家却"不耻"于这样做，他们的写作简直就有些迫不及待了。现在有了电脑，写作速度大大加快了。据说，有不少作家一天写一个短篇，三天一个中篇，一月一部长篇。走进书店，满书架都是新出版的"宏篇巨制"，包装精美，书名诱人，令人目不暇接。"文革"前，我国每年出版的长篇小说只有几十部，却出现不少传世之作，现在每年出版 1000 多部。长篇小说空前"繁荣"了，但令人遗憾地是优秀作品却更难寻觅了，更不要说经典著作传世之作了。据书店的人说，许多书尽管纸张上乘，印刷精美，书名诱人，但问津者甚少，许多人只是翻翻，购者寥寥。这些"大部头"，由于滞销，过不了多久又回到书库，然后以半价或"给俩钱就卖，"周而复始地制造着"文字垃圾"。

曹雪芹一生中只创作过一部长篇（而且还未写完），那就是伟大的不朽的《红楼梦》。

鲁迅、莫泊桑一生中还未写过长篇，谁能否认他们不是伟大的作家呢？

有人小说写烦了写散文，认为所有的文体中散文最好写，想写什么写什么，随心所欲，动辄洋洋数千言，但内容空乏，味同嚼蜡。其实，真正写好一篇散文是很不容易的，从构思到布局谋篇到遣词造句，令你寝食不安。著名散文大家杨朔写了一辈子散文，"名篇"也不过只有《雪浪花》《茶花赋》《荔枝蜜》等几篇而已。

有人说，当今文坛是个"浮躁"的文坛，"大跃进"式的文坛，这话可能说得偏激些。但不能否认，确实有不少作家（作者）太缺乏"板凳要坐十年冷，文章不写一句空"的"十年磨一剑"精神。心浮气躁，耐不住寂寞，急于成名获利。

对读者，就是个灾难；对文学，那是亵渎。

真正的"经典""传世之作"不是"赶"出来的，而是"磨"出来的。

伟大，不在于量多！

（2003.8.7）

不要迷信

美国心理学家曾做过这样一个耐人寻味的实验。

开课前，心理学老师给学生们引荐了一位客人。他介绍说，这位就是世界著名的化学家斯密特先生，这次他特邀来美研究一些新物质的物理和化学性能，今天他请同学们配合他做一个实验。

于是，这位斯密特先生用德语向同学们做讲解，那位教师做翻译。斯密特说，他正在研究新发现的物质性能，这种物质扩散得非常快，以至于人们刚嗅到它的气味就立即消失了。有些较过敏的人闻到这种气味后，会有轻微的反应，如头晕、恶心等。不过症状将很快消失，并无副作用。斯密特说完后，他从包里拿出一个密封很严的小玻璃管，说："只要我一打开试管，这种物质立即会蒸发出来，你们很容易闻到嗅到。请大家一闻到气味就立即举起手来。"说完他打开了试管，转眼间，从第一排到最后一排，所有的学生都举起手来，有的甚至说自己感到头晕了。

试验结束后，老师给同学们亮了底：所谓有强烈气味的物质，不过是一瓶普通的蒸馏水而已。而那位斯密特先生只是该校德语教研室的一位教员，并非世界著名的化学家。

重庆歌乐山白公馆墙上，镌刻着解放前夕狱中共党员就义前向党组织的八条寄语，其中第三条就是"不要理想主义，对组织也不要迷信。"这才是对党组织的理性认识。烈士们的这一认识，是付出了生命代价才取得的啊！

对一切事物都要认真思考，要三思而后行。对于任何"权威""大师"的迷信，都可能会使人接受虚假的信息，而造成行为上的盲从，从而悲剧就不可避免。

（2002.6.30）

学会鼓励和期待

一位科学家上小学时，每次拿着糟糕的考卷，心情都十分沮丧。而回到家中，他母亲总是很温和地对待他，并用充满期待的口吻对他说："没关系，这次没考好，下次你会考好的，我相信你的实力。"

母亲一次又一次对他这样说，他渐渐地开始对自己有了信心，以后遇到学习中的困难，总充满信心地动脑子想办法。每次取得一点成功时，他总会想到母亲的话。果然，他的学习成绩越来越好，后来成为一名卓有成就的科学家。

还有一位著名作家，在成名前，不知写了多少稿子，每次投稿不是石沉大海，便是等来一封封客客气气的退稿信。久而久之，他开始怀疑自己的写作能力，便想打退堂鼓。

可他的妻子始终在鼓励他，对他的文章给予了很多的赞赏："你文笔优美，作品有思想深度，只是还没有碰到赏识你的编辑。"

在妻子的一再鼓励和支持下，这位作家不灰心不气馁，终于走出了一条成功之路，成为一名著名的青年作家。

同事老杜的女儿学习一贯很好，但在高考中发挥失常，以3分之差名落孙山。老杜夫妇不是帮助鼓励女儿，而是百般讽刺挖苦，使女儿失去了信心，一蹶不振，来年再考，成绩比第一次还差。

小胡很爱学习，业余时间喜欢"爬格子"，但投稿多次，一篇也未采用，有些泄气。妻子不是安慰鼓励，而尽说些丧气话："算了吧，点灯熬油的别费那个劲了，我看你也不是当作家的料！"小胡一气之下再也没有动过笔。

由此可见，鼓励和期待是一种多么美好而又强大的动力，它可使差者变优，弱者变强，释放出其生命的全部能量。

讽刺和打击也是一种强大的力量，它可将天才扼杀于摇篮之中，有为者变为无为，佼佼者变得平庸，成为一种永远的"戕害"！

（2003.2.27）

机遇垂青谁？

美国佛罗里达州有位穷画家，名为律薄曼，他当时只有一点画具，仅有的一支铅笔，也是削的短短的。

有一天，律薄曼正在绘图时，找不到橡皮擦。费了好大劲才找到时，铅笔又不见了。铅笔找到后，为了防止再弄丢，他索性将橡皮用丝线扎到铅笔的尾端。但用了一会儿，橡皮又掉了。

"真该死！"他气恼地骂着。

律薄曼为此事琢磨着，终于想出了一个好主意。他剪下一块薄铁皮，把橡皮放在铅笔尾端绕着包了起来，果然，用一点小功夫做出来的这玩意相当管用。后来，他申请了专利，并把这专利卖给了一家铅笔公司，从而赚得了55万美元．

在中世纪，两个素不相识的英国青年杰克和约翰不约而同地去某个海岛寻找金矿，到海岛的邮船很少，半个月一班。为了赶上这趟船，两个人日夜兼程了好几天。当他们双双赶到离码头还有100米时，邮船已经起锚，天气奇热，两人都口渴难忍。这时，正好有人推了一车柠檬茶水。邮船已经鸣笛了，杰克只瞟了一眼茶水车，就径直飞快地向那邮船跑去。约翰则抓起一杯茶就喝，心想，喝了这杯茶也来得及。杰克跑到时，船刚刚离岸一米，于是他纵身跳了上去。而约翰因喝茶耽误了几秒钟，当他跑到时，船已经离岸五六米了，于是他只能眼睁睁地看着邮船远去……

杰克到达海岛后，很快找到了金矿，几年后变成了亿万富翁。而约翰后来虽然也来到了海岛，但迟了一步，因生计问题只得做了杰克手下的一名普通矿工……

有那么多人用铅笔，而发明有橡皮头铅笔的只有一个律薄曼。杰克和约翰，就因为差了那么几秒钟，两人的命运竟天差地别。

许多人抱怨命运的不公，别人总是"福星高照"，春光占尽，而自己却时乖命蹇，一生坎坷。当然这其中有环境和机遇的原因，但更多的却是自误：不善于发现机遇，机遇来了未能抓住，这能怪谁呢？

机遇只垂青那些有准备的头脑，机遇稍纵即逝，关键看你能否抓住。请记住这两句话吧！

（2002.7.30）

信誉无价·诚实无欺

韩国企业家郑周永的现代土建社承包了一座桥梁的施工任务。由于战争原因，物价飞涨。开工不久，工程费用总额就比预算高出好几倍。如果继续施工，会遭受更大的损失。好心人都劝他赶快就此罢手。

但是郑周永却认为，经济损失是小事，失去了信誉才是大事。为了公司信誉，即使冒破产的危险，也要把工程按期完成。后来大桥高质量地如期完工了，但现代土建社却为此付出了高昂的代价。

郑周永吃了大亏，却为自己的公司树立了恪守信誉的良好形象，合同订单纷至沓来。时过不久，他又承包了韩国的四大建设项目，并先后承建了汉江大桥的第一、第二、第三期工程，使郑周永的现代土建社利润猛增，登上了韩国建筑行业的霸主宝位，成了闻名于世的大财阀。

如果郑周永当初建桥时，计较金钱的损失而半途而废，不但会血本无归，还必将信誉扫地，在韩国无立足之地，怎么能成就大业呢？

——真是信誉无价！

凯瑟琳·克拉克是美国著名的"面包大王"，他是以诚实无欺由一个小面包铺发展起来赢得美誉的。

这个诚实无欺的故事是这样的。

有一次，凯瑟琳面包店的一辆满载面包的汽车途径一灾区，被那里的人群包围起来，喊着要买面包。这时送货员却说这是过期面包，坚决不能卖。但人群并不放他走。

有位记者询问原因后，对送货员说："真是太傻了，这是送上门的生意啊，居然不肯做！"可是送货员却说："不是我们不肯卖，实是我们老板有交代，无论什么情况下，这种过期面包都不准出售，如果有谁违反，一律开除！"记者又说："现在情况不同，这里是灾区，人们太需要面包。算我们求你，把这车面包卖了吧。"送货员无奈的小声说："我实在不敢卖，但是如果他们强行上去拿，只好让他们凭良心留下几个钱吧。这样我就没有责任了。"

就这样，一车面包被抢光了。好心的记者为了给送货员解脱，特意拍了几张送货员阻止群众拿面包的照片。不几天，这条消息在报纸上被详细披露出来了。凯瑟琳公司的信誉陡然上升，销量激增。

有信则立，无信则败。信用不仅仅是一个基本道德规范问题，更是一种重要的社会资源。它影响着一个国家地区和企业的竞争和发展。诚实无欺，取信于民，才是事业发达兴旺的保证，才是一个人的立身之本！

（2003.6.28）

幽默的魅力

一次，在香山饭店，一位青年书法家正当众挥毫泼墨，突然在场的一位美国可口可乐的部门经理也要求他写一副字，内容是：孔子曰："可口可乐好极了！"这可让这位书法家为难了。两千多年前的孔子怎么能见过可口可乐呢？就是见过，他会替可口可乐做广告吗？要是不写呢，不仅让那位美国朋友扫兴，也会影响到两国人民的友谊。他正在搔头时，在一旁的他的老师却笑着让他大胆写，没关系。他只好如实写，写完后，老师又让他加了一行字"一位美国朋友的梦想。"在场的观众都叹服这绝妙的一句话，那位美国朋友也乐了。这样一写，把中国古代的圣人和现代美国人巧妙地联系在一起，幽默风趣溢于纸上。让孔子的一句话变为美国朋友的美好意愿，既无损于孔子，而且又突出了孔子在外国友人心目中的崇高地位，令人叹为绝妙。

俄国著名寓言大师克雷洛夫虽然作品颇丰，但生活却十分贫困，就连住房也得不断地向不同的房主租用。一天，克雷诺夫又在和一位房东签订租契，房东担心他住房期间把房子搞坏，于是便在房契上特别注明，如果租用时不小心引起火灾烧了房子，必须赔偿 15000 卢布。

克雷洛夫看了这个非常过分的说明，不但没有生气，反而拿起笔在 15000 卢布后面连续加了两个"0"。

房东一看，又惊又喜："哎呀，1500000 卢布？"她以为自己遇到了一位大富翁。

谁料克雷洛夫不动声色地回答说："是的，反正多少都一样赔不起。"

房东听了目瞪口呆，半天说不出话来。

幽默是一种智慧。幽默是一种力量。幽默是困难和矛盾的融化剂。

面对那些过分或无理的要求，一味拒绝和指责会激化矛盾，从而形成难堪的局面。克里洛夫采用了冷幽默的手法来处理，这就是夸大其不合理性，使其更显得荒谬可笑，同样令人赞叹不已。

（2003.4.11）

幽默需要智慧

有一次，生物学家格瓦列夫正在讲课，突然，一个学生在下面学鸡叫，引起课堂上一片轰笑声。

这时，格瓦列夫镇静自若地看看挂表，不紧不慢地说："我这只挂表误事了，没想到现在已是凌晨。不过请同学们相信我的话，公鸡报晓只是低能动物的一种本能"。

格瓦列夫的几句话给了全班同学一个深刻巧妙的警策。

俄国大诗人普希金年轻时，有一次在彼得堡参加一个公爵的家庭舞会。他邀请一位小姐跳舞，但这位小姐极其傲慢地说："我不和小孩子一起跳舞！"

普希金遭到无端奚落后，并未发怒，笑着说："对不起，亲爱的小姐，我不知道你肚子里怀着孩子！"说完便离开了。那位漂亮还又傲慢的小姐无言以对，脸上绯红。

常常有这种情形，迎合和骄傲得不到理解和沟通，巧妙的、不甚客气但又幽默的反击反而能取得某种协调和平衡。

"文革"时期，某地农场召开了一场批斗大会，批判一位小学教师打了自己的妻子。台下的群众都知道那位教师的妻子和造反派头目有不正当的男女关系，但个个敢怒而不敢言。

教师的妻子第一个上台控诉："他不把我当人看，而是把我当成他的私有财产！"

在那个年代，一提"私有财产"，便是资产阶级，是应该属于批判打倒之列的。这篇控诉稿经过造反派头头的加工润色，字字句句上纲上线，而且那时一提封、资、修，便马上激起"革命群众"的公愤。

正在此时，台下一位下乡知青跃上讲台，对教师进行了批判："你也是个读书人，是人民教师，怎么能把你妻子当成私有财产？你的错误是严重的，必须彻底认罪……"一席话，说得造反派头头连连点头，教师的妻子也露出了得意的笑容。又听下乡知青突然提高嗓门说："我警告你，今后一定要把你老婆当成公有财产，否则只有死路一条！"

把老婆当成公有财产，多么辛辣而又幽默的讽刺，台下笑倒了一片。这句话淋漓尽致地揭露了造反派头头和其"情妇"道德败坏的丑恶嘴脸。

幽默需要智慧，需要机敏，常常一句幽默的话，将生活的原真和事物的底蕴毕现，收到以一当十、以少胜多的效果。

（2005.6.30）

反向思维解难题

一位牧师和儿子的故事。

在一个星期六的早晨，牧师的小儿子吵闹不休，而牧师正在为构思一篇布道的讲稿苦恼。万般无奈中，这位牧师随意拿出一本旧杂志，翻到一副彩色的世界地图。他就从那本杂志上撕下这一页，再把它撕成碎片，丢在房间地板上，对儿子说道："小约翰，如果你能拼拢这些地图的碎片，我就给你2角5分钱。"

牧师认为，这件事会使约翰花费一上午的时间，自己也可以静静地构思出一篇讲稿。但是，出他意料的是，没过10分钟，儿子已经拼好了一幅世界地图。

"孩子，你怎么这么快就把世界地图拼好了？"牧师大为惊奇地说道。

"爸爸，"小约翰说，"这很容易，在地图的背面有一个人的照片。我就把这个人的照片拼在一起然后把它翻过来。我想，如果这个人是正确的，那么，这幅世界地图也是正确的。"

牧师一听非常高兴，立即给儿子2角5分钱。"你也替我准备好了明天的讲稿，"牧师笑着说："如果一个人是正确的，他的世界也会是正确的。"

牧师的儿子是聪明的，他没有按照常规思维从地图正面着手拼接，而是从反面入手，从而使难题轻易得到解决。善于思考的牧师又能从儿子关于拼图的一句话中发现带有普遍性的原理，这也正是人们增长知识解决难题的一条途径和方法。

其实，在我们日常工作和生活中，反向思维事半功倍的事比比皆是。

有一个老农，在自留地种了一片桔树，桔树上缀满了青青的果子。老农给这片桔林扎上一圈篱笆，可是随着果子一天天长大，淡淡的桔香引来了四邻的小朋友，他们经常潜入园中，摘走一束又一束的桔子。最后，逼得老农把铺盖都搬到桔园里去了，但桔子依然守不住。正在万般无奈时，有人给老农出了一个主意，把铺盖搬回家，把篱笆拆了，并在桔园旁立上一块牌子，上写："亲爱的孩子们，桔子太青不能吃，待桔子红的时候，请你们放开肚皮吃个够。"

也怪，从那以后，孩子们再没有来桔园折腾了。

其实这是儿童的逆反心理，干脆放开才是最明智的选择，换个思维方式，效果就大不一样。

当你遇到工作和生活中的难题，切不可一条黑道走到底，不妨来个反向思维，就会豁然开朗，别有洞天，会给你一个意想不到的惊喜。

（2003.6.5）

信息中的财富

信息时代，人们已日益感悟到了信息的重要性。那年，武汉旅游工艺美术开发公司要从广州运回 2 吨装饰材料，一打听，运费要 3000 元，由于公司本小利薄，根本就拿不出这么多钱来。此时，经理吴敏愁眉不展。吴敏的妻子是个有心人，她想了一个好办法，让从广州返回武汉的空车把材料拉回来，这样运费肯定要少的多。于是，他们贴出广告。没想到，广告贴出仅两小时，就有一家车主找上门来。结果，公司只花了 1000 元便把材料运了回来。

这件事，对吴敏的启发很大，一方面是货场的货运不出去，另一方面是运货的车单程载货，货到后便空车返回。这样便造成极大的浪费，空车应该利用起来。吴敏作了一个统计，武汉拥有运输车 5 万辆，每天载空率为 52.6%，全国长途汽车约数百万辆载空率近 50%。不算不知道，一算吓一跳，所造成的浪费高达近百亿人民币。

于是，吴敏根据自己的小小成功的例子和自己的调查联系起来，决定成立一个交通信息服务部，把空车和客户拉到了一起。

吴敏成功了，几年来他的服务中心共为社会提供信息万余条，挖掘社会潜在价值 500 多万元，他自己也从清贫走向了富裕。

实业家刘文汉那年到中国香港考察商贸业务，在与美国商人共进工作午餐时，纵论美国市场需求。一位商人随意一句话：美国假发非常抢手。这句话就成了刘文汉的创业契机。

刘文汉通过对美国假发供应行情的详细调查发现，美国国内的反战情绪高涨，美国黑人争取平等自由、反对种族歧视的斗争风起云涌，社会动荡不安，使戴假发成了时髦。所以，假发的需求量非常大。二是假发主要靠手工技术生产，在美国发展相当困难，必须依赖进口。

他在调查香港市场时发现，香港市场上有人用印尼、印度等地进口的廉价真发，制作成假发套出售，生产成本相当低，利润很高，只不过质量不高。式样、颜色也不符合美国人的需求。制作假发是劳动密集型生产，在香港劳动力很便宜，税收低，具有竞争力。只要能找到技术人员，加上自己的销售经营，肯定会获取丰厚的利润。

于是，刘文汉投资兴建了中国香港第一家现代化的假发制造工厂。他质高价廉的产品投放市场后，非常抢手，订单雪片般飞来。10年后，刘文汉出口的假发金额超过了电子产品，刘文汉也成了"假发大王。"

信息无处不在。可惜很多人对到来的信息熟视无赌，缺乏捕捉利用信息的能力，使多少有价值的能使你成为巨富的信息擦肩而过。信息也是商品，更是财富。关键是善于抓住它，抓得早，才能使信息生金，在当今信息时代，尤其是这样。

（2002.11.30）

宽宏——伟人的气度

1754年，当时已是上校的乔治·华盛顿率领部下驻防亚历山大市。这时正值弗吉尼亚州议会选举议员。有一名叫威廉·佩恩的人反对华盛顿支持的一个候选人。

为此，华盛顿就选举问题与佩恩展开了一场激烈的争论，争论中说了一些极不入耳的刺激话。佩恩火冒三丈，挥拳将华盛顿击倒在地。当闻讯赶来的华盛顿的部下想为长官报一拳之仇时，他却阻止并说服大家平静地返回了营地。

翌日，华盛顿托人带给佩恩一张便条，请他尽快到当地一家酒店会面。佩恩神情紧张地来到酒店，料想必有一场恶斗。出乎他的意料，迎接他的不是手枪拳头而是友好的酒杯。华盛顿站起身来，笑容可掬，伸出手欢迎他的到来，并真诚地说道："佩恩先生，人谁能无过，知错而改方为俊杰。昨天，确实是我不对，你已采取了行动挽回了面子。如果你觉得那已经足够了，那么请握住我的手吧，让我们来做朋友。"

这场风波就这样友好地平息了。从此，佩恩成了华盛顿的一个崇拜者。

怨恨就像一团麻，要想解开，必须有足够的耐心和诚意。

心胸狭窄、"英雄气短"的人，只会用极端的办法加剧矛盾。华盛顿在此所表现出来的气度和境界是值得称道的。

英国大文豪肖伯纳的新作《武装与人》首次公演，大获成功。广大观众在剧终时，要求肖伯纳上台接受大家的祝贺。

可是，当肖伯纳走上舞台准备向观众致意时，突然有一个人对他大声喊道："肖伯纳，你的剧本糟透了，谁要看？收回去，停演吧！"

观众大为吃惊，大家想，肖伯纳这回一定会十分生气，并用高声抗议来回答那个人的挑衅。谁知道肖伯纳不但没生气，反而笑容满面地向那个人深深地鞠了一躬，彬彬有礼地说："我的朋友，你说得很好，我完全同意你的意见。但遗憾地是，我们两个人反对这么多观众有什么用呢？就算我和你的意见一致，可我俩能禁止这场演出吗？"几句话引起全场暴风骤雨般的掌声。

那个故意寻衅的人，在观众的掌声中，灰溜溜地走了。当众受人指责是难堪和尴尬的事情，肖伯纳一反常人的做法，并没有对故意寻衅的人反唇相讥，更没有暴跳如雷，而是大度地赞赏了对方，使其失去了锋芒，然后话锋一转，点明其孤立难堪的处境，最终使对方不战而败。

（2005.2.28）

家是什么

在美国旧金山，有一个醉汉躺在街头，警察赶快过去把他扶了起来，仔细一看，原来是当地的一个富翁。

当警察要送他回家时，富翁哭着说："家？我没有家。"

警察指着不远处的一幢别墅说："先生，哪是什么？"

"那是我的房子。"富翁说。

"那我送你回家。"警察挽扶着富翁。

"那是房子不是家。"富翁又哭着说。

房子不是家，家是什么？

1983年，卢旺达内战期间，有一位叫热拉尔的青年，他的一家曾有40多口人。可由于战争的破坏，父亲、兄弟、姐妹、妻儿几乎全部丧生，生存下来的也已离散。热拉尔悲痛万分。

后来，绝望的他打听到6岁的小女儿还活着。辗转数次，冒着生命的危险，终于找到自己的亲生骨肉。他悲喜交集，将女儿紧紧地搂在怀里，说的第一句话就是："我终于又有家了。"

家是什么？

不同的人，不同的环境，不同的经历，都会有不同的答案与感受。作为社会最基本的组成单位，家总是以人为主体，人又是以家为依靠。在休戚相关，荣辱与共中，陪伴走过漫漫人生路的，那就是家。

对于大多数人来说，家是与生俱来、生死相伴的生命之舟。在这个世界上，极少数无家可归者，是那种无依无靠的孤独和缺少温情的漂泊。对于他们来说，家是茫茫黑夜里闪烁在远方的万家灯火，是凄风苦雨的旅途上望见袅袅升起的一缕炊烟。谁在这时，都会强烈地唤起对家的渴望。对于那些虽然富有但缺少温情、亲情的人来说，那确实不是家，那是房子。

（2002.6.5）

我们还缺少什么

一位爸爸下班回到了家，觉得很累，并有些烦，他发现 5 岁的孩子在门口等他很久了。

"爸爸，我可以问您一个问题吗？"

"当然可以。"

"爸爸，您一个小时可以赚多少钱？"

"这与你有关系吗？你为什么可以问这个问题？"父亲生气地说道。

"我只是想知道，请告诉我您一小时赚多少钱？"小孩几乎乞求了。

"假如你一定要知道的话，我一小时赚 18 美金。"

"哦。"小孩低下了头，接着又说："爸爸可以借我 8 美金吗？"

父亲发怒了："如果你问这个问题，只是要借钱去买毫无意义的玩具的话，给我回到你的房间床上去，好好想想，为什么你会那么自私。我每天拼命地工作着，没时间和你玩小孩子的游戏。"

小孩子很不高兴，静静地回到自己房间并关上门。

父亲坐下来还生气，后来他慢慢平静下来，觉得刚才对孩子太凶了，或许孩子真的想买什么有用的东西，再说他平时很少要过钱。

父亲走到小孩的房间问："你睡了吗？孩子。"

"爸爸，还没有，我还没睡。"小孩子答到。

"我刚刚对你确实太凶了，我把今天的不愉快全部撒向了你。给你，这是

8 美金，你要的 8 美金。"

"爸爸，谢谢您。"小孩子高兴地从父亲手中拿过被弄皱的钞票。

"为什么你已经有钱了还要？"父亲问。

"因为这之前不够，但我现在足够了。"小孩回答。

"爸爸，我现在已有 20 美金了，我可以向你买一个多小时的时间吗？明天请早点回家，我和您一起共享晚餐。"

父亲流泪了，一把把孩子拉到自己的怀里，紧紧抱着。

有多少人整天忙忙碌碌，或拼命赚钱，或在外面应酬，或忙于其他事情，家成了旅馆。他们认为，我挣钱养活你们，不缺吃，不缺穿，不缺用就行了，你们还要什么呢？

对于朋友的逐渐淡忘，便会形同路人；

对于亲人的逐渐淡忘，便会失去亲情；

对于伴侣的逐渐淡忘，便会失去爱情；

对于生活的逐渐淡忘，便会被生活抛弃。

你付出多少便会得到多少。在这个世界上，人活着，不仅仅是为了吃饱穿暖有东西用，更需要友情亲情和爱情。

（2002.6.9）

特殊的面试

某市最豪华的丽华大酒店要招聘一名公关部经理。由于酒店名气大，待遇好，报名的人很多。经过严格的初试、复试，最后确定了 3 位条件最好的候选人，分别是小张、小韩、小刘。人事部长留下了她们的联系方式，让他们等候通知。

这时，小张的电话响了，她很高兴，这是酒店通知我上班吧，她想。"喂，您好，张小姐吗？请帮我呼8388888，"一个陌生男子叫道。"神经病！"她骂了一声，没好气地关了手机。

不久，小韩的手机也响了，小韩一阵狂喜，这是酒店的喜讯吧？想到那不菲的月薪，她心花怒放。"喂，韩小姐吗？请帮我呼8388888。"是一位陌生的男子在叫。"呼你个头！呼你个头！你打错啦！"小韩大声呵斥道。

再后来，小刘的手机也响了。她正在攻读公关方面的书。"喂，刘小姐吗？请帮我呼8388888。"还是一个陌生男子在叫。"啊，很抱歉，我这里不是传呼台，请你查准号码后再拨一次。"小刘用甜美的声音答道。"啊，请等一下，8388888，这电话好熟，这不是、这不是丽华大酒店的订座电话吗？"她补充道。

"对，刘小姐，我们正是丽华大酒店，你通过了我们这特殊的面试，你被录取了，明天来酒店上班吧！"

原来酒店见候选的三位小姐无论从容貌、身材、还是学识都一样出色，难分高下，于是就设计了这个特殊的面试。这样就分出了高低，也独创了一种用人之道。

有人常常埋怨别人不见义勇为，感叹世风日下，人心不古。可在罪犯作恶时，却视若不见，或溜之大吉；有人指责别人不文明，不道德，自己却满嘴脏话，随地吐痰，甚至大小便，毁坏了公共设施，盗窃公物；有人斥骂别人行贿受赂，搞不正之风，搞腐败，自己却挖空心思拉关系，找后台，挑拨是非，牢骚满腹……

千里之堤溃于蚁穴。一言一行可以决定一个人的命运。那么就请注意你的一言一行，从我做起，从现在做起，从一点一滴做起，坚决同坏人坏事作斗争，提升自己的素养和文明程度，日积月累，潜移默化，那么，这个世界将会变得更加美好！

（2002.5.7）

发掘你的潜能

法国大文豪大仲马在成名前穷困潦倒，生活都难以为继。实在无奈，他来到了巴黎去求助他父亲的一位朋友，请他帮忙找个工作。

他父亲的朋友问道："你能做什么？"

"没有一技之长，老伯。"

"数学精通吗？"

"不行。"

"你懂得物理吗？或者历史？"

"什么都不懂，老伯。"

"会计呢？法律如何？"

大仲马低下头，羞愧得满脸通红，第一次自己知道自己太不行了。

他父亲的朋友对他说："可是你要生活啊！这样吧，把你的住处留在这片纸上吧。"大仲马无奈地写下他的住址。他父亲的朋友看了后叫道："你终究有一样长处，你的名字写得很好啊！"

我上初中时有个同学，人长得漂亮，脑子也很聪明，就是不爱学习。每次考试时总是垫底，年年补考的总有他。费了很大劲，初中勉强毕业，说什么也不念了。年龄不大，干什么呢？父母发了愁。但他动手能力强，编个什么像什么，居然还会织毛衣。考虑再三，父亲叫他跟一个手艺很高的木匠亲戚学做木工，从此我再没见过他。多少年过去了，我有个侄子要结婚了，请我帮忙给他选购一套家具，东西要好，还不能太贵，给我出了难题。我带着他在本市跑了好几家家具店，都没看中满意的，最后来到一家比较气派的家具店。这家的家具款式多，又好看，看起来质量也不错，就是价格高些，于是和店员反复砍价。店员做不了主，便把老板请了出来。老板出来后，我感到有些面熟，多看了他几眼，他也注视着我，谁也没说话。最后还是我先开了口："你是×××吧？"他说："是啊，你是×××吧？"我们都笑了，两双手紧紧地握在一起，原来他就是学习很差的我的初中同学。他跟亲戚学艺出徒后，给人做木工活。改革开放后，到南方发展，有了第一桶金后，便开了家家具店，还带出一批徒弟。由于家具质量好，价格合适，信誉高，他的家具成了抢手货。后来在全国还开了连锁店，本地这家，就是其中之一，他每年过来一两次，打理下生意，他的资产已数亿了。当然我也以优惠价为侄子买了一套家具。

在这个世界上，什么都会、什么都精通的人没有，那是神仙，百无一能、百无一用的人恐怕也没有。不管是谁，都在人生的大舞台上扮演着不同的角色，每个人都潜藏着别人不可替代的天赋。"一招鲜，吃遍天。"有的人成为不可或缺的，而有的人却被淘汰出局，关键是潜能和天赋没有发掘出来罢了。而发掘潜能如同掘井，开掘愈深，其水越多越甜。把你的潜能深掘出来吧，向这个世界展示出人生最辉煌的一面，你生命的火花才更加灿烂！

（2002.5.10）

自信是人生的精神支柱

二战时，德国法西斯头目戈林曾问一名瑞士军官："你们有多少人可以作战？"

"50万"。

"如果我们派百万大军迈入贵国，你们怎么办？"

"简单，每个人开两枪"。

从容不迫，成竹在胸，坚定自信，这样的人，是永远不会被征服的。

美国著名心理医生基恩博士常对病人讲起他小时候一件触动心灵的事。

一天，几个白人孩子正在公园里玩耍，一位卖氢气球的老人推着货车走进了公园。白人小孩一窝蜂地跑过去，每人买了一个，兴高采烈地追逐着放飞在天空中的色彩艳丽的氢气球。

在公园的一个角落里，站着一个黑人小孩，他羡慕地看着白人小孩在嬉闹。他不敢去和他们一块儿玩，因为他是黑孩子，自卑。

当白人孩子离开后，他才怯生生地走到老人的货车旁，用略带恳求的语气问道："您可以卖一个气球给我吗？"老人用慈祥的目光打量了他一下，温和地说："当然可以，你要一个什么颜色的？"小孩子鼓起勇气说："我要一个黑色的。"脸上写满沧桑的老人惊诧地看了看小孩，立马给了他一个黑色的氢气球。

小孩子开心地拿过气球，小手一松，黑色气球在微风中冉冉升起，在蓝天白云的映衬下，形成了一道别样的风景。

老人一边眯着眼睛看着气球上升，一边用手轻轻地拍了拍小孩的后脑勺说"记住，气球能不能升起，不是因为它的颜色、形状、大小，而是气球内充满了氢气。一个人的成败，不是因为种族、身份、丑俊，关键是你的心中有没有自信。"

黑人小孩默默地点了点头，他就是后来的医学博士基恩。

不是有些事情我们难以做到，才失去自信，而是我们失去自信，有些事情才显得难以做到。

自信是人的精神支柱，也是人的精神力量。凡自信者相信自己的意志、智慧和力量，坚韧不拔，一往无前去迎接挑战，战胜困难，做好每一件事。一个人连自信都没有，再小的事，再简单的事也会感到困难重重，缩手缩脚，叫苦连天。你可以一无所有，但切不可失去自信。相信自己，只要坚定自己的自信不被打碎，你总有成功的一天！

（2002.5.8）

每个人都是不可替代的

一个乞丐来到一个庭院，向女主人乞讨。这个乞丐很可怜，他失去了整条右臂，空空的袖子晃荡着，让人看了很难过，碰上谁也会慷慨施舍的。可是，这位女主人毫不客气地指着门前的一堆砖对乞丐说："你帮我把这些砖搬到屋后去吧。"

乞丐生气地说："我只有一只手，你还忍心叫我搬砖，不愿给我就不给，何必捉弄人呢？"

女主人并不生气，俯身搬起砖来，她故意用一只手搬了一趟说："你看，并不是用两只手才能干活，我能干，你为什么不能干呢？"

乞丐怔住了，他用异样的目光看着妇人。终于，他俯下身子，用他那唯一的左手搬起砖来，一次只能搬两块，他整整搬了两个小时，才把砖搬完，累得气喘嘘嘘，脸上落满了灰尘，几缕乱发被汗水浸湿了，贴在额上。

妇人递给乞丐一条雪白的毛巾。乞丐接过去，很仔细地把脸和脖子擦了一遍，白毛巾变成了黑毛巾。妇人又递给乞丐 20 元钱。乞丐接过钱，很感激地说："谢谢你。"

妇人说："你不用谢我，这是你自己凭力气挣的工钱。"乞丐听完后，深深地鞠了一躬，就上路了。

过了几天，又有一个乞丐来到庭院，妇人指着那堆砖对他说："把砖搬到屋前，就给你 20 元钱。"这位身体健全的乞丐斜了妇人一眼，鄙夷地走开了。

多少年后，一个很体面的人来到这个庭院。他西装革履，气度不凡，跟那些自信自重的成功人士没什么区别。美中不足地是，这人只有一只左手，右边是一条空空的衣袖，一荡一荡的。这就是第一个乞丐，他已是一家大公司的董事长。

有的人发育正常，身体健康，但他的一生却是忧郁灰暗的；有的人身有残疾，但其事业却是成功的，生活是美满幸福的。

人生是否成功与残疾没有直接关系。残疾确有不便，但绝非不幸。

每个人都是不可替代的，都具有出众的地方，都有其不可战胜的"法宝。"所谓不幸，所谓灾难，乃是人生"财富"重要的一部分，唯有勇敢面对，才能超越自我，走向成功。这世上是有被埋没的人才，但更多的是自我埋没。世上没有不可用之物，而是放错了地方；世上没有不可用之人，而是没有发现。

（2002.5.11）

"宝"就在你手中

有这样一个故事，读后回味悠长，给人颇多启迪。

一位年老的富翁非常担心从小娇生惯养的儿子的前途。虽然他有许多的财产，却害怕遗留给儿子反而带来祸害。他想，与其将财产给孩子，还不如教他自己去创业、去奋斗。

他把儿子叫到身旁，对儿子讲了他如何白手起家，艰苦拼搏，才有了今天的奋斗史。其父的故事感动了这个从未出过远门的青年，激发了他奋斗的勇气，于是他立下誓言，如果找不到宝物，绝不返乡。

青年打造了一艘坚固的大船，在亲友的嘱托和欢送声中扬帆远航。他驾船战胜了险风恶浪，经过无数的岛屿，最后在热带雨林中，找到了一种树木。这种树高达十几米，在一大片树丛中只有一两株。砍下这种树木，经过一年的时间，让外表朽烂，留下的树心沉黑的部分，会散发出一种无比的香气，放在水中，它不像别的树木浮在水面，而是沉到水底。青年心想，这真是无比的宝物啊！

　　青年把这香味浓郁的树木运回到市场出售，却无人问津，这使他非常恼火。偏偏与他相邻的摊位上，有人在卖木炭，那小贩的木炭很快就卖光了。刚开始的时候，青年不为所动，日子一天天过去，终于使他的信心动摇了。他想，既然木炭这么好卖，为什么我不把香木烧成木炭卖呢？

　　第二天，他果真把香木烧成了木炭，挑到了市场上，不一会就卖完了。青年非常高兴自己能改变主意，得意地返回家乡告诉了老父亲。老父听了忍不住地落下泪来。

　　原来，青年烧成木炭的香木，正是这个世界上最珍贵的树木之一沉香。只要切下一小块磨成粉屑，其价值就会超过一车木炭。

　　手中有宝沉香却不知其珍贵，反而羡慕别人的木炭，丢弃了自己的珍宝，这种事情，古往今来，不乏其例。

　　当年西楚霸王项羽有雄兵40万，手中有许多"珍宝"——有足智多谋的范增，一代名将韩信，一代奇才陈平等，但项羽却不能用。范增忧愤而死，韩信弃楚降汉，陈平背项投刘，皆被汉王刘邦委以重任。不久，项羽便"四面楚歌，"乌江自刎，楚国灭亡。

　　有一公司老板手下有不少人才，但他有"宝"不识宝，有人不会用。学网络的看大门，学经贸专业的管仓库，中文系毕业的大学生搞后勤。他还经常对同行感叹自己公司没人才。没过几年，这些人才纷纷跳槽，公司也办不下去了，只好关门了事。

　　得人者昌，失人者亡。得人才者得天下。贤能者为兴霸业，无不礼贤下士，求贤若渴。当年周文王渭水遇姜子牙，请其出山挂帅，后一举荡平殷商，建立了800年（实则791年）周朝天下。刘邦在萧何的力荐下，拜当时尚藉藉无名的韩信为元帅，"诸将皆惊"，大都不服气，但刘邦不改初衷。结果用了5年的时间，灭了楚国，建立了西汉。刘备三顾茅庐，请出诸葛亮，拜为军师，敬为上宾，才有了三分天下。孙权不顾众将反对，拜书生陆逊为大都督，火烧连营700里，大败蜀军，使东吴转危为安。这些都是中国人熟知的事例。就是外国，这种事例也很多。"二战"结束后，日本军国主义无条件投降，国内一片狼藉，百废待兴。当时有人预测日本在几十年内翻不过身来。日本政府痛下决心，其他事情放一放，缓一缓，狠抓教育和人才的培养。结果只用了 28 年时间，日本开始腾飞，成了亚洲四小龙之首，一举成为世界第二经济强国。苏军攻克柏林，德军战败投降。苏联美国分占东德和西德。有人忙着发财，有人抢女人，有人抢东西，而"狡猾"的美国，却将德国著名的科研人才送往美国，加以重用，率先研究出了原子弹，改变了世界格局。美国立国不过 200 多年，由三流国家成为世界上最先进发达的超级大国，在全世界横行霸道，靠得还不是人才？硅谷有近 8000 家电子通讯及软件公司中，约有 3000 家有华人或印度人工程师执掌业务要津，而华人员工的总数已达 25 万人之多。而我国最高学府清华、北大还在源源不断地为其输送着最优秀的人才。另据一项调查显示，五分之一的硅谷工程师具有华人血统，有约 18% 的华人担任硅谷的公司总裁。美国有 7 位华裔科学家获得了诺贝尔奖。21 世纪是属于科学的世纪，决定一个国家强盛与否的核心因素，所以每个实力强大的国家都把重心放在培养人才方面。这些人才为现代科学发展事业做出了巨大贡献。正因为如此，世界才能发展到今天的程度。

经过几十年的改革开放，我国各方面都有了突飞猛进的发展，随着"科学是第一生产力"的深入人心，尊重知识，尊重人才的落实，我们完全有理由相信，我国的尖端人才会越来越多，"四化"的实现，中华民族的腾飞，一定会早日到来！

（2002.5.13）

叫每一天都快乐

一位女作家应邀去美国访问。下榻的第二天，她来到纽约街头，遇着一位卖花的老太太。这位老人衣着很破旧，身体虚弱，但满脸喜悦。女作家受到感染，一高兴便买了一朵花。

"你看起来很高兴啊！"女作家道。

"为什么不呢？一切都这么美好。"

老太太的回答令女作家回味不已。

"耶稣在星期五被钉在十字架上的时候，那是全世界最糟糕的一天，可三天后就是复活节。所以，当我遇到不幸时，就会等待三天，一切就恢复正常了。"老太太继续说道。

两青年到一家公司求职，经理问第一位求职者："你觉得你原来的公司怎么样？"青年人脸色阴郁地答道："唉，那里糟透了！同事尔虞我诈，部门经理粗野蛮横，以势压人，整个公司死气沉沉。工作在那里，令人感到十分压抑，所以我想找个理想的地方。""我们这里恐怕不是你理想的乐土。"经理说。于是，这个年轻人愁容满面地走了。第二个求职者也被问及同样的问题。他答道："我们那儿挺好，同事们待人热心，乐于助人，经理平易近人，关心下属，全公司气氛融洽，工作愉快。如果不是想发挥我的特长，我真不想离开那儿。"

"你被录取了。"经理笑吟吟地说。

如果一个人常常注意生活中那些愉快而美好的东西，他也就会因此变得同样快乐起来。而当一个人总是关注那些灰色阴暗的事物，他的情绪同样会深受影响，这是毫无疑问的。久而久之，它还会发展成一种人生的观念，对世间的看法，甚至发展成一种病态的情绪。

人生与忧患俱来，而忧戚者早夭，达观者长寿。人生在世，总免不了有悲欢离合，生老病死，祸福相依，浮沉荣辱。而感伤、消沉、懊恼于事无补，于己无补，于社会无益。我们应达观处事，积极向上，摒弃一切俗见和自私心理，就会拥有一个坦荡、美好、快乐的人生。

（2002.5.16）

打开你的"心锁"

一代魔术大师胡汀尼有一手绝活,他能在较短的时间内,打开无论多么复杂的锁从未失手。他曾为自己定下一个富有挑战性的目标,要在 60 分钟内从任何锁中挣脱出来。条件是让他穿着特制的衣服进去,并且不准有人在旁边观看。

有一个英国小镇上的居民,决定向伟大的胡汀尼挑战。他们打制了特别坚固的铁牢,配上一把看上去非常复杂的锁,看胡汀尼能否从这里出去。

胡汀尼接受了这个挑战。他穿上特制的衣服,走进铁牢中,牢门"哐当"一声关上了,大家遵守规则,转过身去不看他工作。胡汀尼从衣服中取出特制的工具开始工作。30 分钟过去了,胡汀尼用耳朵紧贴着锁,专心地工作着。45 分钟、1 小时过去了,他用耳朵紧贴着锁,头上开始冒汗。两个小时过去了,胡汀尼始终听不到期待中的锁簧弹开的声音。他精疲力尽地靠着门坐下来,结果牢门却顺势而开。原来,牢门根本没有上锁,那个看似很复杂的锁只是个样子。

小镇居民成功地捉弄了这位逃生专家。

门没有上锁,自然也就无法开锁,但胡汀尼心中的门却上了"锁,"难怪忙了两个小时也没有打开"锁。"

许多人做事不成功,是因为没有打开"心锁。"

一位指挥员在指挥作战时,三心不定,优柔寡断,瞻前顾后,心中的"锁"没有打开,就难取得战斗的胜利。

一位参加高考的学子,在考场上思虑过多,又怕自己考不出好成绩,上不了名牌大学,又怕落榜没法交代,他很可能落榜,因为他心中的"锁"没打开。

一位参加重要比赛的歌手,由于思虑过多,包袱太重,又怕自己发挥失常,又怕别人发挥太好超过自己,自己被淘汰怎么办?结果他真被淘汰了。因为心中的"锁"锁住了他的手脚，焉有不败之理。

一个人想取得事业的成功，当然要靠实力。这实力，就包括放下包袱，打开心中的"锁，"轻装上阵，以平常心对待每一件事，成功也就向你招手了。

（2002.5.18）

人的潜能是无穷的

某单位的材料库养着一条看家护院的大狼狗，极凶。上午，库房保管员牵着它放风。刚上公路，看见前面几十米开外一位拄着拐棍的老人蹒跚地走着。大狼狗突然挣脱绳子，狂吠着向老人扑去。老人回头一看，怪叫一声，拐棍一扔，撒腿就跑。保管员生怕出事，喊着狗的名字便追。狼狗还算听话，转回身来摇头晃脑地讨好主人。令人吃惊的是，刚才还蹒跚走路的老人，已跑出了十几米。那一瞬间，他的速度不次于世界长跑冠军。见狗不再追了，弯下腰来呼哧呼哧喘着粗气。保管员把狗拴在树上，拾起拐棍交给老人，说了不少好话，才把老人安抚好，打发走。

看着老人步履蹒跚的背影，令人信服，一个人在危急时真是潜能无限啊！

某学院教学大楼失火，人们七手八脚忙着往外搬东西。平时，四个人都抬不动的大铁柜子，这时，两人就把它抬了出来。待大火扑灭后，这两人无论如何也抬不动这个铁柜子了。

许多运动员参加体育大赛成绩不理想，不是他们不具备夺金获银的实力，而是由于太紧张了，没有发挥出自己真正的潜能。

一些人事情没做好，不是能力水平不够，而首先是信心不足，怀疑自己的能力，潜能未发挥出来，怎能做好事情呢？

据说，人的大脑有100万个细胞，一生中只开发了10%（一说20%）左右，大部分细胞躺在那里"睡觉",潜能远未开发出来。

勤能补拙,天道酬勤。不要抱怨自己笨,不够聪明,是因为你还不够勤奋,大脑开发不够。勇敢地去搏击风雨,挑战极限吧!要相信自己,潜能是无穷的!

（2002.5.21）

鳗鱼的启示

在日本,有一个流传很广的故事。

古时候,日本渔民出海捕鳗鱼,因为船小,回到岸边时,鳗鱼几乎都死光了。但是,有一个渔民船上的各种捕鱼装备和船舱,和别人完全一样,可他每次回来,鱼儿都是活蹦乱跳的,因此,他的鱼卖的价钱高过别人一倍。没过几年,他就成为大富翁。

后来,他身染重病,不能出海捕鱼了,才把这个秘密告诉他的儿子:在盛鳗鱼的船舱里,再放一些鲶鱼,因为鳗鱼和鲶鱼生性好咬斗,为了对付鲶鱼的进攻,鳗鱼被迫竭力反击,在战斗的状态中,鳗鱼求生的本能被充分调动起来了,所以就活了下来。船舱里只放鳗鱼,它知道被捕住了,等待它们的只有死路一条,生的希望破灭了,所以过不了多久就死掉了。

一位动物学家对生活在非洲草原奥兰治河两岸的羚羊进行过研究。他发现东岸羚羊群的繁殖能力比西岸的强,奔跑速度也不一样,每分钟要比西岸的快13米。对这些差别,动物学家百思不得其解。有一年,一位动物学家在动物保护协会保护下,在东西两岸各捉了10只羚羊,把它们各送到对岸。结果,运送到西岸的10只一年后繁殖到14只,运送到东岸的10只只剩下3只,那7只全被狼吃掉了。

这位动物学家终于明白了,东岸的羚羊之所以强健,是因为它们附近生活着一个狼群，西岸的羚羊之所以弱小，是因为它们缺失这么一群天敌。

多难兴邦。生于忧患死于安乐。古代的名臣良将深知这样一个道理：飞鸟尽，良弓藏；狡兔死，走狗烹；敌国破，谋臣亡。当一个国家或一支队伍还不够强大，随时有被别的国家或部队击败消灭的时候，这个国家或部队的帝王或领袖对属下的名臣良将是十分器重的，因为要靠他们夺取天下。一旦事业成功，天下统一，没有了威胁和外患，皇上开始琢磨，这些人这么能干，一旦他们觊觎我这个宝座，发生了内乱怎么办？我百年之后，我的儿孙岂能够驾驭了他们，造反夺位怎么办？这时，这些名臣良将就没好日子过了，甚至末日就到了，因为皇上要大开杀戒，大屠功臣了。刘邦是这样做的，朱元璋也是这样做的，一个比一个惨烈。在某种意义上说，敌人、仇人有时就是你的"贵人"，能时刻激发你的潜能，促使你不断进取，自强奋斗，永远立于不败之地。

当一个人自感功成名就，毫无压力时，便会不思进取，目中无人，骄横狂妄，甚至腐化堕落，骄奢淫逸，无可救药地走向衰败和死亡。古今中外，概莫能外！

（2002.5.25）

手莫伸

古代印度人有个捕捉猴子的妙法：在猴群经常出没的原始森林里，放上一张装有抽屉的桌子，抽屉里放一个苹果或桃子，然后将抽屉设计成拉到猴子能将手插进去而苹果和桃子取不出来的程度，猎人就可以远离桌子，静静的安心等待。每一次，猎人都可以看到这么一幅逗人的画面，猴子将手伸进抽屉里取苹果或桃子，但怎么也取不出来，但猴子死活也不肯放弃，于是贪婪的猴子急得两眼冒绿光，却又一筹莫展。最后，聪明的猴子轻而易举地成了猎人手到擒来的猎物。

无独有偶。

非洲土著人抓狒狒有绝招，将狒狒爱吃的食物放在一个口小里大的洞中，并故意叫躲在远处的狒狒看到。等人走远后，狒狒就欢蹦乱跳地跑过来了。它将爪子伸进洞里紧急抓住食物，但由于洞口很小，它的爪子握起来就无法从洞中抽出来了。这时人们只管来收获猎物，根本不用担心它会跑掉，因为狒狒根本舍不得丢掉那些可口的食物，越是惊惧和急躁，食物攥得越紧，爪子就无法从洞中抽出。

垂钓者在鱼钩上放上鱼饵，贪吃的鱼儿便会上钩。

其实很多人也和贪心的猴子狒狒一样。社会上有那么多上当受骗者，十有八九是贪图便宜中了骗子的圈套。

所有的贪官不是生下来就贪，开始时也是比较规矩甚至廉洁的，最后成为大贪、巨贪，有个潜移默化的过程。由于"三观"不够坚定，要求自己不够严格，抵挡不住金钱、美女的诱惑，先是被请吃请喝几顿饭，笑纳一些小礼品开始，继而胆子越来越大，受贿几千几万几十万到几百万甚至上千万，逐渐成了大贪巨贪，被送上断头台，丢了性命。给贪官胡长清行贿的周雪华曾"深有体会"地说："人啊！一是用针刺自己的肉很痛，二是从自己口袋里掏钱给人很痛。他们肯拿巨款供贪官挥霍，是因为他们随后将得到更大的利益。"虽出自行贿者之口，却也道出了问题的实质，可谓一针见血，振聋发聩！

天上不会掉馅饼。世界上没有无缘无故的爱，也没有无缘无故的恨。这么简单的常识，为什么大大小小的贪官就不明白呢？答案只有一个，利令智昏！

让我们记住陈毅元帅的那句名言吧——

"手莫伸，伸手必被捉。"

（2002.5.30）

五元钱的启示

在美国海关，有一批被没收的脚踏车在公告后决定拍卖。每次叫价时，总会有一个 10 岁左右的小男孩儿喊价，而且总以"五元钱"开始出价，然后眼睁睁地看着脚踏车被别人用 30 元、40 元买去。

拍卖会中间休息时，拍卖员问那个小男孩，为什么不出较高的价来买？男孩情绪低落地说，他只有五元钱。

拍卖会又开始了，那男孩儿还和以前一样，可结果也一样。

后来大家开始把目光落到这个男孩儿身上，也逐渐明白了其中的奥秘。

在拍卖会即将结束时，仅剩下一辆最好的脚踏车。

拍卖员问："谁出价？"

这时，坐在最前排已近于绝望的他——那个小男孩儿又喊出"五元钱"。

所有在场的人都看着小男孩儿，鸦雀无声，也无人再举手了。直到三次拍卖价喊过之后，全场热闹起来。

小男孩儿拿着仅有的五元钱，终于买到了那辆最漂亮的脚踏车。

他脸上露出灿烂的笑容。

种下蒺藜，就会收获畸形、丑陋、罪恶；洒下阳光，就会收获青草、花朵和春天。倘若一个人从小就生活在以强凌弱的环境中，在幼小心灵种下绝望的种子，我们无法指望未来的世界，有多少民主、博爱、怜悯、公正、尊严。一个人如果一次次地失望，他就会看到这个世界是那么黯淡无光。给他一次希望，付出一点善意，不仅仅是为了自己心理的平衡和显示自己的高尚，而是为了这个世界更加美好！

（2002.6.6）

为了母亲的微笑

这是发生在一个犯人同母亲之间的故事。

探监的日子到了，一位来自贫困山区的老母亲，经过乘坐驴车、汽车和火车的辗转，探望服刑的儿子。在探监人的各种各样的物品中，老母亲给儿子掏出用白布包着的葵花子仁儿。葵花子仁儿已经炒熟，是老母亲一粒一粒嗑出来的，白花花的，像密密麻麻的麻雀舌头。服刑的儿子接过瓜子仁儿，手开始颤抖。母亲亦默默无言，撩起衣襟擦泪。

她千里迢迢探望儿子，卖了舍不得吃的鸡蛋以及幼小的猪仔，嘴挪肚省才凑足了路费。来前，忙碌了一天后，晚上还在煤油灯下嗑瓜子。瓜子仁儿一点点增多，母亲没有舍得吃一粒。十多斤瓜子嗑走了多少夜晚，迎来了多少黎明。

服刑的儿子低着头，一句话也说不出。作为身强力壮的小伙子，正是侍奉老母的时候，他却在牢狱中度过。在所有探监的人中，他母亲的衣着最为褴褛，身体最为瘦弱。母亲一口口嗑的瓜子，包含着千言万语。儿子"扑通"给母亲跪下，他终于流泪忏悔了。

"谁言寸草心，报得三春晖？"世上的母爱是最伟大的。

"在这个世界上，我们永远要报答的最美好的人，这就是母亲（托尔斯泰）"。

世上的罪犯们，且不说党纪国法，谁想想母亲那份期盼的目光，牵挂的心肠，干枯的白发，瘦弱的身躯，如果还天良未泯，还惦记着你的母亲，如果不想让你的母亲蒙羞含辱、担惊受怕，仅仅为了母亲的微笑，你也应果断收回你犯罪的双手，打消你犯罪的欲望。你白发的老母正倚门待你归！

"世上有一种最美丽的声音，那就是母亲的呼唤（但丁）"。

（2002.6.10）

什么是真正的朋友

这事发生在公元前四世纪。

在意大利，有个叫皮斯阿司的年轻人，因触犯了国王，被判绞刑，即将处决。他是个大孝子，临死之前，希望与百里之外的老母亲见最后一面，以表达对母亲的歉意，因为他不能给母亲养老送终了。

他的孝心感动了国王，允许他回家和母亲见上一面，但有个条件，必须找一个人来替代他坐牢，否则是不可以的。

有谁愿意冒杀头的危险来替代别人坐牢呢？一旦他跑了，自己不是自寻死路吗？

但茫茫人海，大千世界，就有这样的人，他就是皮斯阿司的好朋友达蒙。

达蒙代替皮斯阿司后，皮斯阿司立即回家同母亲诀别。

时间一天天过去了，皮斯阿司一去不复返。眼看刑期就要到了，仍不见他的踪影。

行刑的时间到了，当达蒙被押赴刑场时，天下着大雨，围观的人都嘲笑他愚不可及、自作自受。

追魂炮响了，绞索已经挂在达蒙的脖子上，有人为他惋惜，有人痛骂那个出卖朋友的小人皮斯阿司。可达蒙豪气凛然，一副视死如归的样子。

就在这千钧一发之际，在疾风暴雨中，皮斯阿司飞奔而来，高喊："我回来了！我回来了！"围观的人个个都惊呆了。

这消息宛如长了翅膀，飞速地传到了国王耳中。

国王也被感动了，他亲自上前为皮斯阿司松了绑，赞扬他是优秀的子民，真正的朋友，赦免了他的罪行。

达蒙和皮斯阿司热泪盈眶，紧紧地抱在一起。

什么是朋友？有人说，所谓的朋友，就是了解你爱你的人。当你快乐时他为你快乐，当你遭到危险时，他与你并肩战斗，始终不离不弃，甚至在你生命攸关时，愿为你赴死。

朋友是生活沙漠中一方萋萋绿洲，一弯晶晶月泉，喧嚣中的一处清幽，稻花飘香的田园；是干枯中一袭高唱着不竭的涓涓细流，是隆冬里那一抹阳光。朋友，才是人生中不可多得的山清水秀，四季花开的景致。如果人生无友，恰似生命中无阳光雨露，漫漫征途中无携手前行的知己。没有朋友的人生，是一片不见尽头的茫茫戈壁。

（2002.6.15）

欲速则不达

有这样一个寓意深刻的故事。

从前有一个年轻的农夫，他要与情人约会。小伙子是个急性子，来得太早又没耐心等待，尽管阳光明媚、春意盎然，他却坐在大树下长吁短叹。忽然眼前出现一个侏儒。"我知道，你为什么闷闷不乐。给你个纽扣，把它缝在衣服上，你如果遇到不得不等待的事情，只需将纽扣向右一转，你就能跳过时间，要多远有多远。"侏儒说。小伙子大喜，试着将纽扣向右一转，啊，情人已出现在他眼前，还向他送秋波呢。要是现在能举行婚礼那该多好。他又向右转了一下，隆重的婚礼，丰盛的酒席，他和情人并肩而坐，周围管乐齐鸣，悠扬醉人。他心中的欲望无穷，想房子，转动纽扣有房子；想孩子，转动纽扣有孩子。他不断地转动纽扣，儿女成群，俄顷成人……生命就是这样从他身边疾驰而过。还未来得及思索其后果，还未品尝人生之幸福，他已老态龙钟，衰卧病榻。至此，他再也没有要为之而转动纽扣的事了。回首往事，他为自己性急失算而深深追悔：不愿等待，一味追求满足，如同馋嘴人偷吃蛋糕里的葡萄干一样。风烛残年，他才醒悔。他多么渴望时光倒流，再回到当年的时光。他浑身颤抖，试着把纽扣向左一转，扣子猛地一动，他从梦中醒来，原来他还在那棵大树下等待着情人。他现在已学会了等待，一切焦躁不安已烟消云散。啊！生活是多么美好！

这当然是个神话故事，现实生活中是不会发生的，但像那个小伙子一样，心浮气躁，急于求成，不愿等待，这样的事情在我们现实生活中却屡见不鲜。

社会发展有其一定的规律，搞经济建设也好，做其他事情也罢，不能脑子发热，一意孤行，想怎么干就怎么干，要按客观规律办事，要尊重科学。只有这样，才能扎扎实实，一步一个脚印地走向胜利的彼岸。这个浅显的道理，我们却用了几十年的时间，花费了巨大的代价，才形成了全党的共识。

急于求成，急功近利，欲速则不达。

凡是不严肃对待历史，不按客观规律办事，和历史开玩笑的，必将受到严惩，被历史抛回原处！

（2002.6.30）

寻找那只丢失的"羊"

从前有个智者，广收天下门徒，聚有百余人。

每天智者教他们修身养性，习文练武。弟子们也珍惜难得的机会，大多刻苦训练、虚心请教。

只有一个不服管教，只知道吃喝玩乐。

几年之后，弟子们都掌握了一技之长，声名远扬，而那个冥顽不化者依然浑浑噩噩，不思进取，整日里招惹是非，并搅扰师兄弟的学业，。

于是，弟子们一起来上告智者："师傅，请你开除那个坏蛋吧！"

"不行，我要收留他。"

弟子们愤怒了："师傅，你要是仍把那个坏蛋留在身边，我们将要集体出走。"

可智者仍坚持自己的态度。

几天后，弟子们果然纷纷离去，

十几年后，那个最顽劣的弟子在智者的感悟教诲下，终于修成正果。

"100只羊走失了一只，需要去寻找的就是失去的那只，而不是只在羊群中找未丢失的羊。"

而我们许多人却不是这样做的。

不少老师喜欢听话学习成绩好的孩子，把差生打入"另册"，排座位朝后坐，上课从不提问这些学生，甚至说些伤害差生自尊心和心灵的话："你们再学也没用，考大学门儿都没有，将来会有什么出息！"劝学习差的退学，不要拖全班的后腿。致使这些差生感到绝望，自暴自弃。

许多家长喜欢听话乖巧的孩子，百般宠爱，对那些有个性、调皮的子女，横竖看不惯，横挑鼻子竖挑眼，搞"一家两制"。

更有一些领导，对溜须拍马，逢迎巴结的部下，视为心腹，提拔重用；对有个性、有棱角、善于独立思考，不盲从者，百般打击刁难，挤走了事。

每个人都是不可替代的。在某些人眼里看到的缺点，也许正是这个人的优点和长处。再冥顽的人，身上都有闪光之处；再愚笨的人，都有他人值得学习的地方。

世上没有差的徒弟和学生，只有差的师傅和老师，师傅和老师教给徒弟和学生的，应该永远是希望……

（2002.7.5）

"歧视"的力量

那年我顺利地考上了京城一所大学。

当我读大三的时候，在校园里意外遇到我高中的同学大伟。我感到很惊讶，大伟可是当年班里的最差学生，他居然也考到这所名牌大学。

大伟看我迷惑不解的样子，笑了笑，说起了事情的原委。

大伟第一次高考落榜，那是意料中的事，谁也不感到奇怪。大伟不想复读，他知道自己不是上大学的料，要到南方打工。可他父母不愿意，逼他复读来年再考。在复读班，有次上英语课，他竟偷偷地看起了金庸的武侠小说。被英语老师发现后，当着全班同学的面说："大伟，你太没出息了，你不仅糟蹋你父母的钱，还耗费自己的青春。如果你能考上大学，全世界就没有文盲了！"大伟当时气得头都要炸了，指着老师说："你不要瞧不起人，我一定要考上大学让你看看！"当时就把武侠小说撕得粉碎。大伟第一次高考差了 100 多分，第二年只差了 17 分，第三年再考，竟超过大学录取分数线 80 多分。

三年后，我回到我高中的母校，看望正患骨癌的英语老师。说话时提到大伟的事。他突然激动起来，言语哽咽着说："对有的学生要多鼓励，对有的学生，一般的鼓励是没有用的，关键是用锋利的刀子去给他们心灵做手术。你相信吗？很多时候，别人的歧视能使一个人激发起心底最坚强的力量，大伟就是个例子。"

两个月后，他离开了人世。

又过了几年，我公差到北京，意外地在大街上遇到大伟，读博士的他正携漂亮的女友悠闲地购物。我给大伟讲了英语老师的那番话。在熙熙攘攘的人群中，大伟不禁泪流满面。

知耻而后勇。

因此，我想起了历史上许多名人，由于受到"歧视"而发奋图强，成就一番事业的故事。

汉初"三杰"之一的韩信，当年落魄，衣食无着，被人瞧不起，处处受到歧视。有一次，一个恶少竟令他从自己的胯下钻过去，韩信受到如此的奇耻大辱，没有自暴自弃，而是苦研兵法，等待时机。后楚汉相争时，他离楚助汉辅助刘邦，亡楚灭项，统一了全国，建立了不世之大功。

西晋的周处，少年时不务正业、横行乡里，被乡人把它和南山猛虎、西海蛟龙并称为"三害"，处处受到人们的歧视。后周处幡然觉悟，痛改前非，并拜当时著名的学者陆机、陆云为师。周处后投军，屡立战功，成为镇守边关的大将，在一次战斗中壮烈牺牲，受到人们及后世的敬仰。

歧视，也是一剂治愈顽疾的猛药，一种催人奋进励精图治的力量！

（2002.7.10）

宽容

有一次，著名作家阿里和他的两位朋友吉伯、马沙一同旅行。

当三人行到一处山崖时，马沙失足滑落，幸而吉伯拉住他，才使他得救。于是，马沙在附近的大石头上刻下：

"某年某月某日，吉伯救马沙一命。"

三人又继续前行，来到一河边，吉伯与马沙因牲口喝水一事发生口角，吉伯打了马沙一耳光，马沙在沙滩上又写下：

"某年某月某日，吉伯打了马沙一耳光。"

当他们结束旅行时，阿里好奇地问马沙，为什么选择两种不同的载体记下两件事呢？

马沙说："刻在石头上，我会永远记住吉伯救了我；写在沙滩上，它会随风刮得一干二净。"

阿里敬佩地抓住马沙的手说："有你这样的朋友真是荣幸！"

学会接受别人和尊敬别人。容忍是沟通的第一原则。原谅别人的过错，欣赏别人成功的人才是真正的成熟。培养良好的人际关系，尊敬别人，为别人着想的人，自然能与人和睦相处。

"世界上最宽阔的是海洋，比海洋宽阔的是天空，比天空更宽阔的是人的胸怀。"宽容是一种博大，它能包容人世间的喜怒哀乐；宽容是一种境界，它能使人跃上新的台阶。

（2002.7.31）

献出你的爱心

一位初出茅庐的画家，居住在西班牙的马约尔加岛。一次他要去旅行，一大早，他带着一个大旅行箱，站在几乎无人通过的路边，坐在箱子上等出租车。

该地不是城市，出租车不大经常过来，人们只能在路边等着，谁也不知道出租车何时能来。

大约过了20分钟，过来了一辆出租车，画家立即起身招手，但他看到车内有乘客时便放下了手，出租车缓缓地驰了过去。

然而，那辆车驰出30米左右就停了下来，有一位看起来颇有修养的老绅士下车了。

"真幸运呐，那人在这里下车了。"

画家对这个偶然感到很高兴，迅速地放好旅行箱上了车，对司机说："去机场，我真幸运，谢谢您。"

司机耸耸肩说:"要谢,你就谢谢那位老先生吧,他特意为你早下了车的。"

画家不解其意。于是司机解释道,那位老先生原本是去很远的地方,他看到你后说,你这么早拉着旅行箱站在路边,一定是去机场乘飞机的,时间有限。他反正也没有特别紧急的事,提前下车,让你上车,它再等后面的出租车。所以,要谢,你就谢谢那位老先生。

老先生的行为令人感动。花钱乘车,何况要去很远的地方,他不提前下车,把座位让给画家完全应该,无可指责。更可贵的是,他那么一大把年纪还能设身处地地为他人着想,把方便让给别人,把困难留给自己,这就是雷锋精神,就是我们所说的共产主义风格。我们应该承认许多"老外"在这方面,比一些中国人做得好,被人们誉为"洋雷锋"。在公交车上,孕妇和病残专座坐着年轻力壮的小伙或姑娘,而白发老人和病残者及抱小孩者却站着,尽管乘务员一遍遍地喊着谁给让个座,可这些人不是装睡着,就是置若罔闻,把头扭向车外(现在更多的是低头看手机,装着没听见)。最后让座的,常是白发老人。

帮助别人,就是帮助自己;关爱别人,就是关爱自己。这简单的道理,有人就是不懂,就是不去践行。

有一司机,晚上酒后行车,将一男孩儿撞倒在地。他不停车救助,反而加速逃逸。后来才知道,这被撞死的是他儿子。还有一男孩在水库里玩水,一不小心游到深水区。男孩慌了神,拼命挣扎,高喊救命。离水库不远处,一农妇正在干活,对男孩儿的呼救充耳不闻,也不去叫人施救。待别人把男孩捞了上来,因溺水时间过长而死亡。农妇凑到眼前一看,几乎晕死过去,原来淹死的正是自己的儿子!

"只要人人都献出一点爱,这世界就会变成美好的乐园。"

人们啊!献出你的一点爱心吧!

(2002.8.5)

拉一拉是天使，推一推是魔鬼

黎明时分，庙前山门外跪着一个人。

"师傅请原谅我"。

他是某城的风流浪子，20 年前曾是庙里的一个小沙弥，极受方丈的宠爱。方丈将平生所学悉数传授，希望他成为出色的佛门弟子，继承自己的衣钵。谁知他却在一夜之间动了凡心，偷偷下山去了。从此花街柳巷，放浪形骸。

20 年后的一个深夜，他幡然醒悟，望着明月，深自忏悔，披衣而起，快马加鞭，赶往寺里。

"师父，你肯饶恕我，再收我做弟子吗？"

方丈深深厌恶他的放荡，只是摇头。

"不，你罪孽深重，必堕阿鼻地狱，要想佛祖饶恕，除非——"，方丈信手一指供桌，"连桌子也会开花。"

浪子失望地离开了。

第二天早上，方丈踏进佛堂的时候惊呆了：一夜间，佛桌上开满了大簇大簇的花，每一朵都芳香逼人，佛堂里没有一丝风，那些花却摇曳不止，仿佛是在焦灼地呼唤。

方丈瞬间彻悟，他忙下山寻找浪子，却已经来不及了，心灰意冷的浪子重又坠入荒唐生活。

"浪子回头金不换。"人非圣贤孰能无过！小沙弥动了凡心，偷偷下山，荒唐了 20 年，实属不该。但他知错能改，幡然悔悟，方丈实不该拒他千里之外。人的一半是天使，一半是魔鬼。拉一拉成为天使，推一推成为魔鬼。连佛祖都原谅了他，令佛桌开花，方丈为什么就不能原谅他呢？你这一推，可知世间少了一个天使，多了一个魔鬼。

宽容是一种博大，它能包容人世间的喜怒哀乐；宽容是一种境界，它能使人思想升华，跃上新的台阶。

"处处绿杨堪系马，家家有路到长城。"宽容待人、容人之短，便是事业取得成功之途。

（2002.10.18）

两代人

7岁："爸爸真了不起，什么都懂。"

14岁："好像有时说的也不对……."

20岁："爸爸有点落后了，他的理解和时代格格不入。"

25岁："老头子一无所知，陈腐不堪。"

35岁："如果爸爸当年像我一样老练，他今天肯定是百万富翁。"

45岁："我不知道是否该和老爷子商量，也许他能帮我出出主意。"

55岁："真可惜，爸爸去世了。说实话，他的看法相当高明。"

60岁："可怜的爸爸，你简直是无所不知、无所不通！遗憾的是我了解您太晚了。"

通过上述儿子一生中各个年龄段时对父亲的看法，很有普遍性和代表性。

童年时，由于幼稚无知，对父亲很佩服，认为他无所不知。到了少年时，有了点知识，便认为父亲不是无所不知，而是有时说的也不对。到了青年时，便目空一切，狂妄自大，认为其父一无是处。到了中年时，有了一定的阅历，便深知人世的艰难，对父亲又逐步认同起来。到了55岁以后，他也成了爷爷，经历了人生曲折坎坷、酸甜苦辣，便深感父亲的高明，不仅对父亲钦佩，而且都有些崇拜了。父亲身上值得学习的东西太多了，但其父已逝，只有深深的遗憾了。

"事非经过不知难。"阅历也是智慧，磨难也是财富。可惜这个简单的道理，这个世界上，绝大多数人知道的太迟了。

儿女对父母看不惯，认为他（她）们因循守旧、固执僵化，动辄讲大道理，当年我们如何如何；父母对儿女看不惯，不成熟稳重、奢侈浪费，好表现自己，动辄同老人顶嘴等等。

老年人看不惯年轻人，年轻人也不服老年人的管教，这种现象被称之为"代沟"。产生"代沟"的主要原因是两代人生长年代环境的差异，他们各有所处的社会环境、价值观念、生活方式、文化程度不同，必然导致对人对事物的认识上的距离，出现心理上的鸿沟也就不足为奇了。

其实现在的老一代，在自己年轻的时候还不是同上一辈也存在"代沟"？既然两代人之间，有着截然不同的社会经历，在思想认识上、价值观上产生差异是很自然的。"代沟"实际上是完全可以解决的。

作为老人，要先从自身做起。不能倚老卖老，要不断地学习，活到老，学到老，接受新事物，学习新知识，修正自己的旧思想，以适应变化了的社会环境，跟上时代的步伐。要改变"我说你听，我教你干"的教育方式，遇事先听听子女们的意见，多交流沟通。原则问题要坚持，小事不计较，求同存异。对晚辈的生活琐事不要多干涉，更不能事无巨细都要过问。要学会睁一只眼闭一只眼，不要自寻烦恼。

为加强两代人的相互了解和理解，应多给子女们讲一些过去的历史，使他们了解父辈的社会经历，创业的艰辛，理解父母是对他们的关心，不至于形成对立的思想。这样，父母和子女之间就有了共同的语言，遇到问题，能够相互尊重，共同探讨，家庭气氛也变得更加融洽活跃起来。事实证明，两代人多交流沟通，理解尊重，"代沟"是完全可以逾越的，关系会越来越密切的。

（2002.10.31）

人生的多次选择

俄国著名的男低音歌唱家夏里亚宾，15 岁时来到喀山市报考一家剧院的合唱队。在试唱时，他的嗓子有点嘶哑，虽然他竭尽全力演唱，仍然未被录取。若干年后，他经过刻苦的努力，终于成为一名举世闻名的歌唱家。后来，他结识了大文豪高尔基，和他谈起自己年轻时的这段经历，高尔基听后大笑，夏利亚宾不解。原来，就在那时候，高尔基也报考了这家剧院的合唱队，居然考中了，但是高尔基很快发现他的志向不在唱歌，便毅然离开了。

夏利亚宾志在唱歌，虽然第一次报考合唱队失利，但是，是金子总会发光的。经过刻苦努力，终于成为世界著名的歌唱家，其努力奋斗的精神令人钦佩。高尔基志向不在唱歌，他第一次报考合唱队，虽然考中了，但可贵的是他有自知之明，很快发现自己的志向不在唱歌，便毅然决然离开了合唱队，从事他喜爱的文学创作。试想，高尔基如果不离开这家合唱队，会是什么情形？无非是俄国多了一名很一般的合唱演员，而少了一位世界伟大的作家，我们就不会看到他创作的《母亲》《童年》《在人间》《我的大学》等世界文学名著。对于世界文学宝库，那是多么巨大的损失。其他名人一生中也遇到过多种选择。鲁迅在日本是学医的，后来弃医从文；郭沫若也是学医的，投笔从戎后，从事文学创作和历史考古等；陈景润大学毕业后任中学教师，发现自己实在不适合当教师，后从事数学研究，并取得了辉煌的成绩……不仅是名人，芸芸众生，一生都面临多种选择。第一次选择失败了没什么，继续努力，说不定是因祸得福，在其他领域做出令人瞩目的成就。第一次选择成功了，对你来说未必是最佳的选择。关键是你要有自知之明，了解自己的志向、爱好、性格、才能，到底适合干什么，大可不必在一条道上走到黑，在合适的位置上发挥自己的最大潜能。

人生多次选择不是坏事，关键贵有自知之明，正确把握好人生前进的方向。

（2002.11.5）

慎于初始

有两个女孩，同时通过了层层选拔，到一家报社试用。一天，她在她的办公桌下发现了一箱挂物钩，便对另一个女孩说，拿两个吧，我们宿舍缺这个。

她拿了两个，另一个女孩没有拿。

试用期满了，她走了，另一个女孩留下了。

超市里有两个女服务员，工作都不错，但其中一个"嘴馋"，有什么好吃的，趁人不注意，偷偷地塞到嘴里。时间一久，就被别人发现了。干了不到三个月，便被辞退了。由于名声不好，很难找到合意的工作。

小事不小，细节决定命运。一个人在有人监督的情况下，也许是自觉的，能严格要求自己。在无人监督的独处情况下，仍能严格要求自己，不生邪念、不贪不沾，就难能可贵。汉代杨震的"四知"（天知、地知、你知、我知）故事，传为千古佳话，杨震也深受世人和后人敬仰，原因就在这里。

许多贪官，包括大贪、巨贪，并不是天生就是坏人，就贪得无厌，他们为党为社会做出过贡献，否则，不会被提拔到重要岗位上。他们走向犯罪的道路，都是从"小事"做起，有一个渐变的过程。从收受一些小礼品、数量不多的钱财，意思意思，逐渐走向罪恶的深渊。

万事都要慎于"初始"。"莫以善小而不为，莫以恶小而为之"。现世最难前后眼，总是今年悔昔年。人世间，吃不完的后悔药，说不完的后悔话，流不完的痛心泪，难以再走的回头路。谁从开始便加警戒呢？毒品，吸了一口便终身难戒；赌博，只参与一次，却赌瘾上心；腐败，常始于小打小闹……慎于初始，警于初始，而成于今，千古一理，亘世不变也！

（2002.11.10）

什么是真正的勇气？

三位海军上将谈论起什么是真正的勇气。

德国将军说："我告诉你们什么是勇气。"说完他召来一名水手。

"你看见那根 100 米高的旗杆了吗？我希望你爬到杆顶，举手敬礼，然后跳下来。"

德国水手立刻爬到旗杆顶端，敬了个礼，然后跳了下来。

"嗬！真出色！"美国将军称赞道。接着，他对美国一名水手说："看见那根 200 米高的旗杆了吗？我要你爬到顶端，敬礼两次，然后跳下来。"美国水手非常出色地执行了命令。

"啊！先生们，这是一次令人难忘的表演。"英国将军说，"但我告诉你们，英国皇家海军对于勇气的理解。"

他命令一名水手："我要你攀上那根 300 米的旗杆，敬三次礼，然后跳下来。"

"什么？要我去干这种事？先生们一定神经错乱了！"英国水手瞪大眼睛，叫了起来。

"瞧，先生们，"英国将军得意地说："这才是真正的勇气。"

什么是真正的勇气？

那位德国水手和美国水手，分别爬到 100 米和 200 米的高度跳了下来，死的悲惨。只有那位英国水手拒不执行上司的命令，没有爬到 300 米高空跳下来。

拔刀相向，逞狠斗勇，不过是匹夫之勇。凡是错误的东西，不管谁说的，不迷信、不盲从，凡事都用脑子思考，这需要最大的勇气。这样的人，才是真正的勇士。

二战期间，日本士兵确有一股不怕死的劲头，德国士兵也骁勇善战。这不过是法西斯军国主义长期奴化的结果，是愚忠，是为侵略者卖命，为反动派充当炮灰。越勇敢，罪行越大，这样的士兵是英雄吗？只不过是屠夫、刽子手罢了。

真正的勇士，看为谁而战？为谁英勇牺牲自己。行文至此，我想起了辛亥革命元老、著名的爱国将领续范亭的一首诗："厨师不用夸，先看炒腰花；将军不用夸，先看为谁打。"

（2002.11.15）

一分的意义

有个儿子带英文考卷回家请爸爸签字。爸爸看了看试卷，觉得 59 分虽然不理想，也还算凑合了，签完字，就将试卷顺手拿给儿子的妈妈看。

妈妈看了试卷，一脸不悦地把儿子叫到跟前来说："这道题这么简单，你怎么会错？真是粗心！"

"哎呀，试题太多！"儿子嬉皮笑脸地说："时间不够，根本来不及检查。"

此时，女儿也在旁边帮弟弟说话："没关系啦，不就是少一分吗？"

"不就是少一分？"妈妈很严肃地说："以前你爸爸参加高考时，如果成绩少一分，就不会被录取，考不上大学，就不会和我同班，不和我同班，就不会认识我，就不会和我结婚，不和我结婚就不会有你俩。所以，这是很严重的问题，怎么可以说不就是少一分没有关系呢？"

妈妈这么一说，姐弟俩顿时目瞪口呆。

你不能不承认，这位母亲的话虽偏激些，但还是很有道理的。

每年有多少莘莘学子高考因一分之差落榜，与大学失之交臂，悔恨不已！

许多音乐、体育比赛，因成绩少一分或 0.1 分，而不能出线或夺冠，悔恨终生！

有这样一个镜头给观众留下深刻的印象。当年袁伟民执教中国女排时，有次中国女排同日本女排争夺冠军。当中国女排胜了前两局时，事实上冠军已到手，第三局和第四局姑娘们漫不经心，打得很不认真，连失两局。第五局开局又落后，袁指导叫了暂停，嘴唇颤抖，脸色铁青，严厉批评女排姑娘："你们不要这一分，祖国要这一分，人民要这一分。输给亚军的冠军，又有什么意思？如果输掉了这场比赛，你们会后悔一辈子的！"响鼓也要重锤敲。一番话，振聋发聩，使姑娘们马上清醒过来，抖擞精神，奋力拼搏，拿下了第五局，终于取得了宝贵的"这一分"，获得了名至实归的冠军！

一分也是重要的，万万不可小觑！

（2002.11.18）

金钱与贪婪

有个富翁在激流中翻了船，爬到河中间的石头上大喊救命。一个年轻人奋不顾身地荡舟去救，但由于山洪倾泻而渐涨的湍流，使他的船行进非常缓慢。

"快呀！"富翁高喊，"如果你救了我，我送你 1000 块！"船仍移动缓慢。"用力划呀！如果你划到，我给你 2000 块！"

青年奋力划着，但由于水流湍急，船速自然难以加快。

"水在涨，你用力呀！"富翁嘶吼喊道："给你 5000 块！"此时，洪水快淹到他站立的地方，青年的船缓缓靠近。

这时，水突然退了，富翁在石头上一坐说："我有钱能叫你为我卖命！"话刚说完，一个大浪打来，富翁被打入了滔滔水流中。

青年沮丧地回到岸上，抱头痛哭："我当初只想救他一命，但是他却说送给我钱，而且一次次的增加。我心想划慢一点，就可能多几万块的收入。后来水势有点退了，他变得傲慢了，我更不愿卖力了。就因为划慢了，使他被水冲走了。我一分钱也没得到，是我害死了他，是他的金钱和傲慢害死了他。"

这个富翁错误地认为，有钱就有一切，有钱就有人为他卖命。他不明白，金钱不是万能的，他最终为金钱所害。

那个当初要救他的青年，开始是出于真心、无条件的，但当富翁要送钱给他，并且一次次地增加，于是他变得贪婪了，船也划得慢了，完全是待价而沽。最后，钱没得到，富翁也死了。不过他总算明白了，是他的贪婪和富翁的金钱与傲慢害死了自己。

人不能把金钱带到棺材里，但金钱可以把人带到棺材里。贪婪是万恶之源，可以毁掉人世间一切最美好的东西，包括人的生命！

（2002.11.30）

"你别荡过横梁"

荡秋千是猴子们的拿手好戏。

一只猴子发现有架闲置的秋千，便急不可待地上去"露一手"。

秋千荡起来了，荡得越高，观众的喝彩声越热烈。当这只猴子荡得越过横梁的时候，掌声和喝彩声响成了一片。按说，秋千荡到极限高度，猴子已经很成功了，就应该适可而止了。可是，它却被掌声和喝彩声刺激的亢奋不已，反而更加来劲了，一定要看看自己到底能荡多高。结果，又一次高高荡过了横梁，"吧嗒"一声，摔了下来，重重地跌在地上爬不起来了。掌声和喝彩声变成了嘲笑声。

躺在地上的猴子很纳闷，成功者怎么一下子变成了失败者呢？

是呀，成功者怎么一下子变成了失败者呢？猴子毕竟是猴子，他不明白这个道理。可是作为"万物之灵长"的人，应该明白这个道理。可惜，许多人还是不明白这个道理，或者说明白这个道理，可总是不能坚持始终。

一个人、一个集团、一个政党，在艰苦奋斗未取得成功时，还能保持比较清醒的头脑，积极进取，努力拼搏。当取得成功，在一片赞扬喝彩声中，很容易飘飘然，变得骄傲起来，不那么谦虚，不再艰苦奋斗，直至走向失败。

李自成领导的明末农民起义，经过 14 年血战，艰难曲折，九死一生，最后打到北京城，亡明建立了大顺朝，变得骄傲起来，以为从此天下太平。在人民群众的欢呼声中，忙着封官追赃，军纪涣散，部分官员享乐腐化，忽视了大明的残余势力，轻视了近在肘腋的关外劲敌，在吴三桂和清军的联合进攻下，一败再败退出了北京。李自成本人也在湖北九宫山牺牲。轰轰烈烈李自成起义，就这样失败了。真是"其兴也勃也，其亡也忽焉。"

洪秀全等人领导的太平天国起义，从广西金田起事以来，一路艰苦征战，直打到南京，并在此定都，称为天京。当时，只不过得了一半天下，洪秀全等飘然起来，忘乎所以，忙于建王府，封诸王，花天酒地，骄奢淫逸，统治者内部争权夺利，最终导致洪杨内讧，不到 14 年，便葬送了革命政权，太平天国败亡。

一个人也是这样，被"棒杀"的少，被"捧杀"的多。当他落魄的时候，还能听得逆耳和不同意见，当他取得成功时，只能听赞语和颂歌了。早年的朱元璋，不避他人称他为和尚，可当了皇帝后，别人在他面前说别的和尚也要被杀头。

一个人在恭维喝彩声中最容易跌倒。

"谦虚使人进步，骄傲使人落后。"让我们永远记住这个真理。

（2002.12.15）

"小事"不小

在明代，许多官员晚上要到值班室值班。有人值班因无事可做就睡觉，但有个小官值班时带本书看到天亮。两年后，其他官员都没有升迁，唯他连升两级。后一太监告诉他，每次官员值班，都有太监暗中查看，看官员们在干什么，然后给皇上呈报。其他人都在睡觉，他每夜看书，皇上说，此人勤奋，是可用之才，才连升两级。有个大臣退朝回到家中和爱妾说些床第话，被人偷听报告给了皇上，皇上觉得此人不够持重，连降了两级，贬谪到外地做官。

1930 年中原大战时，冯玉祥、阎锡山联军大战蒋介石国军，开始时联军占据上风，后联军一个参谋由于粗心，把河南、山西的两个地方搞混了，导致联军大败（当然还有其他原因），冯玉祥、阎锡山宣布下野，部队被蒋介石改编。

在日常工作生活中，这样的小事也时有发生。一在职女白领，工作泼辣能干，但就是粗心。早上上班离家锁门时钥匙忘拔下，到了单位开办公室门时才发现，忙赶回家。不幸的是，她家已被贼光顾，值钱的东西被席卷一空，钥匙也被贼扔了。

奶奶带孙子外出购物，路上遇一熟人，俩人闲聊起来。聊了好大一会儿，才发现孙子不见了，四处寻找未果。有人告诉她，有一中年妇女，给孩子好吃的，抱到车上早跑了。

有不少这样的人，坐出租车下车时，经常把装有各种证件、存折、银联卡的包和手机忘到了车上。遇到好心的司机，经过一番周折，这些东西还能"完璧归赵"，如是不良司机呢？

有这样一位女作家，很有才华，就是粗心。每次应邀到到外地开会讲学，空着手走下飞机或火车。接站的人都感到奇怪，你怎么空手出来了，什么行李也没带吗？这时，她才突然想起，行李不是忘在飞机上，就是火车里。有时能找回，大多找不到了。借用笑星宋小宝的一句台词："你的心怎么这么大呢！"

我在机关工作时，有位同事，人很勤快，和大家相处得也好，就是有时粗心。有次发通知，通知委员开会，由于马虎，其中一个信封里没装通知就寄了出去。几天后，这位委员拿着空信封，怒气冲冲地找到单位领导，一查，是这位老兄干的，造成了很坏的影响。每次调整干部，就有人拿这件事说事，很影响对他的提拔使用。

人生除了生死无大事。人的一生都是由千千万万件小事组成，但小事常常决定大事，细节决定成败，有人常因小事毁了自己的一生。让我们永远记住这些教训吧！

（2016.6.12）

爱的证明

这是一个惊心动魄而又感人泪下的故事。

吃罢晚饭，威廉和玛丽去看电影。在一个火车道口，玛丽右脚滑了一下，插进铁轨和护板之间的缝儿里了，既不能拔出脚来，又不能把鞋子脱掉。更可怕的是，这时一列快车却越驰越近了。

本来，他们有足够的时间，可今天玛丽穿的一双鞋简直糟糕透了！火车司机直到离他们很近时才突然发现他们。他拉响汽笛，猛地拉下控制闸，想把火车刹住，可火车的巨大惯性，还是风驰电掣地向他们冲来。起初前面只有两个人影，接着是三个，正在道口上值勤的铁道信号工约翰·米勒也冲过来帮助玛丽。

威廉跪下来想一把扯断妻子鞋上的鞋带，但没有时间了。于是他和信号工一起把玛丽往外拽。火车正呼啸着朝他们压来。

"没希望了"！信号工尖叫起来："你救不了她"！

　　玛丽也明白这一点，于是对丈夫喊道："离开我！威廉，快离开我"！她竭尽全力想把丈夫从自己身边推开。

　　威廉还有一秒钟可以选择，救玛丽，是不可能了，不救她，自己现在还能脱险。在铺天盖地的隆隆火车声里，信号工听见威廉高喊道："我跟你在一起，玛丽"！他用胳膊紧紧地抱住妻子。火车前的灯光照在他们的脸上，他们紧紧的搂在一起。

　　这世界上有太多的冷漠，这世界上有太多的虚假，这世界上有太多的欺诈，这世界上有太多的薄情。因而，威廉和玛丽的生死不渝，视死如归的爱情，是那样感天动地，震撼人心！离开一步生，靠近一步死，威廉选择了与妻子同死共难。他们的爱情在生死考验中得到了升华。相拥相抱，面对死神，如雕塑般的形象，我敢说，死神也会畏惧三分！

　　爱，意味着付出，意味着责任，意味着用你的一生呵护着另一半，意味着有时要付出你的生命。

　　小草活着，是为了给大地奉献一片新绿；小树活着，是为了给生命留下一片荫凉；人活着，是为了弘扬一种精神。同时，也用死亡证明人世间还有真正的爱情，还有高尚的情操和勇敢的行动！

（2002.12.15）

用人之道

　　"长于用人则兴，短于用人则衰。"此乃古今之通理。尤其是在开创四化大业的新时期，善于使用人才，就更有着特别重要的意义。那么，如何用人呢？

　　其一，要用其所长。"骏马能历险，力田不如牛；坚车能载重，渡河不如舟。"领导者的责任，就是要善于发现人才之长处，把人才放到最合适的位置上，使其发挥作用。三国时的马谡是大家熟知的人物，他的长处是熟读兵书，胸有韬略；短处是"言过其实"，缺乏实战经验。诸葛亮南征时，采用了马谡提出的"攻心为上，攻城为下"之策，因而获得成功，这是用其所长之例，而在和司马懿对垒时，诸葛亮却派他扼守重地街亭，结果大败而归，这是用其所短之例。

其二，要短中见长。有的人才能突出，锋芒毕露，有的则乍看平庸，如弃之不用，也可能埋没有一技之长的人。古时有个叫阿留的书童，似乎呆笨异常，无甚才能。主人让他砍根树杈来支床，他拿着斧子出去很久，也没砍回来。但细心的主人发现他在绘画上有一定的才能，便把他留下来精心培养，后来，阿留成为一个很有造诣的画家。

其三，要信任放手。"用人不疑，疑人不用。"既用就要使其有职有权，不要处处掣肘。楚汉相争时，陈平弃楚归汉，刘邦委以重任。尽管樊哙、灌婴等人告他"不忠不义"、"盗金欺嫂"，但刘邦仍放手使用，不改初衷。结果，陈平一生"七出奇计"，为刘汉天下的巩固立下了汗马功劳。

其四，要礼贤下士。对人才，不能当作奴婢，呼来唤去，更不能当作玩物，随意掷取。刘备请诸葛亮出山，敬事如师，才使诸葛亮一生怀三顾之恩，"鞠躬尽瘁，死而后已"。孙权拜陆逊为大都督，一应大事，多听对方意见，才使东吴的事业延续发展。

"治国之道，唯在用人。"四化大业，非有大批人才不能成就。我们不仅要善于发现人才，而且还要善于使用人才，这是事业发展壮大的决定因素。

（1985.8.15）

说"陪风"

某单位召开表彰大会，奖励先进。获奖的先进生产者十几人，发出的奖品却有 30 几份。是获奖者得了双份奖吗？不是。原来是这个单位的顶头上司、关系户，被邀请来作陪，既然大驾光临，能不给一份纪念品吗？

无独有偶。某单位邀请外地两位专家指导工作，在某饭店设宴接风，作陪者竟有 98 人之多。除了上述情况外，现在还有一种不好的风气，领导下去视察检查工作，照理有当地的主管领导陪同即可，其实不然，层层有人陪同。除了当地主要负责同志外，还有许多各部门的负责人陪同，这些领导甚至到县境、市境道口亲迎，前呼后拥，"鸣锣开道"，煞是威风。要参观吗？地点早已安排好，要找人谈话？人员早已"内定"好，并事先"彩排"好。在这种情况下，你还能了解到真实情况吗？

上述情况，皆属不正之风。或以此打通关节，广结善缘。陪客无功受禄，你投之以桃，我报之以李，礼尚往来，心照不宣。或借聘请专家之机，大慷国家之慨，反正公家掏钱，自己只管大吃大喝，何乐而不为呢？

中央领导在一次讲话中强调，今后领导同志（包括中央领导）下去视察工作，只需两位主管领导陪同即可。中央和国务院的一些领导视察工作，常常不按当地领导事先安排好的路线地点，中途停车，深入群众中间，了解到一些真实情况。这种做法，值得各级领导学习。

今后，还要聘请一些专家来单位指导工作，一年一度的年终总结、评先奖励工作还要进行，但愿这些单位届时不要再请这么多陪客。领导同志下去视察检查工作，不要那么多人前呼后拥，"鸣锣开道"，大家都集中精力，鼓足干劲，多干实事，少讲空话，投入到社会主义建设中去，我们的"四化"大业，就会早日实现！

（1985.9.7）

哪里有问题，厂长不到那里去

鞍山无缝钢管厂厂长有句名言：哪里有问题，厂长不到那里去。他说，厂里哪个部门发生了问题，要由哪个部门负责人去解决，各级干部各司其职、各负其责。矛盾上交，是不称职的表现。

这不禁使人想起汉文帝和王陵、陈平的一次对话。文帝问右丞相王陵：天下钱粮收入多少？又问天下每年关押处决多少犯人？王陵均不能答。文帝很生气，问左丞相陈平。陈平说，钱粮收入，可问管钱粮的官；每年关押处决多少犯人，可问刑曹官。文帝疑问：那你这个丞相是干什么的？陈平答：丞相职责就是监督百官各司其职，辅佐皇上，顺应四时。文帝听后，很为满意。

由此看来，丞相和厂长都懂得治世或治厂之道。因此，一个在历史上开创了"文景之治"的局面，被称为"名相"，一个把生产搞得蒸蒸日上，被称为"精明强干的厂长"。

但是也有不少领导现在是大小事情，事必躬亲，整天忙得不亦乐乎，部下却清闲无事，辛苦可谓辛苦，办事效率如何呢？试想，一个企业或一个机关，如果离开了某一个人就不能正常运转，是领导的失职呢，还是称职？

（1988.5.6）

姜子牙范蠡经商的启示

姜子牙是我国商周时期著名的军事家，但经商做生意却是外行。
据说他72岁时在妻子的劝说下，做过几次生意，结果却以失败而告终。

第一次他自编了一担笊篱，到朝歌去卖，从早到晚，却连一个也未卖出去。第二次到朝歌卖面粉，四门走遍也未卖掉1斤。一阵狂风，将面粉刮得一干二净。第三次又在朝歌卖酒菜，也不景气。大热天，肉臭了，点心馊了，酒也酸了。第四次到朝歌再贩卖马牛猪羊，又正碰上天旱求雨，皇帝出告示，禁止屠沽。子牙不明就里，结果以"违法乱禁"，牛马猪羊全部充公，连人也差一点被抓问罪。许仲琳在《封神演义》中将这四次生意的失败归结为子牙"时乖运蹇"，究其根本原因还在于他不会做生意，不懂得经商的规律：他选错了售货地点——在大路上卖面；选错了售货时间——暑夏酒菜做得太多；信息不灵——禁屠沽时贩猪羊。

而范蠡却不同。范蠡，春秋末期楚国人，曾任越国上大夫之职。他帮助越王勾践富国强兵，最后功成身退。在山东等地经过商，获得巨大成功，腰缠万贯，富甲天下。据史载，他无论"齐家""治国"，搞政治还是搞经济，都有板有眼，自有一套办法。

一是"时不至，不可疆生；事不究，不可疆成"。就是要掌握事情发展规律，按规律办事。不宜做的事，不可勉强。二是"夏则资皮，冬则资絺；旱则资舟，水则资车。"也就是说，做生意，要掌握自然和社会有关方面的条件和市场供求规律。经商如此，办其他事情也是如此。三是"积著之理"，即获利之理。他说商品一定要保证质量，资金和商品一定不要积压，资金一定要像流水一样不停滞地加以周转。

从姜子牙和范蠡的经商，对于我们今天无论是搞经济还是搞其他工作，都有一定的借鉴意义。做事情要想取得成功，一定要有正确的判断，作出正确的决策，就必须按客观规律办事。如果做到这一点，一方面要掌握业务知识，一方面信息要快、要准，并从中研究事务的发展变化和趋势，以减少我们工作中的盲目和失误。

（1988.2.6）

从鲁迅的一份成绩报告单想到的

鲁迅先生是人不是神。一切伟人也不是神。鲁迅先生在日本学习时，成绩并不理想。1904 年 9 月，他入日本仙台医学专门学校学习。1906 年 3 月，在学完前期的基础课程以后，呈请退学，历时 1 年零 7 个月。鲁迅当年的同班同学小林茂雄保留了一份鲁迅在 1905 年春季升学考试的"成绩报告单"，分数是：

解剖 59.3 分，组织 72.7 分，生理 63.3 分，伦理 83 分，德文 60 分，化学 60 分，物理 60 分，平均分数 65.5 分，在全班 142 人中，成绩列于 68 名，属中等偏下。根据学生成绩的优劣，把学生分类排队，分出"优生"和"差生"。优者被视为"聪明"，差者被看作"愚笨"。这种情况，在学校里普遍存在着。其结果后患无穷，甚至酿成不少悲剧。一方面，"差生"心理上受到极大的伤害，失去了上进的勇气和信心，另一方面，使"聪明"者易于形成狂妄自信、自私自利、唯我独尊的性格。

学习差的学生真的是笨鸟吗？未必。一个学习很差的学生，但号召力、组织能力很强，全班同学都愿意听他的。他初中勉强毕业后，进了工厂。没几年，入了党，当了车间主任。不但把全车间管理的井井有条，而且还搞了几项发明创造。有个女孩子学习也很差，但在家里里外外一把手，全家人都听她的。每逢班里搞什么活动，每个细节都由她包下来，连班干部、老师都插不上手。

学习成绩好一定聪明吗？不一定。高分低能者有的是。有一个尖子生，除了学习成绩好外，其他似乎什么事也不会干。没考上心仪的名牌大学，便自杀了。

我见过不少尖子生，生活不能自理。不会扫地，不会洗衣服，不会做饭，家里来个客人不会打招呼，甚至提着暖水瓶，找不到开水房，拿着饭票找不到食堂。这样的学生，你能说他（她）聪明吗？

许多家长望子成龙、望女成凤，其心情可以理解。但望子成龙、望女成凤，就能成为"龙""凤"吗？为了让孩子学习好，能考上名牌大学，忽视从小培养孩子自理能力，家里什么活都不让干，衣来伸手、饭来张口，甚至学校里有什么集体劳动，家长也替孩子干。久而久之，孩子成了"寄生虫""小皇帝"。不能成人何以成"龙"？这样的学生，就是大学毕业了，对我们的国家、社会，究竟能有什么用呢？我最近看到这样一篇文章，感到非常震撼：有一对夫妇，老来得子，对孩子十分溺爱，家里什么活也不让干，真正的饭来张口、衣来伸手。其实，这个孩子不仅长得漂亮，还十分聪明。在他10岁的时候，他父亲病了，他自告奋勇到很远的邻县购买货物，中途换乘几次车。傍晚的时候，全家人正在担心焦虑，他满头大汗，背着一麻袋东西安全返家。他这辈子，只有这一次叫他"发挥"的机会。大学毕业后，分到某中学工作，因为不善于处理人际关系，和领导同事处得很不好。不到半年，自动辞职回到父母家。父母依旧溺爱他，包办一切。过了几年，年迈的父母去世了，没有生活来源，无一技之长的他，在一个寒冷的冬夜，活活地饿死了。

孩子考试成绩差些，家长动辄训斥打骂。有一位学生，英语考了99分，全班第1名。她以为苛刻的母亲会表扬奖励她。谁知，母亲看了试卷，训斥道，你为什么不再努努力，考到100分呢？那一分就这么难吗？老实"窝囊"的父亲实在忍不住了，反诘道，你上学的时候，从来没有考过80分，你为什么不努力努力考100分呢？一向横行霸道惯了的母亲，和丈夫大打出手……如果以分取人，这个世界上就不会有爱迪生、爱因斯坦、瓦特、达尔文、鲁迅、钱钟书、梁漱溟、臧克家……

当然，我不是倡导孩子们考试成绩越差越好，都不及格。成绩只是一方面。孩子们是否聪明是否成才是由各方面决定的。低分者未必低能，高分子未必高能，事实就是这样。

（1988.7.2）

让孩子掌握一些"处世"技能

好动是孩子的天性，什么事情他们都想动手试试。这种天性有助于培养孩子的自立能力，但是孩子缺乏经验，好动也经常使他们处于危险境地，如摆弄工具被砸伤，翻腾东西误食化学药品，上街走失或被坏人拐骗等。针对这种情况，一方面家长要加强对孩子的保护，另一方面家长应让孩子掌握一些初步的"处世"技能，使孩子学会避免意外危险事故的发生。

一、有意识地教孩子认识自家周围的环境、住址、父母姓名及单位，使孩子在走失的情况下，能在警察的帮助下，使问题得到顺利解决。

二、把一些常用的药品拿出来教孩子认识，让孩子了解药品的名称和用途，这样既增长了知识，又减少了危险。

三、教孩子认识和安全使用劳动工具和提高生活的能力。如怎样使用锤子不会砸手，怎样使用刀剪不会伤手。这样，孩子可以边学边玩，既熟悉了各种工具的使用方法，又提高了自己的动作技能。此外，孩子的衣物最好自己去洗，能在家长的指点下，做些简单的饭菜，体会做父母的艰辛，可以锻炼提高孩子的生活能力。

四、教会孩子回避坏人的伤害。避免伤害的重要方法就是不要接受陌生人的礼物，不要让外人接触自己的身体，遇到居心不良人的纠缠，要跑到人多之处去呼救，不让陌生人尾随自己回家。总之，要善于同坏人作斗争，更好地保护自己。

（2003.7.10）

"神童"的启示

　　古今中外的历史上，大器晚成者多，但早慧的"神童"和少年才子也不乏其人。探讨"神童"和少年才子成长的"秘密"，对于我们今天如何对孩子从小进行培养和教育，为祖国振兴，实现"四化"大业，都有积极的意义。

　　古今中外的历史上，出现过不少"神童"和少年才子，例如，战国时秦国的甘罗，能言善辩，机智敏捷，12岁拜为上卿；唐代的王勃，6岁善辞章；骆宾王，7岁赋诗；李白，10岁通五经；王维，10岁知辞章、通音律；白居易，5岁能诗，17岁中进士……

　　西方也有这样的"神童"才子：贝多芬，13岁作曲；莫扎特，幼年时就会作曲；诗人韦柏，13岁出版诗集；雪莱，15岁出版故事集；但丁，7岁作恋诗；哲学家康德，7岁登上教坛；自然科学家赫胥黎，7岁以博学出名；"数学王子"高斯，7岁能解答数学难题；天文学家第谷，16岁计算出木星和土星的面积……

　　在新中国，"神童"和才子更是不乏其人，天津有个小姑娘，13岁已出版了两部诗集，被破格录取到北京大学中文系；中国科技大学少年班的大学生，大多是十三四岁。更令人惊异的上海小姑娘冯遐，不到两岁学会了《英语九百句》，数学达到了初中二年级的程度，语文达到小学五年级……

　　那么，这些智力非凡的"神童"、才子是怎样培养的呢？还是以上海的冯遐为例，看看她是如何成为"神童"的吧！

　　冯遐的父亲说，冯遐不是什么天生的天才。冯遐的父母只是工厂里的普通职工，都只有初中文化程度，只是家长觉得有责任在孩子出生后，就为孩子的成长进行早期教育。比如，冯遐很小的时候，就用冷水擦身，每年夏季，就洗冷水浴，这样，她的体格就比同龄的孩子健壮。因此，尽管加在她身上的学习份量较大，她也能承担得了，很少得病。另外，及时发现孩子的特长，因材施教，扬长避短，这很关键。冯遐一岁多，辩音能力较强，说话清晰。因此，刚满 3 岁，就教她识五线谱唱歌，还教会了弹钢琴，并为她买了英语教学唱片，两册教科书，并掌握每天的进度。只用了 3 个月，便全部学完了。这使冯遐的父母得到了很大启示和鼓舞。后又给她买了录音机，录制了《英语九百句》，让她在家自学，父母稍加辅导，并带她到公园和会说英语的人会话，为她创造外语实践的环境。这样，冯遐就迅速成长起来了。在教育方式上，还要注意培养孩子学习的浓厚兴趣，不要强迫孩子学习，并通过形象化的讲解，对孩子进行启发诱导，引起孩子的浓厚学习兴趣。

从冯遐的成长可以看出，对孩子早期教育很重要，否则，不仅不能成为"神童""天才"，可能连话也说不好。印度的"狼孩"，由于失去这种早期教育，七八岁时，也没什么智能，一直到死时，虽经多方教育，也只学会了几十个单词，17 岁也只有 4 岁孩子的智商。此外，就是"神童"，也要不断地努力刻苦学习，否则，也会由"神童"变为"庸人"。宋代江西金溪的仲永，幼慧异常，可谓"神童"，"指物作诗，立就"。但其父不会对孩子进行早期教育，"日扳仲永环谒于邑人，不使学"，结果呢？"泯然于众人矣"。王安石为此写了《伤仲永》，其意深矣。

从冯遐的成长，给我们一个深刻的启示，那就是：孩子即使没有特殊的天赋，只要父母重视孩子的早期教育，提高孩子努力学习的兴趣，孩子也会成才。天下望子成龙、望女成凤的父母们，为使你们的孩子更加聪明，就要担负起一份教育的责任，注意早期教育。这样，便会出现千千万万个冯遐，为振兴中华，实现"四化"，贡献自己的力量！

（2000.5.6）

没做准备，最好就别讲

这些年来，有一个不好的风气，无论大会小会，不管有无必要，会议的筹办者总喜欢请来一些人坐在主席台上。有些人，不仅应邀到会，而且还都愿讲一通，似乎这样才显得对会议的重视。笔者认为，如果是你分管的工作，会前又做了充分的准备，言之有物，对工作有一定的指导意义，就是讲得稍长些，大家也是愿听的。但问题是，许多领导事先对会议内容并不了解，对主办会议单位的工作也不熟悉，但到会不讲几句似乎过意不去，于是就"没做什么准备，随便讲几句"。可是一讲起来，就不是几句了。于是乎，讲的尽是模棱两可的含糊话，缺乏新意的陈旧话，人云亦云的重复话，不解决问题的原则话，不懂装懂的外行话，脱离实际的吹牛话。当然，甚至还有引起哄堂大笑的笑话，违背原则的错误话。海阔天空，东拉西扯，古今中外，洋洋洒洒，宝贵的时间就这样被浪费掉了。

行文至此，笔者想起这样两件事：一是第一次国共合作时期，黄埔军校邀请中共早期的领导者、当时负责宣传工作的瞿秋白同志给大家讲讲宣传工作的重要性。瞿秋白同志说，《水浒传》中鲁智深三拳打死镇关西，拳拳打在要害处。宣传工作也一样，内容很多，千头万绪，但也要突出一个"要"字。说罢，结束了演讲，走下主席台。大家刚听了个开头，觉得很过瘾，却突然结束了。细想，确极有道理。全场沉寂了几秒钟，便爆发出热烈的掌声。二是解放战争时期，东北野战军有次开大会，几位首长讲过话后，大家请东野政委罗荣桓同志讲话。他感到没什么可讲了，可大家一再请他讲讲，于是，他走上主席台，只说了一句："同志们好！"便走下台去。台下掌声雷动，经久不息。瞿秋白的演讲，可能是世界上最短的演讲了；罗荣桓的讲话，可能是世界上最短的讲话了。

不知这两个故事，对那些"没做什么准备，随便讲几句"，但一讲就讲很长话的人，是否有些启迪呢？

（1999.4.14）

从王安石拒馈赠谈起

王安石患严重哮喘病，据说服紫团参有显著疗效。他一手提拔的薛向，正巧调任京官。他来自人参产地，听说宰相治病需要，就带来几两这种珍贵的紫团参赠送王安石。

王安石婉言谢绝了。

有一个好心人劝他："荆公，你的病非得用此药，还是不要辜负了薛向的好意。"王安石幽默地说："我平生没用紫团参，不是也活到了今天吗？你们不用为此操心了。"

王安石面黑，他的一个"新党"朋友吕惠卿等人到处张罗为他求医问药，送来澡豆给他洗脸。不料王安石诙谐地说："我的黑皮肤是天生的，用澡豆洗脸又有何用？"

以史为镜，可知兴废。

王安石作为一个封建时代的官吏，却能廉洁自律，拒收馈赠，是难能可贵的。我们是社会主义国家，我们的干部是人民的公仆，理应比历史上任何"清官廉吏"做得更好，应有更远大的理想和道德水平。当然，我们党内也涌现出雷锋、焦裕禄、孔繁森等楷模。但我们也应看到，这些年来党风和社会风气成了人们的热门话题，被金钱、美色击中的贪官污吏时时见诸各媒体。他们道德沦丧，世界观、人生观、价值观严重错位。他们信奉"人不为己，天诛地灭"。在他们身上，已经没有一点共产党人的气味！他们把精力和心思没用在工作上，而是整天琢磨着如何请客送礼拉关系，千方百计巴结领导，以达到自己的目的。有的领导爱"吃"这一套，你送什么，我收什么，来者不拒，甚至你不送我还主动要，不请不送办不成事。他们拿原则做交易，置党和人民的利益于不顾，大肆挥霍人民的血汗钱，变成了地地道道的蛀虫和人民的敌人，严重地破坏了党风和社会风气。我们读史，历史上优秀人物的道德品质是值得我们学习的，中华民族的优良传统是不能丢弃的，这对于改变我们的党风和社会风气是大有裨益的。

（2001.8.8）

两条值得借鉴的经验

古时候，有一位太守，威望非常高。许多人慕名而来向他学习，有的人则住下来，相随左右。

有一位年轻的诗人向他请教："有的人一时扬名，时间不久就不行了，不是烟消云散就是声名狼藉，像你这样松柏长青的，实在不多啊！有什么经验吗？"

太守说："要说有，实在拿不出手，要说没有，也还有那么两条：一是一个人的物质待遇，要是超过了他所做的贡献，就会出现问题；二是一个人的名望，如果超出了他的德才的实际水平，也会出现问题的。我平时就用这两条经验时常反思自己，就这么走过来了。"

一位封建社会的官员所说的这两条经验，就是今天，对于我们也有非常现实的意义和借鉴作用。那些大大小小的贪官们，他们所得到的物质待遇，大大超过了为党为人民做出的贡献。汽车越坐越好，房子越住越大，待遇越来越高。就是这样，也永远满足不了他们贪婪的欲望。他们不择手段，贪污受贿，大肆鲸吞着国家的巨额财产，有了几十万，还要几百万几千万甚至更多。广东汕尾市原副市长马红妹，贪污受贿中饱私囊，化公为私，不以为耻，反以为荣，竟振振有词地说："我是人民的公仆，吃穿住用都应该是公家的。"还有一贪官说得更赤裸裸："当官不发财，请我都不来；当官不收钱，退休没本钱。"这些腐败分子一个个上了历史的断头台，走向不归路，永远被钉在历史的耻辱柱上。

我们共产党员，是由无产阶级先进分子所组成，代表了广大人民群众的最根本利益，理应比封建官吏做得更好。要切实做到心为民想、务为民服、忧为民解、事为民办，立党为公，全心全意为人民服务。

（2002.10.15）

文明执法还须内强素质

银川市市容这些年可以说一年一个样，城市环境得到改善，市民生活质量有了显著提高，大量投资者涌入，推动了我市经济的快速发展，这里凝结着城市管理工作者的心血和汗水。然而他们的工作却未得到全社会共同的理解和支持，我们的城市管理者的人身安全还屡屡遭到侵犯。分析他们被打的原因，笔者认为有以下几方面。

首先，由于宣传不够，许多人对城管工作的重要性不了解，甚至错误地认为，城管工作就是管个小商小贩、没收个东西、罚个款之类的。因此，当城管人员执法时，许多群众不是密切配合，而是站在违章违法者一边，谩骂起哄、推波助澜，助长了违章违法者的嚣张气焰，激化了矛盾，使城管人员难以顺利执法。因此，建议媒体对城管工作的重要性进行广泛深入地宣传，做到家喻户晓，人人皆知。另外，要树典型。对在城管工作中做出突出贡献的先进模范人物，要使他们的事迹深入人心。

其次，城管工作的艰苦性和复杂性要求城管人员应具有较高的政策水平和执法艺术。对违章占道经营的小贩，不妨学习交警的工作方法和处理艺术，要耐心细致地讲政策、说道理，做好思想工作，使其对自己的错误有所认识，真正口服心服。对初犯者，可"黄牌警告"，不一定要没收其东西，更不能态度蛮横，甚至动手，对屡犯不改者，再"红牌罚下"，以起到惩戒的作用。

其三，整顿城管队伍。城管人员素质参差不齐，对水平低素质差者要进行培训，对确实不适合做城管工作的要转岗或调离，决不能因一些"害群之马"而损害城管队伍的整体形象。

其四，建议城管与公安联合执法，加大执法的力度。要实事求是，是什么问题解决什么问题。只要城管人员素质提高了，真正做到文明执法、严格执法，城管工作一定会搞得更好，城管人员屡屡被打事件一定会减少直至杜绝。

（2002.7.8）

优化投资环境从我做起

一次，笔者接待外省区来宁考察团。走在银川步行街上，客人们对步行街的繁华整洁交口称赞，都说没想到银川这么漂亮，与想像的大不一样。客人们谈兴正浓，这时，一个小伙"啪"地吐了一口浓痰，差点吐在客人们的衣服上，客人们面面相觑。当时，我脸上火辣辣的，虽然这是别人的不文明之举，却让我这个"老银川"人无地自容。此后客人们匆匆结束了在宁考察，直到走时，也没谈在宁夏投资一事，一次很好的商机就这样失去了。在此，笔者感触良多，想对优化投资环境谈几点建议和意见。

首先，我市在招商引资方面须制定优惠政策，以保障投资者的利益。西部大开发，机遇难得。如果我们在这方面滞后，就会失去商机，无法吸引投资者。因此，政策一是要明确，使人家一看就明了；二是政策要优惠，使投资者有利可图，有钱可赚。人家发财，我们才能发展。当然我们是偏远小省，经济实力还不强，也不能盲目攀比，要量力而行。只要我们确有诚意，不搞虚的、假的，就会赢得投资者的理解和尊重。

其次，作风要朴实，工作要扎实，不要弄虚作假。我们以往有这方面的教训。经过种种努力，好不容易请到投资者来考察，又生怕人家说我们穷、落后，就在接待上下足功夫，"三日一小宴、五日一大宴"，甚至不惜弄虚作假，结果适得其反，反而吓跑了投资者。试想，你这个地方如此贫困，却还硬要充阔，大搞铺张奢侈那一套，那么把一个厂子交给你，管理投资者能放心吗？所以，要实事求是，不卑不亢，靠我们的辛勤工作和热情服务，营造良好投资环境，赢得投资者的信心。

第三，有的单位和个人，为了眼前、部门和个人利益，搞"上有政策、下有对策"，或推推诿扯皮，肆意刁难，让你事情办不成。对策一是"谁破坏投资环境就搬掉谁的椅子"；二是造成严重后果和恶劣影响的，追究其刑事责任，决不迁就姑息。

第四，人人争做文明公民，为优化投资环境做贡献。投资者往往通过一些小事看银川、看宁夏、看我们的文明程度、看我们的投资环境。步行街小伙子的一口浓痰，就改变了客人们对银川的美好印象，甚至许多年都对这种恶劣印象挥之不去，这是何等令人痛心的事啊！所以，优化投资环境须从我做起，从现在做起，从一点一滴做起。

（2001.8.16）

让金盾永固，坚不可摧

公安民警是国家安全的保卫者，人民群众生命和财产的维护者。他们在人民心中，永远是保护神和正义的化身。但是，我们也必须清醒地看到，我们的公安干警工作还存在着不少问题，有的还是亟待解决的问题。

首先，要解除公安民警们的后顾之忧。据统计，每年牺牲的公安民警有数百人之多。公安干警日夜战斗在对敌斗争的第一线，工作十分辛苦，随时都有伤亡的危险。他们舍小家、为大家，生活中的诸多困难无暇解决。他们过着清贫的生活，有的积劳成疾，英年早逝，令人扼腕！报载，银川商都有一位老民警，家境十分贫寒，妻子患病先他而去。他夜以继日地工作，积劳成疾，英年早逝，留下一个十几岁的孤儿。他家徒四壁，没有一件像样的家俱，令人泪下。我们的公安民警，也是血肉之躯，不是铜铸铁打，他们也需关照，生活中的困难也需解决。英雄流血又流泪的事情不要再发生了！我们的各级领导和组织，一定要满腔热情地、切实地解决他们的后顾之忧，使他们全身心地投入到工作中去。

其次要加大对公安干警装备和设施的投入。新中国成立以来，应该说，公安干警的装备设施有了很大的改善。但也应该看到，随着时代的发展，对敌斗争的深入，犯罪分子作案手段越来越隐蔽、狡猾、智能化。

所以，下决心，哪怕其他方面紧一紧、挤一挤、缓一缓，一定要加大对公安民警设施的投入，更好地保卫国家和人民群众生命和财产安全。

其三，发挥我国制度优势，建立多层次立体式的防范侦破网络。我们是社会主义国家，有资本主义国家不可比拟的优势。保卫国家和人民群众利益不受侵犯，仅仅靠公安民警是不够的，必须走专业和业余、执法机关和人民群众相结合的路子。我们历来也有这方面的优良传统和成功做法，今后应继续加强和完善。

其四，健全奖惩制度。对侦破案件、缉捕罪犯有功的人员（含公安干警和群众）一定要奖励。立大功者大奖，立小功者小奖。这种奖励包括精神和物质奖励。对见义勇为者要重奖，对见死不救尤其是党员干部，一定要加重处治，形成全社会人人见义勇为，改变现在的不良社会风气。

其五，加强公安干警队伍建设，清除害群之马。从总体上看，我们广大公安干警是好的和比较好的，是值得党和人民信赖的，是一支吃大苦、耐大劳、特别能战斗的队伍。但勿庸讳言，由于党风和社会风气还存在诸多问题，我们的公安民警队伍混进了一些害群之马。他们或官僚主义严重，麻木不仁，不作为；或作风粗暴，横行霸道，为所欲为；或吃喝嫖赌，干尽坏事。"脱下警服就嫖娼，穿上警服就扫黄"，或和社会黑恶势力相勾结，沆瀣一气，严重危害国家和人民群众的利益。凡此种种，人民群众深恶痛绝，严重损害了公安干警在人民群众中的形象。因此，加强思想政治工作，树立正确的世界观、人生观、价值观，全心全意为人民服务。当前尤其要加强"三项教育"（即全心全意为人民服务的宗旨教育、实事求是的思想路线教育和严格、公正、文明执法的法制教育），纯洁公安民警队伍，使之成为党和人民的忠诚卫士，使金盾永固，坚不可摧！

（2001.8.1）

感谢您，督办

我和为民解忧督办中心很少打交道，不是家里没事不需要帮助，而是主观地认为，他们不会解决什么问题。但后来的一件事，改变了我的看法。

前年买了一台新电视机，图像、声音一直很好。今年春节前，有几个台图像不清晰，怎么调试效果也不理想，无奈之下，抱着试试看的想法，给督办中心打了个电话。上午打的电话，下午，有线台来了两位师傅，忙了一个多小时，解决了问题。我感谢有线台的两位师傅，更为督办中心雷厉风行、认真负责为群众服务的精神所感动。之后，又陆续从媒体上看到报道督办中心的同志如何辛苦工作，如何为民解忧的文章，从内心里对他们更加敬佩。在此，我还想提几点建议，以期让督办更好地工作。

首先，督办中心是市政府的一个窗口，联系着千家万户。督办中心人员少、工作重，十分辛苦。所以，政府要解决他们工作、生活上的困难，解除他们的后顾之忧，使他们全身心地投入到工作中去。其次，督办中心是一个很能锻炼人的地方，故没有在基层工作过，缺少实践经验的年轻人，都应安排到这个岗位上锻炼，两年一轮换，使更多的人得到锻炼，大有裨益。其三，督办中心进行督办，是否所有的单位都能闻风而动？恐怕不一定。有些单位和部门，每次督办，就是不动或借故搪塞推脱。怎么办？市政府需认真研究，拿出监督、制约的办法，使这些单位不办不行，办不好也不行。

（2001.2.12）

我看110

公安民警是社会安全的保卫者，是人民群众生命财产的维护者。尤其是110民警，他们"有警必接，有难必帮，有险必抢，有求必应"，在人民心目中，永远是保护神和正义的化身。

110开通以来，所取得的成就和社会效益有目共睹。但这项工作确实还存在一些问题，有些还是亟待解决的。为此，笔者提出一些个人看法和建议。

110以反应快捷、出警迅速著称，在国家利益和人民生命财产受到危害时及时赶赴现场处理问题，这是它的特点和宗旨。而决不是不分轻重缓急、事无巨细，都要110去解决。如有的"懒汉"早晨不起床，让110民警为他买早点，更有甚者，有人到卫生间方便没有手纸，也叫110民警为他送手纸。这就从根本上曲解了110工作的宗旨和意义。有人错误地理解110民警"有求必应"的含义，自己能够做到的举手之劳的事也不做，什么"鸡毛蒜皮"的事也都叫110民警去做，那么110民警再增加多少人，再增加多少部车，这类事也干不完，如何去做"有难必帮、有险必抢"的事呢？那还叫110吗？所以，110有其"职责范围"，决不是什么事都要110民警去干。

另外，据统计，110指挥中心每天接到的数百个报警电话中，报假警、打骚扰电话的占了绝大部分，严重地干扰了110的工作，浪费了大量的人力、物力和宝贵的时间，造成了恶劣的后果。笔者认为，报假警和打骚扰电话，严重影响110工作，这也是不法行为。这个问题不解决，110工作很难发挥更大的作用。解决这个问题，期盼不法分子的"良知"和"觉悟"是不行的，必须用法律的手段来解决。对那些报假警造成严重后果者和经常打骚扰电话者，一经发现，必须严肃处理，以儆效尤！广大群众应以实际行动关心支持110的工作，同不法分子作斗争，使110发挥其更大的作用。

其三，建议110同政府为民解忧督办中心和市长热线电话等部门多作联系。许多人把本该督办中心、市长热线等部门应解决的问题，也要110去办理，使110疲于奔命，做了本该其他部门应办的事。加强协作联系后，各部门分工明确，各司其职，110才能放下包袱，把工作做得更好。

其四，加大对110民警装备设施的投入，提高民警的综合素质。110民警装备设施这些年有了一定的改善，但随着时代的发展和对敌斗争的深入，犯罪分子作案手段更加隐蔽、狡猾和智能化。如果装备设施落后，使一些事件不能及时处理，也增大了110民警的伤亡。所以，一定要加大对110民警装备设施的投入，以便更好地发挥其作用。另一方面，110民警要严格要求自己，提高自己的综合素质，练就一身过硬的本领，关键时刻拉得出，冲得上，漂亮圆满地完成任务，不辜负党和人民的重托，永做人民的保护神！

（2003.2.16）

发挥余热要有度

张老原是某科研单位高工，自退休后，感到身体还好，便担任了几家公司的技术顾问。他又像当初在职那样，工作起来如拼命，早上起得早，还经常熬夜，又不注意劳逸结合，退休后不到一年，因心脏病突发而去世，令人扼腕。

陈老原是某单位的领导，退下来后不愿在家赋闲，便担任了几所学校的校外辅导员，经常外出给孩子们讲传统，作报告，街坊邻居有什么事儿也热心帮忙，真比上班还忙。退休后两年，也"积劳成疾"，撒手西去，令人痛惜。

类似这样的例子还有很多。

老同志辛苦工作了一辈子，退下来后本应安度晚年，但忙碌惯了，不想闲下来，愿继续发挥余热，这是好事，社会各方面也应给予支持。但凡事都有度，要量力而行。如果不顾自己年龄和身体条件的允许，过于忙碌，发挥余热过度，不仅影响身体健康，还常常折了"余寿"。

生老病死是自然规律，任何人也无法改变。进入了老龄阶段后，老年人的精力、体力和耐力逐渐下降，身体各器官逐渐老化。有些老同志退休后不甘寂寞，仍要过度发挥"余热"，虽然也赚了钱，但身体却频频报警。如果还硬撑着拼老命，那对身体是极大的摧残，甚至要了老命。许多老同志大病一场后才幡然醒悟生命的宝贵，这样的老命是不能拼的，也拼不起的。所以，老同志退下来后，发挥余热要量力而行，掌握好"度"，决不是"余热"发挥得越多越过分越好。

老年人思维能力、记忆能力和免疫力的下降，这是不争的事实。但有些老年人就是不愿意正视这个现实，明知不可为而为之，造成精神抑郁，身心健康受到极大的损害。年轻人得个病，抗抗就过去了，老年人却没有这么容易，身体的免疫力已经很差了。于是，疾病频仍，小病抗不得，中病拖不起，大病更是不能耽搁，许多老年人的猝死就是惨痛的教训。

老同志退下来后，应正视年龄和身体的现实，凡事不可勉强。身体尚好，能发挥多少"余热"就发挥多少，不能发挥的就在家安度晚年。不得病，少得病，不得大病，也是对家庭、单位和社会作了贡献。

老同志忙了大半辈子，一下子变得清闲下来，是不大适应，都有一段心理调试期。一是要保持健康积极乐观的心态，遇事拿得起放得下，多参加一些群体活动，经常和子女保持密切联系，常到子女家走走看看。另外也要有三五知己，经常聊天交流，有烦心事，切不可闷在心里，"自我消化"。二是少操心，不要为了子孙事忧心忡忡。儿孙的路要靠自己走，别人是包办代替不了的。三是多参加锻炼和文体活动，多培养一些爱好，如养花钓鱼书法绘画唱歌下棋等。如条件允许，外出旅游，饱览国内外的名胜古迹，开阔视野，增长见识，广交朋友，实在是件愉悦身心的活动。喜欢读书的同志，在职时无暇看的书，趁退休后的大把时间，博览群书。善于笔耕的，还可写写文章，提高自己的知识水平和办事能力。

愿退休的老同志安度晚年，健康长寿！

（2002.1.30）

"就是那个挨铡刀的"

有次看某省一娱乐节目时，两位主持人唇枪舌剑后，请 4 位嘉宾各找对象协助回答问题。当题板上出现女英雄刘胡兰的图像时，一位闪亮登场女嘉宾提示对方："就是那个挨铡刀的！"对方立马明白："刘胡兰。"场上竟有人笑出声来。

刘胡兰，1932 年 10 月 8 日出生于山西省文水县云周西村，原名刘富兰。著名的革命先烈，优秀共产党员。她 8 岁时上村小学，10 岁参加儿童团。1945年进中共妇女干部训练班，1946 年到山西省文水县云周西村做妇女工作，担任妇救会秘书，后为主任，并成为中共候补党员。1947 年 1 月 12 日被万恶的阎匪军用铡刀杀害，英雄就义时 14 岁零 3 个月。毛主席听了任弼时同志汇报后非常感动，挥笔为刘胡兰题字"生的伟大，死的光荣"。她也是唯一三代领导人均为其题字的女英雄。

邓小平同志题词："刘胡兰的高贵品质，她的精神面貌，永远是中国青年和少年学习的榜样"。

1994年2月2日，江泽民总书记在山西视察工作时为刘胡兰题词："发扬胡兰精神，献身四化大业"。

2009年9月10日，在中宣部、中组部等11个部门联合组织的"100位为新中国成立作出突出贡献的英雄模范人物和100位新中国成立以来感动中国人物"评选活动中，刘胡兰被评为"100位为新中国成立作出突出贡献的英雄模范人物"。

就是这样一位伟大的女英雄，英勇牺牲，竟是"挨铡刀的"，那么，牺牲在敌人刀枪下的革命先烈，岂不是"挨刀的""挨枪子的"？

毛主席说："成千成万的先烈，为着人民的利益，在我们的前头英勇地牺牲了，让我们高举起他们的旗帜，踏着他们的血迹前进吧！"著名作家郁达夫说过："一个没有英雄的民族是不幸的，一个有英雄却不知敬重爱惜的民族，是不可救药的。"一个堂堂的"腕"级嘉宾，竟说出这样的话，场内还发出笑声，我既感到愤怒，又感到悲凉。看来，不仅是她的问题，我们千千万万青少年追这个"星"，那个"星，"有几个追科学家和各条战线上的英雄模范人物呢？有几个知道钱学森、李四光、陈景润、袁隆平呢？更不要说那些为新中国成立抛头颅洒热血的无数革命先烈了。

对待革命先烈的称呼，不仅仅是文化知识多少问题，而是立场问题，思想感情问题。我不知先烈泉下有知，将作何感想！

（2002.1.25）

老人不欢迎这样的"常回家看看"

　　老人辛苦了一辈子，晚年生活差点不怕，何况人老了衣食住行需求不多，但最怕孤独寂寞，尤其是丧偶的老人。作为儿女，"能抽点时间，陪着爱人，带着孩子，常回家看看。"说说工作上的事情和生活中的烦恼，这对解除老人内心的孤独寂寞很有必要，也是对老人精神上的赡养和孝敬。

　　但是，在现实生活中，老人不欢迎这样的常回家看看。这样的常回家看看，不但没解除老人的孤单寂寞，反而给老人增加了负担。

　　一是给老人添乱添烦。现在的老人，大都有几个儿女，再加上儿媳、女婿及孙辈，双休日或节假日成群结队来到老人家。老人住房一般都不宽敞，一来七八口或十几口人，小屋顿时显得拥挤不堪。儿女到老人家，不是帮着干些家务活，陪老人说说话，嘘寒问暖，而是打牌、打麻将、听音乐、看电视、玩手机。孩子们又小，在一起打打闹闹，你哭他喊，把老人搅得头晕眼花、心烦意乱，老人能受得了吗？二是给老人添累添负担。有的子女节假日回家看看，有的则是三天两头回家看看。他们到老人家，不是帮老人排忧解难，而是把老人家当作免费的饭店旅馆。父母年迈，疾病在身，还要购物下厨，张罗饭菜。饭菜好了，还要一碗一碟端上来，招呼这个，照顾那个。不是儿女孝敬老人，而是老人"倒孝"儿女。他们吃完饭，屁股一拍，有的连个招呼都不打，一走了之。剩下一桌子狼藉的杯盘碗筷。对不起，留给二老去洗吧！反正你们在家闲着也是闲着。这样的常回家看看，父母能欢迎吗？三是把老人家当作托儿所和取款机。子女认为父母退休在家清闲没事干，也不管年迈和身体能否承受，今天把孙子送来，明天把外孙女送来，把老人家当作免费的托儿所或幼儿园，还美其名曰解除老人的寂寞孤单，享受天伦之乐。老人能受得了吗？老人辛辛苦苦一辈子，从最低的工资拿起，不舍得吃，不舍得穿，给子女攒钱买房买车，退休后工资大都不高。而子女则错误地认为，老人吃穿不讲究，日常生活也花不了几个钱。因而，今天给孩子交学费向老人要钱，明天房子装修向老人伸手，后天买好车要老人赞助，把老人家当作银行、取款机。反正不要白不要，谁不伸手好像吃了大亏似的。更有甚者，父母一时无钱或拿不出这么多钱，达不到自己的目的，不仅不体谅老人的难处，反而反目成仇，从此再也不登父母的门。这样的常回家看看，老人能欢迎吗？

尊贤敬老是中华民族的传统美德和优良传统。父母为子女操劳了大半生，让父母安度晚年是每个做子女的义不容辞的责任和义务。子女们常回家看看，不是给老人添乱添负担，而是问长问短确实帮老人解忧排难，这样的常回家看看，老人是十分欢迎的。老人不欢迎的，是那些变了味的常回家看看。

（2002.1.28）

愿宁夏的明天更美好

一次上街办事，迎面走来一位少妇，穿着时髦，戴着项链和耳环，手拿价格不菲的坤包。正走着，突然扭头吐了一口痰，"啪"地一声，巧了，正好吐在走在后面的一位中年男士的裤子上。男士很生气，斥责道："你怎么这样没素质，随地吐痰，还吐在我的裤子上，你给我擦掉！"少妇没有一点不好意思的样子，还强词夺理："我又不是故意的！你在我身后跟那么紧干什么？你什么意思？"中年男士气得满脸通红，一句话也说不出来。

这样不文明的举止在我市不是个例，每天都大量发生着。

那天路过宁园，好久未进去了，便进去坐坐。进去一看，所有的长条椅子不是有人躺着睡觉，就是青年男女搂搂抱抱，做些不雅的动作，使我这个"过来人"

都不好意思，只好赶快离开。

在大街上，孩子内急，家长把孩子裤子一脱，众目睽睽下，旁若无人地大小便。有人批评，家长也是理直气壮："还是孩子嘛，总不能叫他拉尿在裤子里吧？你怎么和一个小孩子过不去？"

在中山公园动物园里，有的游客拿石子击打猴子，有的给一头小鹿喂塑料袋、果皮。据公园管理人员说，有的动物不吃不喝，日渐憔悴，死后发现胃里有大量无法消化的塑料袋等。

晚上散步，一不小心，便踩一脚狗屎。我不明白，城市违章违法建筑一声令下，便很快拆除了，城市不准养狗，尤其是大型烈犬，为什么屡禁不绝？一些养狗者还振振有词地说，养小动物是为了培养"爱心"！培养爱心？很好，我举双手赞成。培养爱心也不能损害别人利益和污染环境啊！有的养狗者，对狗像子女，对自己的父母不管不顾，没有一点孝心，对同志麻木不仁，甚至见死不救，培养的什么"爱心"？典型的伪君子！有的身居高位，全家穿金戴银，吃香的喝辣的，而父母每月区区几百元的生活费都不愿给，经常拖欠，害的父母像乞丐似的上门讨要，这是有"爱心"吗？有的父母养了七八个儿女，有的当官，有的经商，有的嫁给大款，而年迈的父母，你推我，我推你，互相扯皮，没一个人愿意照顾。在阖家团圆、万家灯火的除夕夜晚，悲惨地死在阴暗狭小的黑屋里……

有人总是埋怨西部落后，这也不好，那也不行，牢骚满腹，喋喋不休，动辄南方好、外国好。人家那里好，不是等来的，是干出来的。西部大开发，千载难逢的机遇，但这决不是一句空洞的口号，也不仅仅是各级领导的事，我们每个人都责无旁贷！从现在起，我们就要从我做起，从一点一滴的"小事"做起，提升自己的文明程度和个人素质。日积月累，潜移默化，改变我们的社会风气和党风。上述一些事例，似乎都算不上什么"大事"，但外地人看银川、看宁夏，就是从这一件件小事看起。所谓的"大事""小事"也是相对而言，世界上也没什么绝对的"大事""小事"。千里之堤，溃于蚁穴。很多"大事"，往往由一件小事引起的。那些巨贪们，也不是第一次就贪几百万、几千万、几个亿的，积少成多，积小成大，由量变到质变，最后走向不归路。

让我们少指责，多动手，少埋怨，多实干，从我做起，从一点一滴的"小事"做起，坚决同不文明的行为作斗争。我相信，明天的银川和宁夏，一定会天更兰、水更清、山更绿、人更美。一个崭新美丽的宁夏，屹立在西部的土地上！

（2001.7.20）

辑四　所见所闻

从中国女足的辉煌说中国男足

中国女子足球队在 1999 年美国第三届女足世界杯比赛中，一路过关斩将，所向披靡，最后勇夺亚军，可喜可贺！中国女足无论在经验上，还是在整体配合技战术上，已达到了冠军的水平。虽然在同美国队决赛中点球大战（4：5）失利，但国人已经把她们当作世界冠军视之。这一骄人战绩，又使我们看到当年中国老女排姑娘的英姿，大涨了国人的志气，大振了中华国威，全国人民为之欢欣鼓舞。

女足姑娘这一辉煌胜利，不由使我想起中国男子足球队。

冲出亚洲，走向世界的口号也喊了几十年了，但至今仍在亚洲足坛沉浮。还是让我们对中国男子足球队的历史作一简要回顾吧！

20 世纪 50 年代和 60 年代初期，由于足球的普及和后备力量的雄厚，中国男足进步很快。50 年代中期，中国派出国家足球队赴匈牙利"留学"，使中国足球水平又有了一个质的飞跃。那时的国家队，不仅能同世界二流球队抗衡，就是同世界足坛劲旅，也有一拼，涌现出一批优秀球员：王后军、方纫秋、张宏根、年维泗、曾雪麟……1963 年后，中国足球水平开始下滑，甚至还败在亚洲足球弱旅的脚下。"文革"十年，天下大乱，更是雪上加霜，中国足球走入低谷。虽然如此，中国人尤其是广大青少年喜爱足球之火并未泯灭，专业队解散了，组织业余队，不能正规训练，就业余训练。在逆境中走出了为国人所喜爱的容志行、迟尚斌、王积连、李宙哲、李维淼、李维肖、古广明等优秀球员，他们的精神风貌和精湛的球艺至今仍为人们津津乐道。改革开放以来，中国足球有了一定的进步，但总是大起大落。从 80 年代初至今，中国足球队似乎有多次冲出亚洲，走向世界的机会，但由于各种原因，总是功败垂成，令人惋惜不已。

中国教练不行，也重金请来洋教练，从苏永舜、曾雪麟、年维泗、高丰文、戚务生到施拉普纳、霍顿，教练像走马灯般更换，谁也没有挽救中国足球，什么"沙特队放水""中国足球五·一九""黑色三分钟""恐韩症"……至今仍让广大球迷心口流血。

中国男足冲不出亚洲，原因何在？有说中国足球定位不准，有说中国男足仍是亚洲强队，有说中国男足没有一个好教练，有说中国男足学世界强队选错了对象……从上到下，从权威到球迷，众说纷纭，莫衷一是。不管找出多少条原因，但有一个事实不容忽视，别看中国男足水平不行，但球员收入却高得惊人。有一个甲B（实际上是中国足球乙级队）队员携带近百万元巨款回家过年，在广州车站受到盘查。当这个队员亮明身份后，立马被放行。盘查者说，难怪他这么有钱，原来是踢足球的。甲A一些球员，每年有数百万元进账已不是什么新闻。原国家队一位教练，执教国家队无方，后到大连万达队任教头，日工资一万元，相当于一个普通干部或工人两年的工资。试想，当一个人有这么多的收入，还会为中国足球卧薪尝胆、流血流汗、刻苦训练吗？而中国女足的姑娘们，每月工资只有六七百元，有的大半年还领不到，无人赞助，甚至没有训练场地。比赛时观众寥寥，却夺得了奥运会和世界杯双料亚军，这其中的原因，岂不不言自明吗？

人是要有一点精神的！

中国女足的姑娘们，我为你们欢呼和骄傲！

中国男足的小伙子们，你们何日能冲出亚洲、走向世界，圆了国人期盼已久的梦呢？

（1999.7.16）

昔日激战犹如昨

——乒赛精彩战例回顾

乒乓球是中国的国球。1959 年容国团勇夺第 25 届世界乒乓球锦标赛男子单打冠军，成为中国第一个世界冠军，引起了全国的乒乓球热潮。40 多年过去了，中国乒坛长盛不衰，取得了辉煌成绩。成绩辉煌，国人的企盼和要求也高了。如果在国际重大比赛中，中国队获得亚军，在感情上也接受不了，认为是"失败""失利"了。也许是这几十年国内外重大比赛精彩激烈的场面看得多了，已没有当年观看比赛那种激动、兴奋的心情。当年，庄则栋连夺第 26、27、28 届世锦赛冠军，举国欢腾！不过，那时笔者年龄尚小，当年的情景已不大清楚了。唯有 1973 年 4 月，在当时的南斯拉夫萨拉热窝市举行的第 32 届世界乒乓球锦标赛，中国男单选手郗恩庭连闯七关，勇夺男子单打世界冠军扣人心弦的场面，至今记忆犹新，每每想起，都使我激动不已，难以忘怀。

在男子单打前，中国队处于 14 年来的低潮，男女团体争冠相继失利，"乒乓国粹"受到严重的威胁。

郗恩庭深知自己肩上的责任，临危受命，勇挑重担，夺取这块分量最重的金牌。

进入男子单打前八名后，形势发生了急剧的变化，队友们都相继失利，他是唯一进入前八名的中国运动员。他以三比二淘汰了捷克的勇将奥洛夫斯基进入了半决赛，又以三比二相同的比分淘汰了南斯拉夫的"双雄"之一斯蒂潘契奇进入决赛。决赛对手是瑞典的名将约翰森。在进入决赛前，郗恩庭肠胃炎又犯了，正闹肚子，吃药打针也不会马上见效。他采用自己的"土方"，沏了一大杯很浓的茶，茶叶足足放了一两，将肠胃的东西排泄尽了，才止住了肚子疼。

又吃了两块巧克力，匆匆上阵。

郗恩庭当时是男子单打第 12 号种子选手，31 届世乒赛男子单打第 3 名。约翰森是男子单打第 5 号种子选手。郗恩庭采用发球抢攻，反手推挡的打法。约翰森也是反手推挡，正手拉弧圈。双方你来我往，先后出现五次平局，郗恩庭以 21 ：18 先拔头筹。在第二、第三局中，约翰森加强了攻势，利用弧圈球和侧身快攻的打法，造成郗恩庭推挡失误，约翰森以两个 21 ：13 赢了这两局。第四局，双方展开了中远台对攻，在郗恩庭 6 ：4 领先时，约翰森打了个擦边球，裁判员未发现，判郗得分。郗主动示意擦边，约应得分。记分员将比分由 7 ：4 改成 6 ：5。这时，全场观众热烈鼓掌，赞扬郗恩庭的好风格。这一局，双方打得十分艰苦，比分紧紧咬住。打到十九平时，郗利用发球两次造成对手失误，以 21 ：19 胜了这一局。决胜的第 5 局一开始，郗恩庭加重了推挡的力量，猛攻约的反手，使其陷入被动。郗恩庭以 15 ：10 领先。这时，约翰森改变打法，侧身拉弧圈球，郗几次推挡失误，场上出现十五平。接着，双方展开远台对攻，郗恩庭拉出的球，力量重、落点好，连得四分，以 19 ：16 领先。约也毫不手软，伺机猛攻，连追两分。这时，郗打出两个低而转的球，约接球失误。他们的厮杀持续了近 3 个小时，当第五局打到 21 ：18，郗已经取得胜利时，由于注意力高度集中和比赛的紧张激烈，他还手握球拍，准备拼杀。当约翰森过来和他握手，全场观众为他获得冠军欢呼时，他才如梦方醒。

这紧张、激烈、扣人心弦的比赛已过去了近 30 年，犹如昨天发生的一幕，深深地印在了我的脑海里。

（2001.3.28）

银川灯光球场的回忆

　　我和共和国同龄，来到宁夏也半个多世纪了，见证了宁夏尤其是银川沧海桑田翻天覆地的变化，对宁夏一草一木都倾注了极深厚的情感。

　　银川灯光球场位于新华东路与玉皇阁南街交汇处西北角。始建于1954年，是当时宁夏境内最早的有固定看台和灯光的球场，故名"灯光球场"。除提供群众体育比赛外，还是自治区和银川市一处重要集会场所。另外，也是银川许多市民晚上休闲和相约之处，留下了令人难忘的温暖记忆。可能是20世纪90年代中期前后，随着城市的改造和发展需要，这座存在了40年左右的球场被拆除了，从此走入了人们的记忆。

　　20世纪60年代，尤其是"文革"时期，文体活动极度匮乏，只要灯光球场有篮球比赛，哪怕是县一级的，大家也愿去观看。但那个年代，几乎什么都要票，能搞到一张票也非易事。可能是1974年夏天，在灯光球场举办银川地区业余女子篮球比赛。我那时在工厂当工人，很想看但没票，于是和一起前去的工厂同事互相帮忙翻墙进去观看，场内早已座无虚席，甚至台阶上都坐满了人。还没找到坐的地方，忽然发现我的手表不见了。可能是翻墙时由于翻墙的人多，被人撸走了。那是块"青岛"牌手表，是我1971年冬回山东老家探亲时舅舅托人买的，70块钱，那是我两个月的工资啊！郁闷痛苦了很长时间。那时戴手表，不光是看时间，也是身份的象征。说明你工作了，能挣钱了。1978年上大学时，又托了好几个人，买到一块质量较好，当时在国内比较驰名的"上海"牌手表。为了"填补"那块没戴几年就丢失的"青岛"手表的缺憾，这块手表一戴就是整整30年！实在没法修了才叫它"退休"。记得那年接待上海市政协来宁参观考察团，坐在大轿车上，好几个人都盯着我的手表看。考察团团长对我说，在我们上海，这手表早已找不到了，没想到在大西北的宁夏，还有人戴这手表，真是难得，都成了文物了。

50 多年过去了，宁夏的体育场地设施到处出现，建设步伐飞速前进，见证了宁夏的体育发展，见证了凤凰古城和宁夏的巨变。我也由青春少年，步入了老年的行列。抚今追昔，令人感慨万端。

（2017.5.30）

秦腔和宁夏

宁夏群众喜爱秦腔，无论在城市还是乡村，都可以听到富有西北地区特色的戏曲曲调秦腔。尤其在农村集市交易会上，如有秦腔演出，无论是传统剧，还是现代戏，观众总是人山人海，万头攒动。一些上了年纪的人，对秦腔更有浓厚的兴趣，边看边哼唱，真比饮醇香美酒还过瘾。在我区农村，会唱的人真不少，劳动之余，你唱几句，我吼两声，对他们来说，是最大的乐趣。

其实，我区并不是秦腔的发源地。这个剧种旧名叫"乱弹"，其"原籍"是与我区毗邻的陕西省关中地区。因陕西简称"秦"，是古代秦国所在地，故秦腔由此而得名。秦腔是在民歌曲调的基础上发展起来的，在发展过程中，曾受到昆腔、弋阳腔的影响。在我国众多的剧种中，秦腔是比较古老的，已有300 多年的历史。清初，秦腔发展很快，一度流传到我国的南北各地，在山西、山东、河北、河南等地都有广泛的影响，因而成为"梆子腔"系统中的代表剧。秦腔的唱腔可分为"欢音"（又称"花音"或"甜音"）和"苦音"（又称"哭音"）两大类，主要的板式有慢板、尖板、滚板、摇板、二六、双锤、七锤、浪头等。"欢音"明快、高亢、激昂、粗犷；"苦音"哀婉、凄凉、深沉、幽咽，优美动听，催人泪下，具有强烈的艺术感染力。

秦腔的剧目也极其丰富，解放后不断涌现出一大批在全国有影响的好戏，如《赵氏孤儿》《游西湖》《三滴血》《火焰驹》以及现代戏《血泪仇》等。

民国初年，银川地区已开始有以唱秦腔为主的"清音茶社"。在茶社里演唱的秦腔艺人不化装，只是清唱。后来又陆续出现了演唱秦腔的戏班和科班，其中以"觉民学社"影响较大。宁夏第一个秦腔科班"觉民学社"从成立到解放前夕，共招收了五班学生，200多人。其中不少学生后来成为我区的著名秦腔演员。杨觉民是宁夏老一辈的秦腔演员，他从小在"觉民学社"演戏，练就了一身过硬的本领。他主演的生角戏，令宁夏广大秦腔观众倾倒。他为我区的秦腔事业作出了重要贡献。丁醒民从事秦腔艺术生涯50余年，功底深厚，文武不挡，后以丑角见长，唱腔苍劲深厚，功架潇洒大方，名列我区秦腔界须生、丑角之首。已调离我区的屈效梅是宁夏的著名秦腔女演员。她9岁学艺，几十年来演出的剧目达上百本，代表作有《杀狗劝夫》《评雪辩踪》等。她扮相漂亮，嗓音甜美，舞姿婀娜，眼神功力过人，深受我区观众的喜爱。王志杰是宁夏秦腔界舞台上第一个回族女演员，专攻旦角，扮相清丽，嗓音甜润，唱腔委婉，做功优美，能够表演各种人物。马桂芬是维吾尔族秦腔女演员，开创了秦腔史上维族妇女唱秦腔的先例。她在许多传统戏中扮演旦角，唱腔优美，表演细腻，深受观众好评。

我区不但有实力雄厚的区、市秦腔剧团（去年在西北地区秦腔会演中取得优异成绩），吴忠、平罗、盐池、中卫、固原等地也都有专业剧团。不仅经常活跃在我区广大山乡城镇，热情为回汉人民服务，在戏曲改革方面，也不断取得新的成绩。至于以唱秦腔为主的业余剧团，则更是遍布全区厂矿和农村。

（2002.5.26）

戒成法师与承天寺

承天寺塔,位于银川市城区西南方,俗称西塔。它是一座八角形楼阁式砖塔。塔高 64.5 米,共 11 层。塔身主体轮廓为角椎形,秀俏挺拔。

承天寺塔始建于"天祐纪历岁在摄提季春二十五日",即西夏第二代皇帝谅祚天祐垂圣元年(公元 1050 年)。清乾隆三年(公元 1739 年)11 月毁于地震,遂成为废址。至嘉庆二十五年(公元 1820 年),才重新修复。该塔是自治区重点保护文物之一。

戒成法师,俗名李万程,字来鹏,1898 年生于青海省湟中县多坝乡大磨石沟村。幼师习儒业,以教书为业,曾任湟中县校长。1937 年于塔尔寺聆听西北弘法大师心道法师讲经有悟,遂礼心道法师座下披剃,赐法名广悟,号戒成。同年 11 月入福建鼓山湧泉寺求学,毕业后曾任平凉佛教会会长。1942 年受心道法师之托,接任银川市承天寺住持。

说戒成法师,不能不提及承天寺与心道法师。1942 年佛教人士释寂忍写信邀请心道法师来宁弘法。同年 5 月中旬心道法师由西安启程来宁,月底抵银。6 月初在寺内举行方丈陞座仪式,就任承天寺住持。1942 年 10 月,心道法师赴南方弘法,行前即召弟子戒成法师接任承天寺住持。1953 年中国佛教协会在京成立,戒成法师当选为第一届中国佛协理事,受到党和国家领导人的接见(后历任第二三届中国佛协理事)。1956 年甘肃省佛教协会成立,他又当选为甘肃省佛协副会长、甘肃省政协委员;1958 年宁夏回族自治区成立,戒成法师应邀参加成立大会,并受到林伯渠、汪锋、刘格平、李景林等领导接见,后当选为自治区政协一二三届委员。

戒成法师自 1942 年任承天寺住持,恪尽职守,悉心爱护寺内文物和宗教设施。他持戒严谨，认真修学，有较深的佛学造诣和中国传统文化的功底。他对弟子爱护，严格要求。他爱国爱教，拥护中国共产党的领导，积极参加党和政府组织的各项活动和公益事业，深受广大弟子和信教群众的爱戴和敬仰。1979年戒成法师圆寂，终年81岁。

他圆寂后，中国佛教协会发来唁电，对他的去世表示哀悼，自治区政协为他举行了追悼大会，对他的一生作了实事求是的评价。

（2001.9.9）

马鞍山甘露寺的传说

马鞍山甘露寺，位于灵武市北郊，西靠黄河，东临陕西，北接内蒙古。三面环山，坐北朝南，建于土丘山上，是一座具有传奇色彩的名寺。

甘露寺始建年代也无法考证。相传，唐代罗通扫北时，驻军黄河沿岸，其姑母随军征战。战后遂于山上择地建寺，令三女兵出家为尼，故当地有语云："先有尼姑庵，后有马鞍山。"

宋仁宗年间，外族犯境，大将狄青奉诏西征，驻军于临河，与敌军对峙，隔河相望。两军对阵，互有胜负。旷日持久，宋军粮草不继。狄青苦无良策，心情郁闷。一日梦中，神人对其曰："汝与敌军相持，只可智取，不可力抵，否则难以取胜。"狄青梦中醒来，深思良久，忽然醒悟。次日，狄青命将马鞍收集起来，依山势堆放，上覆草席，又令将马粪集中，于同一时间倾入黄河，顿时河面飘满马粪，厚达尺许。对岸敌军见状相谓曰："天朝兵多，仅马鞍就堆满了一座山，河里的马粪有一尺多厚，看来我们是难以取胜了。"一时军心浮动，狄青又派兵士潜入敌营散布流言。敌首闻之，犹豫不决，有退兵之意。狄青又派兵讨战，劝服对方罢兵言和。狄青因神人指点获胜，为报点化之恩，即在驻军之处择原尼姑庵扩建寺院，取名"甘露"。"马鞍山"因宋军当年堆放马鞍之故即得名。至今山内犹有插旗石、马蹄沟等痕迹。

"文革"前，甘露寺内有山门、天王殿、大雄宝殿、祖师堂等建筑，寺内天桥、回廊结构精巧。每年4月8日，宁夏及相邻的佛教信徒、香客、游人蜂拥而至。

"文革"中甘露寺被毁，1979年后又先后建起了大雄宝殿、天王殿、山门等殿堂及祖堂、念佛堂、客房等各种用房40多间。1994年建起了观音殿、地藏殿，1995年筹资百余万新建菩萨顶。1997年，在党和政府的关怀下，铺通了直通甘露寺的柏油路，千年古刹，焕发出新的生机，迎接八方游客。

（2001.9.23）

丝绸路上大佛寺

石空石窟寺，俗称大佛寺。它位于我区中宁县余丁乡双龙山石窟。双龙山古时称石空山，所以石窟以石空而命名。该寺坐北朝南，南有铁路、公路通过。面临黄河，背靠长城，距县城20公里，是我区重点文物保护单位。

据史书记载，石空大佛寺开凿于唐代，西夏、元代做了重修和增塑。石窟凿于山崖峭壁之下的沙砾岩中，共计13个洞，分上中下三寺。

上寺是灵光洞，里面塑有地藏王菩萨，百子观音洞，塑有百子观音，万佛洞里塑有佛像、罗汉，顶上塑有许多小佛像，神态各异，栩栩如生。

中寺是九间没梁寺庙，它是整个石窟的中心，曾被收录在《中国名胜辞典》中。这个洞宽敞宏大，上面有三个大佛龛，正中的大龛为一五身群像，本尊是释迦牟尼像，姿态雍容慈祥，左右的两菩萨，头戴花冠，颈佩璎珞，袒胸露臂，腕带钏镯，身着长裙，系彩色腰围，长眉大眼，鼻子隆起，眉中红痣，妩媚动人，似盛唐造型风格。下寺有五个洞窟，第一个可能是住僧人的，第二个是娘娘洞，第三个是药王洞，第四个是龙王洞，第五个是睡佛洞。

石空大佛寺石窟北临腾格里沙漠，曾被风沙淹没。1983 年经发掘整理，埋没近百年的石空大佛寺基本上被清理出来，并完成窟区防沙草格网 18 万立方米。近年来，又安装了提水设施，种植了树木，保护了烽火台，挖通了暗道，扩大了旅游项目，使唐代的丝绸之路——灵州道上的珍贵文物重放光彩。该寺已成为我区佛教著名寺院，不时有国内外专家、学者前来观光考察。

（2002.2.24）

雨中泾源行

深秋时节，天高气爽，北雁南飞。

我们组织部分自治区政协委员，赴宁夏南部山区的泾源县考察旅游业发展情况。

出发那天下起了绵绵细雨，到了泾源，雨也未停。我们冒雨考察了野荷谷、凉殿峡和老龙潭。

车向城北行驶十分钟后，拐过由低到高的狭长山谷，这就是新辟旅游景点野荷谷。山谷两旁长满野荷，大雨打在硕大荷叶上，发出"噼噼啪啪"的声音，煞是有趣。我们来得晚了些，如果七八月份来此，10 多里长的山谷，开满了野荷，花香馥郁，蔚为壮观。再沿着山路南行十多公里，便来到了一代天骄成吉思汗当年的避暑行宫凉殿峡。这是一道南北长约 20 公里的峡谷。树木葱笼，乱石遍地，凹凸不平。谷底的泾河水潺潺作响，浪花飞舞，水石相搏，发出隆隆声响。公元 1227 年，成吉思汗征西夏时曾在此建避暑山庄。玲珑别致的亭台、楼阁隐藏在苍翠欲滴的绿林之中。山势雄伟，水声潺潺，虽不是仙山琼楼，却也别有一番情趣。它既有北国粗犷的气派，又有南国水乡之秀。难怪这位能征惯战的蒙古族可汗在这里避暑酣息。700多年过去了，当年的建筑物已荡然无存，昔日宁静的山庄，仅剩下几十块石墩、石条和一些残垣断壁，令人感叹岁月沧桑，风光不再。

县南40公里的老龙潭，是横穿陕甘宁三省区的泾河发源地之一。民间传说，泾河老龙犯了天条，玉帝派魏征执行。唐太宗答应救老龙王的命，把魏征找来对弈。哪知，在下棋时，魏征昏昏而睡，梦中提剑，斩了老龙。远远望去，对面峭壁上有一个一尺见方的土红色洞，渗出一缕红水，滴落不断，传说那便是老龙的血。老龙潭共有三潭。峡谷里飞瀑轰鸣，深潭墨绿，惊涛拍岸，堆琼积玉，气势壮观。老龙潭早已建成水库，兴建1120千瓦的龙潭水电站。四周峰峦叠翠，树木成林，山内渗出的涓涓细流，顺坡而下，满山奇花异草。如夏季来此，花香四溢，沁人心脾。越过电站而西，沿山坡攀援而上至缚龙洞与猛虎洞，从猛虎洞而入，便进入了龙潭内。潭内景色绝佳，令人心旷神怡，松柏花木，立于峭壁之上。深长的峡谷，蜿蜒在深山峻岭之间，平静如鉴的潭水，由于天降大雨，如万条碧丝拍打着水面，绽开万千笑靥。山上，云雾缭绕，神秘缥缈。令人心驰神迷。满山的榆树、桦树、柏树、栎树，郁郁葱葱，竹林摇曳，松径幽深。山间细流如薄纱顺坡披挂，遍山奇花异草，山风吹动，四野溢香，五彩翻浪，与坛内云雾缭绕，神奇迷离的景色混然一体，俨然世外仙境。雨中神游，别有一番情趣，难以名状。

就是这样的人间仙境，却"养在深闺人未知"。不要说区外、国外了，就是本区内，知道的人也不是很多。可惜了这奇山秀水，年年寂寞空无语，使泾源县群众"抱着金碗要饭吃"。自治区有关部门和泾源县委、政府，应加大宣传力度，制定开发计划，在软硬件上下工夫。我们有理由相信，在不久的将来，这神奇的人间仙境，犹如神秘圣洁的少女，撩开迷人的玉纱，露出灿烂的笑靥，迎接八方游客、四海宾朋的到来。

（2002.9.30）

俄罗斯、北欧散记

2017 年夏，我赴俄罗斯、芬兰、爱沙尼亚、瑞典、挪威、丹麦及德国、比利时参观旅游。

食宿方面，俄罗斯最差，房间逼仄，顿顿水煮菜，令人难以下咽。到了北欧，情况越来越好。俄罗斯人，尤其是男人很懒惰，上午 9 点多了还没上班，懒洋洋地来了，高兴了磨磨唧唧干点事，不高兴了溜之大吉，不知跑到什么地方喝酒去了。苏德战争初期，由于斯大林决策失误，苏军损失惨重。二战结束时，苏军伤亡、被俘、失踪达到 1500 万之多，苏联军民伤亡高达 4500 万之上，因而造成苏联男少女多，至今都是这样。俄罗斯女人想嫁个如意郎君也非易事。许多姑娘更喜欢中国小伙，聪明能干，勤快顾家。在俄罗斯，你才能体会到什么叫磨洋工。在出入俄罗斯海关时，边检人员那个慢节奏，让你难以忍受。对着护照看半天，仿佛在相面，有时莫名其妙地停下发呆。听说有个中国旅游团，实在无法忍受，发了几句牢骚，结果全体俄方海关人员罢工不侍候了。不知过了多久，经多方协调，才回到岗位上，受害的还是中国人。我还不错，遇到的是个女工作人员。我双手把护照递给她，点头示意。她满面笑容地注视着我，连说："哈拉绍！哈拉绍！"（好的意思），不知夸我态度好还是长得顺眼。北欧四国（应是五国，还包括冰岛。由于冰岛在欧洲最西北部，寒冷又遥远，许多旅行社为节约成本，未开通这条线路）都是经济发达国家，社会保障体系完善，人民生活富裕，幸福指数高。北欧多山岭，多雨多风，多海港湖泊，森林覆盖率高，其中瑞典为 54%，芬兰高达 66%，空气清新湿润，夏季平均气温在 20℃左右，穿着外套也不感觉热。北欧（包括其他欧洲国家）物价较高，一盒方便面七八十元人民币，一杯啤酒六七十元，在我们这里只需几块钱。当然，他们收入高，不可简单类比。老外的生活节奏很慢。在酒馆里点上一杯咖啡或一杯啤酒，能坐上一整天。在丹麦首都哥本哈根，其他人都忙着逛街购物，我却到一家店面不大，但整洁典雅的酒馆，点了一杯啤酒，坐在老外旁，一边慢慢啜饮，一边看着他们。老外们个个神清气闲，悠然自得。我在思考，是他们的慢节奏好，还是我们的快节奏好。中国人的快是有"优良传统"的。土地革命时期，中共一些领袖急于求成，希望三五年中国革命成功，最有代表性的是当时中央实际负责人李立三，错误地认为中国革命的高潮已经到来，全国革命的胜利指日可待，提出"饮马长江，会师武汉"。虽然只有短短的三个月，却给中国革命造成重大损失，李立三为此"错误三个月，检查三十年"。新中国成立后，领导人急于求成，搞"大跃进"，超英赶美，10年超过英国，15年赶上美国，一天等于20年，跑步进入共产主义。结果，欲速不达，给人民带来沉重灾难！

现在，我们的生活节奏加快了，有些人心浮气躁，孩子刚生下来，恨不得立马长大，孩子进了幼儿园，期盼成为神童。上了小学，正是孩子长身体、贪玩好动的年龄，却给孩子报这个特长班，那个培训班，压得孩子喘不过气来，还美其名曰，不叫孩子输在起跑线上。上中学，又为择校想尽办法，甚至不择手段。到了高中，又为考大学拼命冲刺。说今天流大汗，明天端上金饭碗；今天不冲刺，明天淘汰你。大学还没毕业，又为以后工作发愁。工作了，又为结婚买房购车贷款啃老。辛苦了一辈子，好容易退休了，该过几天清静舒适的日子了，又整天为子孙操心当牛做马。什么时候为自己活过？什么时候留点爱给自己？人生不是赶火车，不是跑步到火葬场。可怜的中国人啊！想到这里，越发感到老外的慢节奏是对的，是智慧的，是一种境界，是比我们棋高一着。小时候看外国文学名著，吃顿饭换件衣服，都写几千字，很是反感，这老外也太啰嗦了！现在再看这些名著，感觉就大不一样了。没有沉下心来，没有对生活的冷静观察，没有对社会的深刻思考和解剖，一句话，没有十年磨一剑的功夫，是写不出经典作品的。

在返回来的前两天，在比利时的首都布鲁塞尔，看到街上有许多难民，看来是西亚穆斯林。父母抱着或领着孩子沿街乞讨。我把欧元硬币给了他们，硬币没了，又给了一些小面额的纸币。他们说着我听不懂的感谢话。虽然语言不通，但人类的感情是相通的。孩子们虽然皮肤微黑，但个个大眼睛、长睫毛、高鼻梁，十分可爱。看着他（她）们天真纯净的眼神，令人心碎。当我离开走了几步远，下意识地回过头来，一个小男孩却跟在我的身后。我忙抱了抱他，亲了亲他的脸颊，泪水潸然而下。国破山河碎，何处是家乡？没有国，哪来家？感到还是生活在中国好。虽然我国还存在诸多不安定的因素，但总体是安定的。行文至此，想起了毛泽东等老一辈无产阶级革命家，推翻了三座大山，使中国人民站了起来，奠定了中国现代工业、现代农业、现代科技、现代军事的基础，凭借那样落后的武器装备，打遍天下无敌手，充分显示了一代伟人的英雄气概和大丈夫气度，高山仰止，千古雄杰！

（2017.7.5）

湘西印象

湘西包括湖南的张家界市、武陵源区、桑植县、龙山县、永顺县、保靖县、花垣县、古丈县、吉首市、凤凰县、泸溪县等地。地广人稀，山多水密，多树多草，植被很好。最著名的景点在张家界、武陵源和凤凰古城。

武陵源，古称青岩山，位于武陵山脉深处的张家界市。张家界、索溪峪、天子山三个景区共有景点 1400 多处，各具特色，仅木本植物就有 500 多种，动物 400 多种。岩溶地貌发育，奇峰怪石，古木珍禽，深谷幽溪，野趣无穷，是一座纯天然的艺术迷宫。景点如此之多，在我看来，有 4 处必游之地。一是张家界森林公园，包括《阿凡达》外景拍摄地哈利路亚山和天子山。哈里路亚山云雾缭绕，峰峦叠翠，有气势磅礴的迷魂台，天下第一桥等绝景。站在天子山上，武陵千山万壑尽收眼底。该山被誉为"秀色天下绝，山高人未识"的自然风景处女地。集险、秀、幽、野于一体，尤以石林、云海、雾日、冬雪为奇景观。下山后，十里画廊、瀑布街也值得一游。二是地下溶洞黄龙洞。洞体共分4层，整个洞内洞中有洞，洞中有河，石笋、石柱、石钟乳各种洞穴奇观琳琅满目，美不胜收。三是张家界大峡谷、宝峰湖。大峡谷一边是悬崖峭壁，一边是湖水河流。爬山下坡，穿洞过河，山路陡峭，逶迤盘旋，十几公里路程，没有一个好身体，脚力不健，还真吃不消。宝峰湖景区是世界自然遗产，世界地质公园。位于相对高度80米的山顶上，湖长2500米，平均水深72米，湖光山色，奇美异常，万仞叠嶂，水清映人，有各种景点80多个。四也是最著名的景点天门山玻璃栈道、天门洞。天门山是张家界海拔最高最早载入史册的名山，有张家界之魂、天界仙境、湘西第一仙山、神山、圣山之美誉，尤以世界海拔最高的穿山溶洞天门洞开最为奇绝。天门洞位于1300米峭壁之上，冠绝天下，世界特级飞行大师、俄罗斯空军勇士和法国蜘蛛人都在此绽放奇迹。天门洞下数十米，有一石壁，上有我国著名书法家欧阳中石先生题写的"上山梯"三个大字，左侧有两行竖排小字"莫谓山高空仰止，此中真有上天梯"，是录清人俞良谟的诗。

另外，宋祖英的家乡夯吾苗寨，谢晋当年拍电影《芙蓉镇》的王村（后更名为芙蓉镇），永顺县猛洞河的水上漂流，都是值得一去的地方。

离开张家界向西南200多公里，便到了被新西兰著名作家艾黎称为"中国最美丽的小城"凤凰古城。凤凰县始建于康熙43年，已有300多年的历史。凤凰县是国家文化名城，国家4A级景区。凤凰城不大，只有1745平方公里，户籍人口43万，常住人口32万，有十几个民族，以苗族为主。城内有四条主干道，但小街小巷众多，拐弯抹角，忽开忽合，像走进了迷魂宫。街上商铺林立，多为地方特色小吃饭馆和工艺品商店，特色小吃品种繁多，价格便宜。工艺品多为银饰、朱砂、牛角梳等，做工精巧，价格低廉。凤凰城沱江的夜景很美，灯光璀璨，波光泛金，天上人间，浑然一体。

游完沱江返回酒店的途中，在一小饭馆门口，见到一瘦小驼背的老太太，手里抱着插满山花的竹篮（每到夏季，城里的老年女人抱着竹篮沿街叫卖鲜花）。老太太低声说道，老板，买束花吧，照顾一下小生意。我看了看表，已夜里10点多了。我掏出10块钱递给她说，我不要你的花，夜深了，快回家吧。我分明看见她浑浊的眼睛里闪着泪光，嘴唇噏动着，说着含糊不清的感谢话。湘西的人民收入很低，一个工作十几年的干部，月收入只有3000元左右。一个开大轿车的司机，早出晚归，一天工作十几小时，基本工资只有2200元，还要靠多拉游客，在车上推销当地的土特产补贴家用。我想起了前两天，下了天门山乘大轿车返回酒店时，停车场内，一个30多岁的阿妹在不停地叫卖湘西老冰棍，但没人买，一副很焦急的样子。

我在工作前，由于家贫，那时1个冰棍5分钱，一个月也难得吃上1个。后来有了雪糕，1毛钱1个，能吃上1个雪糕，便成了最大的享受。我掏出10块钱，把剩下的8个冰棍全买了。我吃了1个，确实好吃，剩余的7个给了同团的孩子们。她给我找零我没要，又顺手把两块钱放到她的篮子里。她一时愣住了，不知说什么好。新中国成立近70年了，湘西（也包括全国其他贫困地区）的群众，生活为什么还这么穷？问题到底出在哪里？是我们的方针政策出了错，还是我国太大，人口太多，积重难返？常说旁观者清，未必。我看旁观者易。别人当领导掌权，下面干事的不多，指责谩骂的不少，这也不行，那也不好。真叫你当领导又会怎样呢？也许干得不错，极可能还不如人家。少一些指责，多一些帮助；少一些攻击，多一些实干。马后炮敲边鼓，事后诸葛亮于事无补。

"小曲好唱口难开，樱桃好吃树难栽。幸福不会从天降，社会主义等不来"。我又想起了50多年前看过的电影《我们村里的年轻人》的主题曲。建党100年，我国将全面实现小康社会；建国100年，我们共圆中国梦，这是何等激动人心的伟大事件！这是中国对全人类、全世界的伟大贡献！

湘西是个好地方，人杰地灵，走出了贺龙、廖汉生等开国将帅，走出了民国内阁总理、政治家、教育家、慈善家熊希龄，走出了国画大师黄永玉，走出了著名歌唱家宋祖英，更走出了鼎鼎大名的作家、教授、文史大家沈从文。由于家贫，小学文化的他早早外出谋生，当过兵，还被土匪抓住当过"师爷"。辗转湖南、四川、贵州、广西，20岁漂到了北京。由于举目无亲，没有文凭，过着饥寒交迫的日子。著名作家郁达夫还曾资助过他。经过不懈的努力，终于在文坛上站稳了脚跟。他的散文清新淡雅，小说朴实生动，具有独特的风格。一个小学生，后任中国最高学府西南联大教授。他是个老实人，不会投机钻营，见风使舵。解放前曾著文说郭沫若诗歌写得不错，戏剧好，但小说差，不像小说，像散文。由此得罪了这位文坛"祖师爷"，在香港的报刊上连续发文，斥责沈从文是"粉红色"作家，是资产阶级反动文人。

解放初期，北京大学一些师生又对他进行错误批判，沈从文痛苦至极，自杀未遂，无奈改行到中国历史博物馆当讲解员和文物研究员。他住在故宫博物院附近陋巷斗室里，和夫人张兆和过着清贫的生活。世人也渐渐忘却了这位大作家。一个有毅力、有才华、认真做事的人，不管在哪个地方、哪个行业，都会干出一番事业的。从此，他钻进故纸堆，一坐就是十几小时，用十多年的时间，苦心孤诣地作出了博大的学问。1981年，几经周折，《中国古代服饰研究》在香港商务印书馆出版。这部凝结着他下半生心血的巨著，资料丰富，从旧石器时代晚期至明清，时间跨度万年，涉及的研究对象也远远超出了服饰范畴，堪称一部浓缩的中国古代文化史。甫一问世，引起巨大轰动，成为我国文物史的瑰宝，是一部具有极高文化和美学价值的皇皇巨著，被称为"中国服饰史的第一部通史"。郭沫若去世后，沈从文先生也得到了彻底平反，但已是80岁左右的老人了。他掩面痛哭，多少委屈，多少心酸，多少痛苦，"泪飞顿作倾盆雨"！据说那一届的诺贝尔文学奖决定颁给中国这位杰出的作家沈从文。后一了解，他已去世了，与诺奖遗憾地失之交臂！使中国人获诺贝尔文学奖的时间又推迟了几十年。时也？运也？命也？文章憎命达。天妒英才。

湘西是个好地方，山奇水秀，人间仙境，但感到缺乏统一的科学有序开发。尤其这些年来，一到旅游旺季，人山人海，摩肩接踵，在通往景区的路上和景区，后挤前贴，零距离接触，人声鼎沸，不绝于耳。30多度的高温，挥汗如雨，呼气成云，打破了魅力湘西的千载宁静。这样下去，如诗如画、似梦似幻的人间仙境，还能持续多久？但愿我是杞人忧天吧！

（2017.8.23）

澳洲掠影

澳大利亚国土面积 768 万平方公里，人口 2400 多万，是个典型的地广人稀的国家，是世界上人口密度最低的国家之一。澳大利亚是世界上最大的岛屿和最小的陆地。四面环海，东濒太平洋的珊瑚海和塔斯曼海，其他三面邻印度洋及其边缘海阿拉弗拉海和蒂汶海。澳大利亚是经济发达国家，原以农牧业、采矿业和制造业为主，盛产牛、羊、小麦和蔗糖。这些年，这个资源大国经济结构发生了很大变化，新经济和服务业（金融资产和商业）占据了主导地位。澳大利亚资源中，以动物资源最为突出，动物持有种类多，原始性明显，缺少其他大陆占统治地位的胎盘类哺乳动物，其中有袋类动物 150 种，袋鼠 48 种，鸟类 650 种以上。琴鸟是国鸟。澳大利亚植物约有 1500 个属，12049 种，特有属约 500 个，特有种约 9086 个。合金欢是国花，桉树是国树。这些典型的植物都集中在该国西南部。

澳大利亚在国防军事上很差，也参加过多个战役，屡战屡败，鲜有胜绩，所以在军事上依赖美国，以美国马首是瞻，但是经济上依赖中国。

澳大利亚这块土地上很早就有人类居住，主要是土著人，但作为国家的历史却很短，故称为"古老土地上的年轻国家"。1606 年来自荷兰的欧洲探险家首次接触原居民。1770 年 4 月英国人詹姆斯·库克率船在澳大利亚南岸登陆。1778 年 1 月，英国第一批流放犯在澳大利亚上岸，并于当年建立了第一个流刑殖民地悉尼，之后英国政府及其他国家不断移民，所以澳大利亚最早是一个流放犯人的地方，并由此成为一个国家。直到 1901 年 1 月 1 日，澳大利亚联邦诞生，成为英国的自治领地。1931 年，澳大利亚获得内政、外交的自主权，成为英联邦内的独立国家。因此，澳大利亚建立第一个流刑殖民地至今不过229年，成为英联邦内的独立国家只有区区86年，所以这个国家没有什么人文历史遗迹，名胜古迹更谈不上。不要说远不能和我国的新疆、云南、浙江、江苏、山东、广西等地比，在我看来，也比宁夏逊色。值得称道的是环境好，植被好，空气好。游客所参观游览的无非是植物园、沙滩、海礁，另外，可乘游轮在海上游弋。比较而言，悉尼歌剧院和绿岛大堡礁值得一去。悉尼歌剧院建于 1973 年，是所谓公认的世界七大奇迹之一，三面环水，环境开阔。该建筑造型新颖奇特，雄伟瑰丽，同时也是世界著名的艺术表演中心，每年在该剧场的表演约 3000 场。它不仅是悉尼的艺术殿堂，更是悉尼的灵魂。我仔细地对其观赏（当然并未进入剧场内部），还观看了另外两个悉尼的地标建筑海港大桥和悉尼塔。说心里话，并无震撼的感觉，觉得也不过如此。这也称为世界七大奇迹之一，那中国不知有多少世界奇迹！至于海德公园、蓝山国家公园、鲁拉小镇和其他什么各种植物园等，恕我直言，在我国随便拉出哪个城镇，这样的景点也随处可见。

绿岛大堡礁位于大堡礁的凯恩斯海域，是一座真正的珊瑚岛，被沙滩和硕大的珊瑚礁体系重重包围，非常适合潜游潜水和海底观景，是澳大利亚旅游的首选之地。

新西兰面积 27 万平方公里，人口 400 多万，也是个地广人稀的国家。新西兰位于太平洋西南部，介于赤道和南极之间。气候温和多雨，年降雨量在 2000 毫米左右，天气时阴时晴，早晚温差大，总体感觉比澳大利亚冷一些。1350 年毛利人从波利尼西亚群岛中的库克岛上来到新西兰，成为这里的土著。1769 年詹姆斯·库克率船队来到该岛，1792 年，欧洲人在南岛西海岸建立了最早的欧洲殖民地，1840 年，英国宣布占有新西兰。1907 年新西兰成为英联邦的自治领地，直到 1947 年新西兰才获得了全部的自主权，但仍是英联邦成员。工党和国家党轮流执政。新西兰也是经济发达国家，以农牧业为主，畜产品出口占其总值的一半以上。新西兰全国有羊只 2000 多万，人均 5 只左右，有牛 1000 多万头，鹿近 200 万头。

新西兰是世界上地热资源最丰富的国家之一，喷泉、喷气孔、沸泥塘、间歇泉、死火山不可胜数。热泉资源丰富，北岛中有温度很高的地下水，有水温高达 120 度的高温热泉，毛利人在热泉里做饭煮肉；有喷出地面 13 到 30 米的热蒸汽，有沸腾的泥浆地，有地热发电站，是世界上第二个建成的地热电站。罗吐鲁阿——陶波地热区，被誉为"太平洋温泉奇景之一"。

新西兰可观的景点不少，我认为值得去的有这样几处：一是罗吐鲁阿。这里遍布天然地热和温泉，市郊森林密布，空气中有浓浓的硫磺味，热泉灰黄，泥浆沸腾，毛利文化多姿多彩。二是地热保护区和火山喷泉区。游客置身于地热区内，仿佛腾云驾雾，喷泉定时喷发，擎天水注如喷泉倾泻而出，蔚为奇观，成为罗吐鲁阿的最佳地标。坐在地热区的石阶上，不一会便感到屁股灼热，说是能治痔疮和腰腿疼。三是爱歌顿皇家牧场。这是新西兰最大的观光牧场，占地 135 公顷。这里有红鹿、火鸡、鸵鸟、羊驼、乳牛、绵羊等。游客一到，羊驼（也有人叫驼羊，高大健硕）便冲了过来，游客拿出了事先准备好的草料豆类喂食它们，它们吃完后又去找新的游客。四是奥克兰鸟岛。鸟岛面临大海，波涛汹涌，岛礁耸立，数以万计的各类鸟栖于岛礁上，十分壮观。其中有在其他国家见不到的塘娥等珍稀品种。

澳大利亚，新西兰的羊毛制品很好，品种多，质量优，尤以羊驼毛制作的衣帽、鞋巾、被褥、床垫最佳，值得购买，当然价格不菲。

在澳洲 10 天，在公共场所从未发现一人吸烟，更无酗酒和违反交通规则。如你在房间抽烟多了，或洗澡时间长用的热水温度高，烟雾报警器便会自动报警，消防人员便会匆匆赶来。不好意思，一切费用均由你出。如无力支付，便拘役你。拘役期满，驱逐出境，你以后再也不能踏入这两个国家半步。

新西兰海关检查十分严苛，严禁一切生鲜肉食品、奶制品、蔬菜、水果类等进入海关。就是含有液体的药品也严禁进入。通过人工、仪器、警犬三道防线，一旦发现违规者，惩罚十分严厉，从罚款数千元到数十万元不等，甚至追究刑事责任。有个游客，可能是忘了，把吃了几口的一个苹果带入海关，被罚款数千元，这真成了"金苹果"了。

许多人对其做法不理解，认为太过分，小题大做。其实，人家做的完全正确。在新西兰从无瘟疫传染病，为全世界保留了最后一块净土。

依我的一孔之见，单纯去旅游看风景，澳大利亚是个可去可不去的地方，新西兰很值得一去，去领略一下地球最南端国家的异域风情。

读万卷书，行万里路，才能获得真知灼见，才能得到实践经验。

"不要问我从哪里来，我的故乡在远方"。

只要经济和身体条件允许，迈开你的双腿，去拥抱这个世界吧！

（2017.10.8）

走进西藏

西藏位于我国西南边陲，青藏高原的西南部。南及西南与印度、尼泊尔、不丹为邻，东与四川省以金沙江为界，东南与云南及缅甸相邻，北部与青海、新疆接壤。全区面积123万平方公里，是我国第二大面积的省区，人口300多万。

西藏地处世界最高的高原，有"世界屋脊"之称，平均海拔4000米以上。主要山脉有喜马拉雅山、昆仑山、唐古拉山、冈底斯山、念青唐古拉山等。珠穆朗玛峰海拔8848米，为世界最高峰。主要河流有雅鲁藏布江、金沙江、澜沧江、怒江等。其中雅鲁藏布江在境内长约2057公里，是西藏第一大河。全区有1500多个湖泊，总面积2.4万平方公里，是我国湖泊最多的地区。

西藏属高原气候区，气温较低，降水量少，空气稀薄，日照充足，昼夜温差大。拉萨光照强烈，给人以灼热感。

由于西藏地处偏僻，条件恶劣，基础很差，拉萨的市政建设一般，城市破旧，道路不宽，没什么高楼大厦。最高建筑也不能高于 13 层、110 米的布达拉宫。西藏的财政收入不高，但物价很高。由于气候、水土原因，西藏不生产蔬菜水果、小麦，水稻种植少、产量低，均靠内地供应，因而成本高，价格贵。再加上海拔高，气压低，空气含氧量只有内地的 70%，身体差的人，不适宜在此工作生活。

但越是偏远荒芜之地，美景佳境越多，西藏也不例外。西藏多名山胜水，名胜古迹，是国内外学者、游客科考、旅游、朝佛的理想之地。布达拉宫，位于拉萨市中心，相传七世纪吐蕃王松赞干布为迎娶文成公主而建。这座佛教圣地依山而建，高 13 层，110 米，长 360 米，气势恢宏，装饰堂皇，文物众多。1990 年至 1994 年，国家斥巨资全面维修，使其更加辉煌夺目，成为著名的世界文化遗产。大昭寺，位于拉萨市中心，始建于 7 世纪，后又扩建，为唐代及尼泊尔、印度风格。大殿主供的释迦牟尼 12 岁等身金像，这尊由佛祖自己开光加持的佛像，在佛教徒心中最为神圣，人称"觉卧"，一见便可解脱。大昭寺是拉萨最为古老的寺庙，至今也是整个藏区最神圣的中心寺。寺内还供奉着松赞干布和文成公主、赤尊公主（尼泊尔公主）的塑像。几乎每天，青海、甘肃、四川等地虔诚的佛教信徒，磕着长头，不远千里，来此朝奉，献上最珍贵的珠宝。当然，也有不幸死于途中，同行者把他（她）的一颗牙齿敲掉，带到大昭寺，镶嵌于柱子上，财宝供奉于寺里。藏民在大昭寺点酥油灯，绕着八角街转经，整个八角街响彻"唵嘛呢叭咪吽"诵经声，气势宏大，蔚为壮观。

1300 多年前，文成公主和亲，不远千里，外嫁吐蕃王松赞干布，写下了民族团结、亲善和睦的千古佳话。但事实并非如此。1300 年前，西藏由多个部落统治，后来松赞干布逐渐统一了西藏，吐蕃王国强大了起来。松赞干布多次遣使大唐，请求通商和亲，唐太宗李世民置之不理，他根本瞧不起地处荒蛮落后的吐蕃小国。松赞干布一气之下，发兵攻打大唐的附属小国。之后，又多次大败唐军。李世民无奈之下，公元 641 年，派唐皇室之女文成公主和亲，远嫁吐蕃王松赞干布。既然是战败后无奈和亲，松赞干布当然瞧不起大唐帝国，更瞧不起文成公主。松赞干布有五个妻子，除文成公主外，还有尼泊尔公主（赤尊公主）和三个吐蕃老婆，以及众多嫔妃。文成公主入藏后，前 3 年和松赞干布还有交集，后 6 年连面都见不上。9 年后松赞干布去世，文成公主在西藏活了60 多岁，守寡 30 多年，过着十分寂寥痛苦的生活。这是典型的政治联姻，是一种政治行为。正如恩格斯所说，上流社会的婚姻是政治联姻。没有爱情的婚姻是不道德的。道德不道德，又有什么办法呢？她们做了政治的牺牲品。文成公主死后，其灵位放在了小昭寺。30 年后，又一个政治牺牲品、12 岁的金城公主入藏嫁于吐蕃王尺带丹珠。她为文成公主感到不平，将文成公主和尼泊尔公主的灵位调换，我们今天才看到大昭寺内文成公主的灵位塑像。

西藏除布达拉宫、大昭寺外，雅鲁藏布江大峡谷、卡定沟风景区、尼羊阁、雅尼国家湿地公园、鲁朗风景区、扎什伦布寺以及西藏三大圣湖措木及日湖、羊卓雍湖、纳木错湖都值得一游。

年龄大、身体差的，不宜入藏旅游。

再见，美丽神秘的西藏！

再见，善良淳朴的西藏人民！

（2018.6.12）

辑五　所知所传

文人的雅号

我国古代许多文人雅士都有自己的雅号，这从一个侧面反映了他们的性格特点和情趣爱好。例如：

五柳先生——东晋文学家陶渊明，东皋子——初唐诗人王绩，幽忧子——初唐诗人卢照邻，四明狂客——唐代诗人贺知章，青莲居士——唐代大诗人李白，少陵野老——唐代大诗人杜甫，香山居士——唐代大诗人白居易，玉溪生——唐代诗人李商隐，东坡居士——北宋文学家苏轼，六一居士——北宋文学家欧阳修，山谷道人——北宋诗人黄庭坚，淮海居士——北宋诗人秦观，后山居士——北宋诗人陈师道，石林居士——南宋文学家叶梦得，易安居士——南宋女词人李清照，茶山居士——南宋诗人曾几，放翁——南宋大诗人陆游，石湖居士——南宋诗人范成大，于湖居士——南宋词人张孝祥，后村居士——南宋文学家刘克庄，冲虚居士——宋代女词人孙道绚，幽栖居士——南宋女诗人朱淑真，已斋叟——元代著名戏曲家关汉卿，湖海散人——元末小说家罗贯中，三外野人——元画家郑恩肖，射阳山人——明代小说家吴承恩，龙子犹——明代文学家冯梦龙，清远道人——明代著名戏曲家汤显祖，六如居士——明代文学家、画家唐寅，十洲——明代画家仇英，渔洋山人——清代诗人王士祯，柳泉居士——清代文学家蒲松龄，随园老人——清代诗人袁枚，红楼外史——清代文学家高鹗，云亭山人——清代著名戏曲家孔尚任，一枝叟——清代画家石涛，七峰居士——清代画家汪士慎，八大山人——清代画家朱耷，壶山女士——清代女诗人郭润玉，燕北闲人——清代文学家文康，南亭亭长——清末小说家李伯元，成佛山人——清末小说家吴沃尧，鉴湖女侠——清代诗人、民主革命先驱秋瑾。

从以上可以看出，这些文人雅士的雅号大都以居住地方的特点取号，也有一些反映他们不愿与统治阶级合作、放荡不羁的性格特点。

（1985.9.26）

避讳和忌讳

在封建时代，为了维护森严的等级制度，人们说话写文章，每每遇到皇帝或尊亲的名字，都不能直接说出写出，表示敬避，俗称避讳。

避讳有两类，一类是对帝王和孔子的名字，人们敬避，叫做公讳。孔夫子名丘，不能随便说出写出，清雍正时规定"丘"为"邱"，写时缺少一笔。汉武帝名字叫刘彻，于是改"彻侯"为"通侯"。汉光武帝刘秀，为避"秀"字，当时将"秀才"改称"茂才"。唐太宗李世民，为避其名，用"代"代"世"，用"人"代"民"。西汉的王嫱，字昭君，到了晋代，为避晋文帝司马昭，王昭君被称为明君或明妃。

另一类是家讳，古人要避讳自己的祖亲之名。一般取同义字或同音字来代替，或在原来字上省缺笔划。司马迁的父亲叫司马谈，《史记》中没有出现"谈"字。诗人杜甫，其父杜闲，现存的 1400 余首杜诗中没有出现一个"闲"字。《红楼梦》中，林黛玉因其母叫贾敏，每读"敏"字改念"密"字。写时有意减一两笔。

没听过外国人有此避讳，但外国人却有忌讳。在西方人眼中，"13"是一个跟灾难和不幸联系在一起的可怕又可恶的数字。据说耶稣有 13 个门徒，第 13 个门徒就是犹大，叛变了耶稣，使耶稣被活活钉死在十字架上。因此，人们恨其人，也对"13"这个数字深恶痛绝。所以，在西方，影院没有"13"这个座位号码，饭店、旅馆、医院也不会出现"13"这个数字。

无独有偶，位于东方的日本人却忌讳"四"和由"四"组成的数字。因此，在日本，影院、旅馆、饭店、医院也见不到"4""14""44"这样的号码，甚至连"42"这样的号码也不多见。日本人为什么忌讳"4"这个数字呢？因为在日语中，"4"和"死"发音十分相似，有时甚至完全相同。日本人尤其老年人，讲究迷信，出门办事，讨个吉利，不愿接触到"4"和由"4"组成的数字，引起不愉快的联想，使人扫兴。

避讳在中国已经消失了，人们在读书写文章时不会为此而瞻前顾后了。但外国人的忌讳还存在着，也许哪一天也会消失的吧。

（1985.9.27）

称谓种种

中华民族历史悠久，文明源远流长。在长期的交往中，形成了一些不成规定而约定俗成的称呼，有些称呼，直到今天仍在沿用。

父母称高堂、双亲。称别人的父母为令尊、令堂。妻父，称"泰山""岳父"，妻母称"岳母"。称别人的兄妹为令兄、令妹，称别人的儿女为令郎、令媛。自称父母兄妹为家父、家严、家母、家慈、家兄、舍妹。称别人家的庭院为府上、尊府，而自称为寒舍、舍下、草堂。兄弟称昆仲、堂棣、手足。夫妻称伴侣、伉俪、配偶。对妇女称巾帼，男子称须眉。对老师称恩师、先生、西席、西宾、夫子，学生自称门生、受业，同学之间称同窗。打破年龄、辈份差异而结为好友的称忘年交；不拘形体的缺乏或丑陋，结成不分你我朋友的称为忘形交。在道义上相互支持的朋友称君子交。彼此心意相通，无所违逆的称莫逆交。友谊深挚，可以同生死、共患难的称为刎颈交。有旧的交情称为故交，彼此没做官相结交称为布衣交。以做买卖的手段结交的朋友，因其重利而忘义，称市道交，后称小人交。

遇有不幸，夫妻一方亡故称丧偶，夫逝则称妻为寡、孀。父逝后恭称"先父”“先严”“先考”，母逝后称“先母”“先慈”“先妣”。同辈人加“亡”字，如“亡妻”、“亡妹”等。

在古代，对不同年龄的阶段，都有一两个代称。

总角：古代幼儿，把头发扎成髻，称总角。因此以总角代幼年。

垂髫、髫年：髫，指儿童头上扎起来下垂的短发，后因为以“垂髫”、“髫年”指代儿童。

成童：古指15岁以上，一称8岁以上。因古代男孩成童时束发为髻，又以“束发”为15岁以上之代称。

及笄：笄，指古代妇女盘头发用的簪子。及笄，即妇女到了15岁左右，就要把头发簪起，表示已成年。

弱冠：20曰弱，年少也。冠，帽子。古代男人20岁左右行加冠礼，即戴上成人戴的帽子。而由于还不到壮年，所以称弱冠。因而以“弱冠”代称20岁左右的男子。

而立：“三十而立”（见《论语·为政》），后因称30岁左右为而立。

不惑：四十而不惑（见《论语·为政》）。旧社会言经验较多，遇事能明辨是非，不再疑惑。后用“不惑”作40岁的代称。

半百：50岁称半百。

花甲：60岁称花甲。

古稀：杜甫《曲江》诗“酒债寻常行处有，人生七十古来稀。”后因用古稀做70岁的代称。

耄：《礼记·曲礼》：八九十曰耄，又称70岁以上皆为耄。

期颐：《礼记·曲礼》：“百年为期颐”。人生以百年为期，“期”是说已到百年，“颐”是养的意思。“期颐”是100岁的代称。

（1985.10.8）

杂谈中外人士的姓和名

中国人的姓见于文献的有6076个,其中单姓3848个,复姓2032个,三字姓196个,宋人编的《百家姓》中收入了1594个姓,《百家姓》流传甚广,八九百年间,成了启蒙识字的课本。

名,通常由一个字或两个字组成。除了名外,还通常有字和号,"字"是别名。"号"则是根据自己居住的地方或性格特点,自己或别人给取的另一种称呼。例如,宋代大文学家苏轼,姓苏名轼字子瞻,号东坡居士。唐代大诗人李白,姓李名白字太白,号青莲居士。

此外,古代人又往往以其官职、住处之名称作别号,如杜甫,因其曾任左拾遗而称杜拾遗;他又做过工部员外郎,又称杜工部;又因其在杜陵居住过,又称为杜少陵、杜陵翁。刘备因其在豫州任过刺史,又称刘豫州。柳宗元字子厚,因其祖籍河东,后人又称为柳河东,他后来被贬为柳州做司马,又被叫做柳柳州。

外国人的名字一般都很长,但也有其规律可循的。如越南、朝鲜、日本、柬埔寨、匈牙利等国,儿随父姓,妻随夫姓,就是姓加名。欧洲的德国、法国,亚洲的老挝、泰国、菲律宾、印度等国,则是名加姓,如"克里山奥·雷克托","克里山奥"是名,"雷克托"是姓。阿拉伯人则是名加父名加祖父名。其中祖父名乃本人姓。对普通的阿拉伯人可称名道姓,有地位者只能叫姓。

各国有常用的"三大姓",如中国有张、王、李;朝鲜有金、朴、尹;美国有史密斯、詹森、卡尔森;前苏联有伊凡诺夫、华西里叶夫、彼得洛夫;英国有史密斯、琼斯、威廉斯;法国有马丁,勒法夫瑞、贝纳;德国有萧兹、穆勒、施密特;瑞典有约翰森、安德森、卡尔森;荷兰有德夫力斯、德扬、波尔;西班牙有加西亚、弗郎德兹、冈列兹等。

(1987.8.25)

古代的"衣"和"裳"

古代的服装有远古与近古两个截然不同的形式。上古时主要是上衣下裳，裳就是裙子，男女穿着一样。至于袜子，在古代是兼做裹腿用的，脚上则穿鞋。鞋袜都是用带子系住，所以走路并无不便。即使是武士穿的铠甲，也是同一方式。从商到战国以后，骑马的风气渐渐流行，形式才略有改变。首先是武士，穿裙子骑马，当然是不方便的，于是，便在裙子中间开一口子。但一般的生活习惯还没有完全改变，例如古代席地而坐的习惯一直保留到元朝末年。因为是席地而坐，所以仍以穿裙为便。在此同时，北方因受到外族的影响，通常是穿长袍和靴子，而且他们也不是席地而坐，而是坐在不太高的凳子上的。

隋唐时代，全国统一，生活习惯也渐渐趋于一致，上衣下裳的古老形式不合时代要求，因此，裙子只供妇女穿用，而男子则多穿袍靴。但在正式朝贺或祭祀的大典上，仍旧是上衣下裳，作为朝服。

（2003.7.10）

从冠到巾再到帽子

上古朝代，冠是贵族服饰的标志。在出现了奴隶主阶级不久的夏代，为了显示贵族的身份，就有讲究礼服、礼冠的制度。后来，奴隶社会转变为封建社会，有资格戴冠的除了封建统治阶级外，还有服务这个阶级的士。在汉代，冠有十几种之多，供不同身份的人和不同的场合使用。

至于古代的老百姓，则是用巾包头或节扎发髻。所谓巾，就是用丝或麻制成的。汉末黄巾起义军的农民战士，他们没有冠，只用黄巾包头，所以有"黄巾军"这个称呼。直到现在，西南人民仍有"帕子"包头，想来是古代"巾"的遗风。

后来，汉元帝额上长着头发，不愿被人看见，也用巾束发，于是臣子们都学他的样子，用巾束起发来。到了汉末，王公大臣用巾裹头的风气大盛。

自从统治阶级用巾以后，巾的花样逐渐多起来。南北朝时，北周武帝为了便于军人戴用，用巾裁制成有四个角的东西，一戴就行。这东西叫"幞头"，实际上它已是帽子了。唐代，又有人把四个角改成两只脚。有一种是两脚向左右伸出的，叫"展脚幞头"，是文官所戴；有一种是两脚向脑后交叉的，叫"交脚幞头"，是武官所戴。再到后来就发展成了我们在戏曲舞台上看到的"纱帽"。由于戴帽子比扎头巾方便省事，于是，巾就慢慢地被淘汰了，而逐渐发展成现在的帽子。

（2003.6.12）

健康与长寿

长寿，是人类的共同愿望。生活在优越的社会主义制度下的人们，尤其希望长寿。究竟能不能长寿呢？历代老寿星们的客观存在，说明长寿不仅是人们的美好愿望，而且完全可能成为现实。

在中国，关于长寿老人的传说很多。早在三代以前，黄帝，轩辕氏、少昊金天氏、帝俈高辛氏就年逾百年。唐虞夏商的尧帝、舜帝、禹、成汤也都活了百岁以上。彭祖自尧帝时举用，殷商末年已有767岁，一直活到800岁不知所终。彭祖是我国古代的老寿星和养生家，据说《彭祖摄生养性论》就是长寿经验的总结。道教的祖师老子在周朝时已活了300岁，他著的《道德经》就讨论了人如何才能"长生"的问题。秦朝的崔文子自称是300岁。后汉葛越280岁。

当时在四川还有一个人称"李八百"的，也活到 800 岁，著有《李八百》一卷，是研究年安益寿方药的。这些传说，带有神话色彩，不足以信，但反映了人们对长寿的向往。

但历史上的确不乏可信的百岁或百岁以上的寿星，如东汉的名医华佗"年且百岁犹有壮容"。唐代的孙思邈 100 岁时还著书立说，写成了不朽医典《千金方》。宋代成都的名医谭仁显 108 岁。明代的《修龄要旨》的作者冷谦活了 150 余岁。清代雅安的牟太医活了 120 岁。历史上西藏一位李进忠的老人，据说活了 252 岁，成为世界名列前茅的老寿星。

不仅中国，外国的老寿星也不少。

挪威人尤素夫·苏灵格顿活了 160 岁。巴基斯坦一位部落族长阿福扎尔·穆罕默德活了 180 岁。高加索山区的沃舍梯妇女塔伊巴德·安尼娜娃活了 187 岁。匈牙利农民彼得·苛察尔金活了 185 岁。英国农民托马斯·卡尔尼活了 207 岁。

说起女性长寿者，她们不但有长盛不衰的生命力，还有超长的恒定的美。古罗马艺人柳采雅 112 岁惜别舞台。爱尔兰伯爵夫人杰蒙达直到 140 岁时仍被视为"舞蹈皇后"。

当然，不能单纯追求百岁高龄，而是既要长寿又要健康。就像孔夫子强调的那样"寿而康"。老年人在长期的学习和生活中，积累了宝贵而丰富的知识和经验。正如高尔基所说："每一个老年人的死亡，等于倾倒了一座博览库"。"博览库"会造福于人类。但若只长寿而无健康的身体，终日卧床不起，带病延年，这不仅不能造福于社会，反而给社会和家人带来负担，本人也感到痛苦。所以要健康长寿，这样的长寿老人才能给社会作出更大的贡献！

中国皇帝寿命最长的首推清代乾隆，活了 89 岁，自称为古稀天子。

乾隆为何长寿？经医学专家研究认为，乾隆爱好运动，喜欢狩猎，洗温泉，听音乐。他曾多次下江南，遍游名山大川。他长年温泉洗浴，还经常命乐工作新曲，所谓"月殿云开之曲"。乾隆还注意"节饮食、善起居"。他说："凡人饮食之类，当各择其宜于身者，所好之食不可多食。老年人饮食宜清淡，每兼蔬菜食之则少病，于身有益"。据记载，他有16条养身之道。"吐纳肺腑"：即黎明即起，做深呼吸运动。"活动筋骨"：多进行各种体育锻炼，强身健筋。"十常四勿"：齿常叩，津常咽，耳常弹，鼻常揉，眼常动，面常搓，足常摩，腹常旋，肢常伸，肛常提；食勿言，卧勿语，饮勿醉，色勿过。"适时进补"：进入老年后，需要营养较多，要多吃些富有营养的滋补品。

南宋爱国诗人陆游能做到60年间万首诗，成为我国文学史上诗作最丰的诗人之一，这与他活到86岁的高龄是分不开的。他一生虽历经坎坷，饱经风霜，但至86岁还耳聪目明，能到山间拾柴草。他的祖上三辈中没有一个活到60岁的，他为什么能如此高寿呢？

这除了他心胸开阔，志趣高洁等内在因素外，还有良好的生活习惯。这在他诸多的养生诗篇中都有反映。

陆游十分重视饮食调理。他的饮食讲究"粗足"，多吃蔬食，力求清淡。他喜食粥，认为粥是养生佳品。他十分强调"少饱即止"。他劝老人不要贪一时口福，恣意进食，致生诸病，后悔莫及。

陆游的睡眠有一套"睡功"，适合中老年人参考借鉴。

他主张数息入睡，每晚睡前热水洗脚。陆游以"户枢不蠹、流水不腐"，"动者不衰"为座右铭，"学剑四十年"。年纪大了仍坚持运动，活动肢体。此外，他常做力所能及的劳动，如看书写诗，累了扫扫地，"不如扫地法，延年直差宜"。到了高龄，他还和曾孙玩游戏，享天伦之乐。

不仅中国，外国一些名人政要也颇懂养生之道。

里根是美国第40位总统。在历届总统中，他年纪最大。他的健身奥秘是什么？

户外运动。在高中和大学时代，他是美式足球运动员。每年暑假。还去游泳当救生员。成年后酷爱骑马，身为美国总统，仍挤时间坚持骑马运动。

室内运动。里根的健身计划是由专家制定的，有两套不同的内容，每天轮换，交替进行，每次半小时。有举腿，仰卧起坐，下蹲，举重和一些大家常做的动作。

他锻炼的方法是：坚持每天练习，每次练习时间不宜过长，避免一再重复一个动作，注意逐渐增加运动量，做到身体各部位肌肉都得到锻炼。锻炼完毕淋浴，然后进晚餐。

饮食适当。他身高 1.85 米，体重 68 公斤，体重适当。即便如此，他还是对食物和食量加以控制，绝不暴食暴饮，并已养成很少吃盐的习惯。

英国首相丘吉尔的长寿经。

英国首相、著名政治家丘吉尔是第二次世界大战各国领袖中最后一位离开这个世界的人，活了 91 岁。他的长寿归纳起来有 4 条：

意志坚强、胸襟博大。丘吉尔竞选首相曾几次失败，但毫不气馁，仍然像"一头雄狮"那样去"战斗"，最后如愿以偿。他说过："我想干什么就一定干成功。"他待人宽厚，能够谅解他人的过失，包括那些强烈反对过他的人。虚怀若谷，使他摆脱了许多烦恼。

乐观开朗、诙谐幽默。英国人称他为"快乐的首相"。他的谈话充满了幽默感，甚至在生命垂危之际，也没忘记幽默。当时有人问他怕不怕死，他不直接回答，而是说："当酒吧关门的时候，我就要走了，再见吧，朋友！"

休息有方，兴趣广泛。第二次世界大战最激烈的岁月，丘吉尔日夜不停地奔忙，没有足够的睡眠时间，他就抓住在车上的空隙小憩。德军对伦敦狂轰滥炸时，有人发现他正坐在地下室织毛衣呢！这是他特有的休息方式。他兴趣相当广泛，音乐、美术、文学、军事、政治等无所不通。在绘画上他造诣很深，而文学上曾获诺贝尔文学奖。广泛的爱好，陶冶了他高尚的情操和博大的胸怀，给了他巨大的精神力量。

饮食合理，喜爱运动。丘吉尔喜欢吃新鲜蔬菜，酒、肉从不过量。合理的饮食，保护了他的心血管，延缓了肌肉衰老。他从青少年起，就酷爱文体活动，他还是个游泳健将，喜欢风浴、雨浴和日光浴。40 岁时，他还偷着学开飞机，最后竟驾驶银鹰在蓝天翱翔。

（2001.11.3）

书法、音乐与长寿

书法是我国的传统艺术。练习书法的好处颇多，既可增长知识，又可陶冶性情。同时，它如同练气功一样，还可防老抗衰，益寿延年，尤为老年同志所喜爱。

自古以来，勤于书法而获长寿的人不胜枚举。我国古代的大书法家柳公权活了88岁，虞世南活了89岁。我国现、当代书法大家大都享有高寿。如董必武90岁，郭沫若86岁，于右任85岁，舒同86岁，沈尹默88岁，赵朴初、林散之、沙孟海、费新我等都是长寿老人。活过百岁的也不乏其人。当代著名书法家中闻名遐迩的"南仙北佛"——"南仙"即上海的苏局仙，"北佛"即北京的孙墨佛，都活了100多岁。这二人平时都不大参加体育活动，唯一"运动"的就是"书法活动"。他们从小就开始写字，几十年挥毫不辍。

练习书法之所以能延年益寿，因为写字是一种静力性肌肉活动，它能够平衡和抑制大脑兴奋，调整内脏功能，促进新陈代谢。书法家和书法爱好者每当写字之际，莫不正襟端坐，两脚放平，腰部舒展，头正项直，双目凝视，心静如水，"以全身之力而逆之"，随着起笔、收笔、提笔、顿笔、转折……一个个刚劲秀美的文字跃然纸上，心中杂念悄然消失，这种意境同气功中的"入静"有异曲同工之妙。因此，常年坚持书法实践，可收健康长寿之效。

练习书法，既能陶冶性情，提高艺术素养，又能增进健康，益寿延年，实是一项值得提倡的雅好。

下面，再谈谈音乐和长寿的关系。

音乐能使人长寿，这不是什么秘密。例如，法国作曲家、指挥家圣桑活了86岁，意大利指挥家托斯卡尼尼高寿89岁。立陶宛一名名叫巴·镇塞特的老太太终身喜欢唱歌，竟活到130岁。

人们发现，歌唱家的寿命比其他人的寿命长 10—20 岁。

音乐可以强身健体，这是由于声音来源于震动，人体的本身就是由大量震动体系构成的。心脏的跳动，肠胃的蠕动以及声带的振动，都有各自的特定频率。外界一定频率的振动作用于人体后，人体有关部分会产生共振作用，能使人体分泌出一种有益于健康的生理活性物质，调节血液的流量和神经的传导，使人体保持朝气蓬勃的精神状态。

美国衰老研究者进行一次实验，以 20 名年龄在 28—65 岁的歌剧演员为一组，以非歌手为另一组，测试他们的心脏功能并进行对照。结果表明，歌剧演员的胸壁肌肉更结实，心脏搏动也更有力，肺活量大，心率低于那些年龄在 40 岁以下的非歌手。特别是有些歌唱家有吸烟的习惯，甚至从不参加任何健身活动，但他们仍然保持着较大的肺活量。其原因主要是歌唱所起的作用。正如一位研究人员所说"歌唱时的呼吸肌运动程度类似于游泳、划船和柔道。"所以，音乐爱好者和喜爱唱歌的人，身体健康长寿者多。为了您的健康，您不妨试试。

老年人要延年益寿，就要培养多方面的兴趣和爱好，如读书、写作、下棋、种花、写字、绘画、听音乐、唱歌、收藏、旅游等等，自寻乐趣，自得其乐，进入一个兴趣盎然的广阔精神世界。

（2003.10.23）

春节漫话

春节，是农历的岁首，也是我国最大的传统节日，它象征着团结兴旺和人们对新的一年美好的希望。春节，原在"腊口"（阳历 12 月 8 日），南北朝时，改在岁末。一年二十四个节气中的"立春"在阴历年前后，所以阴历年又叫"春节"。我国许多民族和地区都有过春节的习俗。

大年三十那天，人们在门上糊上门神，贴上春联，在屋里挂上年画，贴上窗花。关于门神有这样一种传说：唐太宗有一天生了病，梦中听到"鬼"叫，睡卧不宁。大将秦叔宝和尉迟恭知道后，全身披挂，手持兵器，侍卫门旁。当夜唐太宗没有做噩梦。以后，他命画工画了秦叔宝和尉迟恭的像挂在宫门上，称作门神。后来众人效仿，也贴此像以避邪恶。

春节时张贴对联由来已久。对联源于古代的桃符。桃符是用桃木制成的。五代时，后蜀宫廷开始在桃符上题写联语。后主孟昶曾题道："新年纳余庆，嘉节号长春"。据说，这是我国最早的一副对联。五代以后，欢庆的祝词换掉了难以捉摸的符咒。后来，桃符为大红纸书写的春联所代替。说起写春联还有个故事，明代的才子祝枝山很爱开玩笑，有次看见人家门上贴着红纸，他就拿笔写了"今年真好晦气全无财帛进门"12个字，主人出来一看十分生气，就要打他。祝枝山说："我明明写的好话，你自己不懂嘛！"就用笔点了几下，成为"今年真好，晦气全无，财帛进门"。主人转怒为喜，避免了一场纠纷。

（2002.2.7）

漫话中秋节

金风送爽，丹桂飘香，一年一度的中秋节到了。每年八月是秋季中间的一个月，而十五又是中间的一天，所以八月十五被称为"中秋"。一年又分为四季，秋季又分为孟、仲、季三部分，分别表示每季的第一、第二、第三个月。三秋中的第二个月又叫仲秋，所以中秋节又叫"仲秋"。

晴朗的夜空，黄昏后，玉盘似的月亮冉冉升起，又大又圆又亮，倍觉晶莹夺目，清爽明澈。"一年明月今宵多"（韩愈）。每至中秋，"已凉天气未觉寒"，正值瓜果飘香，丰收在望。月亮把洋溢的清辉洒向人间，一切都仿佛沉浸在晶莹透明之中，确有天高地广，宇宙无穷之感。

我国大部分地区在中秋夜有合家团聚吃月饼的习惯。中秋吃月饼的风俗流传很广。由于我国幅员辽阔，各地的物产条件和人民生活爱好不同，月饼在制作中、品种上、品味上各有特点，按品种有"潮、京、宁、滇"等式，口味有甜咸之分，馅有荤素之别。

明月皎洁，星斗满天，金风拂面，玉露生凉。人们一边赏月，一边吃月饼，共话改革开放带来的巨大变化，憧憬无限美好的未来。

（2001.9.26）

品味传统过年文化

春节是中华民族最注重的传统节日，它已成为中国民俗文化重要组成部分。在我国各地，在所有华人居住生活的地方，每逢过年，都有张灯结彩隆重非凡的风俗文化活动，寄托了人们对美好生活的向往，对驱病祛灾，亲人健康的祝愿，对摆脱厄运、企盼平安的祝福。所以，细细品味过年文化活动，能体会到年拥有的新的意义、新的激情。

贴春联挂年画，是中国人民欢度春节的一项习俗文化。每到春节，人们在大红纸上书写内容吉祥的春联，贴在房舍大门等处，让人感到春风扑面，意气风发。年画是我国民间绘画艺术中的一朵奇葩，它起源于古代的门神画，以后逐渐演化成木版年画，并形成各具特色的年画。每逢过年，人们便用年画把家里装饰的花花绿绿，给节日增添喜庆气氛。

迎春接福，张贴"福"字是中国人过年的传统习俗。人们在屋门、箱柜、墙壁上张贴"福"字，有的还把"福"字倒过来贴，寓意"福到了"，以图吉利。

守岁，是勤劳的中国人民的一个传统。每年除夕，人们在这"一夜连双岁，五更分两年"的难忘之夜，吃完年夜饭，阖家围坐，交流感情，既感叹岁月流逝，又体味人生乐趣，更珍惜来年光阴，寄希望于新的一年，使这一传统习俗，增添了丰富的文化内涵和思考内容。

舞龙、舞狮、踩高跷、扭秧歌等，是我国传统过年文化娱乐活动。舞龙起源于汉代的"舞龙祈雨"。古人把龙作为吉祥的化身，认为龙是管雨的，以舞龙来祈求神龙保佑，风调雨顺，五谷丰登。狮子是威武雄壮的象征，有百兽之王的称号。新春佳节，人们舞狮子来助兴，希望狮子那威武雄壮的形象驱魔避邪，带来和平安宁。踩高跷、扭秧歌是传统娱乐活动，给年增添欢乐气氛。

元宵节是我国历代沿习的重要节日。"正月十五闹花灯"，在过年的尾声中，再为人们增添一份喜庆。这天，人们吃完元宵，观花灯、猜灯谜（古代叫"射虎"），热闹非凡。花灯作为人们心目中太平盛世的象征，它的造型千姿百态，让人过目不忘。

最早的春节　相传我国原始社会就有"腊祭"之说，夏朝建立后，这一风俗便流传下来。《尔雅·释天》说，"载，岁也。夏曰岁，商曰祀、周曰年、唐虞曰载。"意思是说，在不同的时代，"岁"有不同的叫法。

最早的年画　起源于古代门神画。东汉蔡邕《独断》记载，汉代民间已有门上贴"神荼郁垒"神像，到宋代演变为木版年画。我国现存最早的年画是宋版《隋朝窈窕呈倾国之芳容图》木版年画，画的是王昭君、赵飞燕、班姬和绿珠四位古代美人，一般叫它《四美图》。

最早的对联　据史书记载，五代后蜀皇帝孟昶于964年除夕，命翰林学士辛寅逊题于门上"桃符"板。孟昶嫌其做得不好，就亲自在"桃符"上题联"新年纳余庆，嘉节号长春"。这是至今记载我国最早的一副对联。

最早的贴"福"字　传说始于周朝的姜子牙，即姜太公。当年姜太公封神时，封妻叫"化为穷神"，说："有福的地方你不能去。"从此百姓过年贴"福"字，以驱穷神，寓意"福到我家"。

最早的压岁钱　压岁钱始于唐玄宗天宝年间。《开元天宝遗事》记载，嫔妃们过年，三五结伴做掷钱游戏。为助兴，宫廷金库就拨些钱给她们。后来此风俗就传到民间。

（2002.3.28）

古今名人爱收藏

收藏作为一种业余爱好，能积累知识，陶冶性情，开阔视野，广交藏友，给人带来无穷乐趣。我国有不少名人酷爱收藏，涉猎广泛，藏品丰富，卓有成就。

明代著名散文家张岱，一生嗜好奇石名砚、茶碗酒壶等古玩，还常在古玩上亲笔题铭文。后来张岱家道中落，晚年生活贫困，但收藏古玩的爱好始终未改。

清末著名小说家刘鹗，喜爱收藏书画碑帖，秦砖汉瓦，甲骨泥封，印章石刻等。他不惜重金收藏了5000多片甲骨，潜心研究整理，于1903年编著出版了《铁云藏龟》一书。该书成为我国第一部研究著述甲骨文的著作。清代文人李盛铎爱收藏古墨，他的书斋里珍藏文物历朝尽有，各种各样齐全。因此，他署室名曰"周敦商彝秦镜汉剑唐琴宋元明书画墨迹长物之楼。"其室名之长，堪称历代之最。

我国文学巨擘鲁迅先生不仅是位藏书家，同时也是一位碑图画收藏家。他一生收藏的碑拓多达6000幅，各类字画600幅，鲁迅利用这些史料，著成了《中国小说史略》《中国字体变迁史》两本专著。

国民党元老、著名书法家于右任，喜欢收藏墓志。他先后收藏了北魏墓志300余方，在这些墓志中，有7种鸳鸯志，所以他的斋名叫"鸳鸯七志斋"。于右任还委托白坚武，将他所收藏的墓志，编成《鸳鸯七志斋藏石目录》。

著名书法家、词人张伯驹，不爱仕途爱收藏。为了不让国宝流失，他不惜倾家荡产，重金求购。为了收购隋代展子虔的名画《游春图》等，忍痛卖掉自己的豪宅和妻子的嫁妆。新中国成立后，张伯驹将毕生收藏的文物珍品，陆续以各种方式，捐献给了国家。

著名作家夏衍很早就从事集邮活动，他收藏的邮票中，有晚清发行的"大龙"邮票，中央苏区的邮票和解放初期的邮票，非常珍贵。他收藏的邮票参加过比利时布鲁塞尔、葡萄牙和莫斯科的国际邮展，并获得过金奖和银奖。可惜在"文革"中夏衍的集邮被浩劫多次，损失惨重，现在究竟还有多少劫后之珍，已不得而知了。

著名作家老舍，一生热衷于收藏书画扇。几十年来，集得扇子数百把，其中不乏明清和现代书画名家题诗作画的扇子，也有戏剧名家梅兰芳、尚小云、荀慧生、程砚秋、王瑶卿、汪桂芳、裘盛戎、姜妙香、俞振飞等人的书画扇，琳琅满目，美不胜收。

著名爱国人士沈钧儒出生在一个七代藏石的世家。家中摆满了石头，一生以石为友，生活在一个石头的世界。沈老就是在国内视察，到国外访问，也不忘收集奇石。闲暇时，他常常摆弄着石头，与石头默默交流。现存在中国革命博物馆的一块色泽漆黑、一尺有余的石头，是他在1900年在老河口石滩捡拾的。他的室名"与石居"，其内涵令人深悟。

国画大师张大千是一位大收藏家，他收藏的历代名人画，是为了学习、临摹和研究。他收藏的名画近200件，其中石涛的作品40件，八大山人的作品31件。藏品中不乏稀世珍宝，如顾闳中的《韩熙载夜宴图》、方从义的《武夷放棹图》、董源的《江堤晚景》等。

京剧大师梅兰芳是一位火花收藏家。他收藏的珍品之一是卓别林亲自设计、亲笔签名的火柴盒，那是这位喜剧大师为自编自导自演的《大独裁者》设计的广告火柴盒。梅兰芳在病危时，在卓别林赠给他的火柴盒上签了名，并连同300多枚火花，送给了同样酷爱收藏火花的戏剧家马彦祥。

国画大师徐悲鸿也酷爱收藏。凡属他收藏的名贵藏品，都盖有"徐悲鸿生命"的印记。徐悲鸿一生到过许多国家，每到一处，他都节衣缩食，竭尽全力收藏。

他收藏的唐宋元明清及近代画家的书画，有 1000 余件，珍贵的图片、碑帖、图画等 10000 余件。

当代著名报人、杂文家邓拓酷爱收藏名人字画，其中以古画为主。为了收藏，他走街过巷，深入民间，几乎用尽了自己所有稿费。1964 年，他将个人所藏的一批最好古画共计 154 件，全部无偿地捐给了中国美术家协会。

当代著名散文家、文史掌故家郑逸梅先生，一生热爱收藏。他酷爱集报，曾出版《报海回澜》一书。好藏折扇，撰有《纸巾长铜瓶宝话扇》，并藏有大量名人信札，出版了《逸梅收藏名人手札百通》，为收藏界所珍爱。

著名画家唐云收藏紫砂壶有 50 多年。他的画室，除了字画，就是紫砂壶。画桌上、茶几上、书柜里、床头柜里都放着壶，他的藏品已达百数，藏壶质量之精、款式之多、藏品艺术价值之高，在当今屈指可数。藏品中有"十大彬袯印"壶、"僧帽"壶、"东坡笠"壶、"曼生"壶等，极其名贵。

（2003.3.9）

趣话邮票

谁是邮票之父

据考证，1836 年，作为奥匈帝国邮局工作人员柯西尔，曾向邮政主管当局提出一个构想，就是使用一种可以粘贴的标志，作为可以缴费的凭证，还可以解决邮局柜台当场缴付邮费不方便的问题。柯西尔还写了一份详细的计划。但是维也纳官僚们，谁也不愿意自找麻烦去担负这项繁重的工作，他的建议没有被采纳。但是，柯西尔是最早提出邮票设想和实行办法的人。所以，应该承认柯西尔为邮票的创始人。

到了 1840 年，英国一位叫查尔莫斯的邮局工作人员，辗转听到科西尔这个设想，认为是邮政事业的一大突破，很有采用价值，但他又不了解详细情况，就抱着试探的心情写信给维也纳询问有关情况。他获得了柯西尔的答复和有关资料。查尔莫斯很高兴。经过一番筹划，终于在 1884 年 5 月 6 日，英国发行了世界上第一枚邮票，使柯希尔的理想得到了实现。由于查尔莫斯的推动，邮票才得以诞生。所以，集邮爱好者和邮政史专家都认为也应该给他戴上邮票创始人的桂冠。

至于人们经常提到的"邮票之父"罗兰·希尔，实际上是执行邮票创始计划的人。因此，应该说柯西尔、查尔默斯、罗兰·希尔对邮票的诞生各有贡献，缺一不可。

稀奇古怪的邮票

邮票形式愈来愈丰富多彩。就形状来说，常见的有长方形和正方形，还有斜方形、三角形、椭圆形、菱形、圆形、盾形、钻石形、鹰状形、叶片形、地图形等等。

美国、英国和我国还发行过会发光的邮票。这些邮票大都用纸做。随着科技的发展，邮票又增添了不少新的品种。

丝绸、尼龙邮票 1958 年，波兰为纪念本国邮政事业 400 周年，发行了世界上第一枚丝绸印制的小全张邮票。之后，德意志民主共和国用尼龙纤维，制成了小全张邮票。

塑料邮票 不丹从 1967 年开始，发行了有许多图案的立体邮票。1973 年，发行了唱片邮票，放在唱机上，能放出不丹的国歌和民族乐曲来。1975 年，不丹又发行了古罗马雕塑图案的塑料邮票，每枚邮票都是一幅精美的小型艺术品。

铝、铁箔邮票 1955 年，为纪念本国铝制工业品 25 周年，匈牙利最早用铝制品制成邮票。不丹为纪念本国炼铁工业的发展，发行了世界上唯一的镀锡铁箔邮票。

这些稀奇古怪的邮票，丰富了邮票的品种。由于存世的愈来愈少，已成为集邮家和集邮爱好者收藏的热门。

世界十大珍贵邮票

1847 年发行的毛里求斯邮票，1 便士，红色。

1847 年发行的毛里求斯邮票，面值 2 便士，蓝色。

1848 年—1861 年发行的百慕大群岛邮票，面值 2 分，红色。

1851 年发行的夏威夷邮票，面值 2 分。

1851 年发行的英属圭亚那《棉纺车》邮票，面值 2 分，玫瑰色。

1851 年发行的加拿大邮票，面值 12 便士，黑色。

1856 年发行的英属圭亚那邮票，面值 1 分，洋红底子，黑色图案。

1857 年发行的锡兰邮票，面值 4 便士，暗紫色。

1864–1879 年发行的英国维多利亚女王邮票，面值 1 便士，红色。

1902 年发行的英国《国内官方税》邮票，面值 6 便士，紫色。

世界上最珍贵的邮票

世界上最珍贵的邮票，是 1856 年英属圭亚那发行的洋红色底子，黑色图案的面值 1 分邮票，至今在世界上只有 1 枚。

这枚邮票最初是由一个英国小学生在圭亚那发现的。后来，这个小学生嫌这枚邮票在洋红色底子上，印着一艘黑色帆船，图案简单、粗糙，不好看，便将这枚邮票和小朋友交换。这时，正好有一个邮票商人路过，用 6 先令买下了这枚邮票。后来，经过奥地利集邮家的鉴定，确认这枚邮票在世界上只有 1 枚。1880 年，这枚邮票辗转到了意大利集邮家付拉利手里。1917 年，付拉利去世。根据他的遗嘱，他的全部邮票捐赠给德国邮政博物馆。第二次世界大战后，德国政府把邮政博物馆的邮票充作赔款的一部分，移交了法国。法国政府委托巴黎邮票市场公开拍卖这枚邮票，英国国王乔治五世和各国集邮家争相购买这枚稀世珍品。结果英国集邮家赫恩德用 3.8 万美元买下了这枚邮票。现在，这枚邮票在世界邮票年鉴会上标价已提到 50 万美元，成为世界上最珍贵的邮票。

身价百万的错版邮票

1903 年发行的一枚纪念大航海家哥伦布的邮票，哥伦布正拿着望远镜望着远方。但是在哥伦布时代，望远镜还没发明。

1919 年，德国第一枚航空邮票中，飞机没有推进器，而尾部也没有垂直平衡器。这样的飞机是飞不上天的。

1931 年，印度发行的一枚邮票出现了一个视觉错误：七匹马总共只有四条腿。

1944 年，美国发行的一套关于横贯大陆铁路的邮票，火车头飘出的烟的方向与旗子飘动的方向相反。

1956 年，摩纳哥发行的一张邮票上，有美国总统艾森豪威尔的像，但相片总统的纽扣错钉在右边。按照西方习惯，女士大衣纽扣钉在右边。

1973 年 7 月 4 日，美国发行的一套四张邮票，其中三张月亮的方位与邮票上物体的投影正好相反。

邮票上的教育家

1946 年，瑞士为近代教育学奠基者、瑞士著名教育家菲斯泰洛奇（1746—1822）诞生 200 周年发行了纪念邮票。

1947 年 8 月 27 日，中华邮政为我国古代伟大的思想家、教育家、儒家学派的创始人孔子（前 551 至前 479）发行了诞辰纪念邮票。

1952 年，捷克斯洛伐克为欧洲教育家始祖、捷克伟大的教育家夸美纽斯

（1592—1670）诞辰 360 周年发行了纪念邮票。

1957 年，德意志民主共和国为幼儿园的创始人、德国学前教育家福禄贝尔（1782——1852）诞生 175 周年发行了纪念邮票。

1962 年，前苏联为专门从事改造流浪儿童和犯罪少年的无产阶级教育家马卡连科（1888——1939）诞生 74 周年发行了纪念邮票。

1964 年，前苏联为卓越的无产阶级教育家、少年先锋队的组织者、列宁的夫人和战友克鲁普斯卡娅诞生 95 周年，发行了纪念邮票。

外国邮票上的中国健儿

1958 年，越南发行河内体育场建成纪念邮票 4 枚，其中 1 枚是中国足球运动员张宏根在河内体育场踢球的英姿。

1977 年，朝鲜发行了第 34 届世界乒乓球锦标赛纪念邮票 4 枚。其中 1 枚是女子双打冠军朝鲜的朴英顺和中国的杨莹的倩影。

1984 年，尼日尔共和国发行了一套纪念洛杉矶奥运会的邮票，其中 1 枚是中国选手、亚洲跳远记录保持者刘玉煌奋力一跳的瞬间形象。

1984 年，马里共和国发行了一套 23 届奥运会优胜者纪念邮票，其中 1 枚是 56 公斤举重比赛冠军吴数德的形象。

1985 年，瑞典邮政总局为庆祝 38 届世界乒乓球锦标赛在瑞典举行，特发两枚纪念邮票，其中 1 枚的图案是中国运动员蔡振华勇猛击球的形象。

邮票上的妇女形象

世界上第一枚邮票的图案就是妇女——英国女王维多利亚 18 岁时的侧面肖像。以后，各国邮票上不断出现妇女的倩影。特别是纪念"三八"国际劳动妇女节、母亲节等这些妇女节日的邮票，已经形成了一个集邮专题系列。

中国从清代 1878 年发行邮票起，到 1949 年的中华邮政，邮票图案中，仅有一枚为赈济难民的附捐邮票，是表现妇女形象的。这是中国妇女第一次出现在邮票上，表现的离乡逃亡的一个难妇形象。革命战争年代的解放区，我东北邮电管理局总局于 1947 年 3 月 8 日发行了"三八"国际劳动妇女节纪念邮票，是我国第一枚纪念妇女的邮票。

解放后，我国在宣传、提高妇女地位，保护妇女合法权益方面，作了不懈的努力。反映在我国邮票上，不但有纪念妇女节日的，还有纪念妇女代表大会的。另外，新中国还发行了许多反映各行业妇女工作、生活的邮票，如编 82—85《赤脚医生》、T9《乡村女教师》、J76《中国女排获第三届世界杯冠军》等。

世界上最早的生肖动物邮票

鼠票 "邮票之国"列士敦士登于 1947 年 10 月 15 日发行的，主图为阿尔卑斯山的"旱獭"——土拨鼠。

牛票 梅克伦堡什未林于 1856 年发行的邮票为正方形，方框内大公国徽记——象征力量的牛头。

虎票 阿富汗于 1871 年发行的，全套 3 枚，也是阿富汗发行的首套邮票。

兔票 列士敦士登于 1946 年 12 月 10 日发行的，主图是一只野兔。

龙票 上海海关造册处于 1887 年 8 月发行的，主图为云龙。这也是中国发行的第一套邮票。

蛇票 墨西哥于 1864 年发行的。

马票 德国的布伦瑞克于 1852 年发行的，图案为萨克逊奔马。

羊票 前苏联的土伐于 1927 年发行的，邮票呈三角形，中间主图为羊群，背景为牧羊人和蒙古包。

猴票 马来西亚的北婆罗州于 1899 年发行的，主图为一只猩猩。

鸡票 法国于 1944 年发行的，邮票图案为一只高卢鸡票。

狗票 芬兰于 1887 年发行的，票面红色，圆形框内为一只狗头。

猪票 马来西亚北婆罗洲于 1909 年发行的，主图为奔跑中的野猪。

世界集邮七个第一

第一份集邮杂志 1862 年 12 月，英国伦敦发行的《广告月刊》。

第一个集邮学会 一位叫斯坦科德的牧师于 1861 年在伦敦马可港的教堂内组织的，这是英国皇家集邮协会的前身。

第一次邮展 1852 年，著名地理学家温蒂美伦在比利时首都将他收集的 88 种邮票放置在一个镜框里，公开任人欣赏。

第一个征邮广告 1842 年，一位少妇在英国伦敦泰晤士报刊登的她征求已用过的邮票，用于糊墙与装炉屏。

第一位集邮家 法国巴黎的勒格拉，他于 1850 年开始集邮。

第一位邮商 英国人林肯 1860 年在伦敦开业。他 1854 年收集了 210 种邮票，1855 年增至 310 种。

第一本邮票目录 1861 年 9 月，法国人雷维罗达出版的一本邮票目录，刊名《邮票》。

中国集邮始于何时

据史料记载，中国最早开展集邮活动的地方是上海。1878 年秋，清政府发行了中国第一枚邮票。1880 年，上海清新书店发行的《花图新报》，刊登了一篇 600 多字的文章，题为《各国信馆之印图》。这可以说是中国最早介绍集邮的文章。

辛亥革命初期，上海成立了"上海集邮会"的集邮组织，但主持者都是居住在上海的外国人。直到 1922 年，中国才正式出现了真正的集邮组织——"神州集邮研究会"。1924 年更名为"上海邮界联欢会"，1925 年又更名为"中华集邮会"。该会于 1926 年将中国已发行的四本邮票杂志送往美国纽约，参加了国际集邮展览会，受到展览会评奖委员会的重视，获得了"特别铜牌奖"，这也是国际邮展第一次颁发给中国人的奖品。

中国集邮史上的第一

第一套邮票大龙票发行于 1878 年，全套 3 枚。

第一套航空票于 1921 年发行。

第一套解放区邮票"湘赣区赤色邮政"发行于 1929 年。

第一套解放区纪念邮票，"晋察冀边区抗战军人纪念邮票"发行于 1938 年。

第一套以体育为题材的邮票，是 1952 年 7 月 1 日的"广播操"，共 40 枚。

第一套生肖邮票是 1980 年发行的 T46 猴年邮票。

第一套磷光邮票是 1980 年 3 月 20 日发行的《邮政运输》。

邮票的称谓种种

枚：又称单枚邮票，是大张中不可再撕开的，具有独立邮票功能的最小计量单位。

本：把单一面值或多种面值的邮票，印刷成连票或装订为小薄册出售，称为"小本票"。

卷：通过自动售票机向公众发售的邮票，印成盘状或卷状，由数百枚或数千枚邮票组成，主要在通信中使用。

张：一般指邮票全张，俗称"整版票"。在张的单位中，常见的有邮票全张、印刷全张、小版张、小全张、小型张五种。

邮票全张：邮品厂以成品形式交邮局出售的整张邮票，称"邮票全张"或"普通全张"。

印刷全张：指从印刷机上印出的印张。它通常包含一个或多个邮票全张。

小版张：尺寸规格小的全张邮票。其四周也有完整的纸边及各种印刷标志。

小全张：为了满足集邮的需要，把全套邮票印在同一个面积较小的开张上，称为小全张。

小型张：将不成套的一枚或数枚邮票印在一张上，其四周印有相关说明文字和图案。

连：指邮票没有分开的状态，一般可分为四方连、双连、大方连、横长连等。

双连：连在一起的两枚邮票称为双连。其特殊形式是两枚票颠倒排列，称为对倒票。

四方连：4枚票以田字型连在一起。有同图的四方连和异图的四方连之分。

大方连：4枚以上相连成矩形状。

横长连：整版票中的一行，两旁有纸边，有时也称行。

直长连：整版票中的一列，上下有纸边。

（2003.3.18）

如何收集和处理受损的邮票

集邮是一项高雅有益的活动，它可以增长知识，陶冶性情，增进友谊，一些邮票还能升值，为越来越多的人们所喜爱。但在集邮过程中，如何收集和处理受损的邮票，是大有学问的。

如何除去邮票的污渍。如果是印油污，可用棉花蘸上少许汽油，轻轻地并勤换方向擦拭即可。如果是墨水迹，可将少许食盐溶解在热水中，并将邮票放入，浸泡片刻，墨迹即除。如是污垢迹（如油垢、蜡等），可用两张吸水纸将邮票夹住，用电熨斗在上面略烫一下即可。

除邮票霉斑法。将邮票放在黑纸上，用脱脂棉小心擦拭，霉点可除。切忌用酒精擦拭，以免邮票褪色或使背胶融化。

如何消除邮票皱痕。将有皱痕的邮票，放在水中浸泡15-20分钟，然后取出，平放在两张吸水纸中间，用玻璃板压紧，干后即可复平。

邮票受潮粘接取下法。邮票受潮粘在集邮册上，切不可用力撕扯，可用下列方法取下：

1. 放在烈日下晒一会儿，使胶水融化，即可轻轻揭下。

2. 取爽身粉置于邮票四周，使粉末进入邮票背面，潮湿吸干后。即可揭下。

3. 如果邮票粘得很牢，可暂不要动它，待它干燥后，受潮胶水即可复原，使用镊子取下。

旧邮票如何翻新。邮票存放时间太久，会泛出黄色。可取少许食盐放入加热的牛奶中融化，待晾凉后，将变色的邮票放入浸泡，约一小时左右，将邮票取出，用清水冲洗干净，放在吸水纸上吸干即可。

邮票粘联分不开。带有背胶的邮票不慎相互粘连在一起时，不要用力撕，以免损伤背胶。可把邮票放在热水瓶口，利用热水即可使邮票卷曲而自动分开。

邮票揭薄如何补救。被揭薄的邮票，可用水稍湿一下，而在揭薄处涂上一点胶水，贴上同样大小的薄纸，然后滴一点水，用吸水纸盖上，取一支铅笔在上面来回滚动，将其压平即可。

集邮册防潮法。平日尤其是阴雨天，可将集邮册放在干燥通风处存放。在进入阴雨季节时，将集邮册放在塑料袋中，扎紧袋口密封存放。

定期祛潮防霉。方法是：将集邮册打开成扇形，竖立在桌子上，每页之间留些空隙用自然风或电风扇吹一吹。

（2002.1.29)

世界上最珍贵的贺年片

外国人所推崇的一张世界上最珍贵的贺年片，是珍藏在英国首都伦敦博物馆里的一张纯金贺年片，这张贺年片是 1943 年圣诞节前夕，美国总统罗斯福赠给英国首相丘吉尔的。

人们之所以认为它是贺年片中珍贵之最，一是赠者和收者是当时世界名人、国家元首和首相，又是盟军最高指挥官，又处在第二次世界大战的关键时刻。所赠所收虽只一片，其意味格外深长。二是此片系由纯金压制而成，画面独具特色：上面是一位慈祥的圣诞老人，怀抱一只口含橄榄枝的可爱的和平鸽，寓意更耐人寻味。

然而，一些人参观过此贺年片后，仅为其金属的价值和精湛的工艺所倾倒，而忽略了远比这高得多的"实用价值"。这不由使人想起我国也有两张可堪称世界上最珍贵的普普通通的硬纸币贺年片来。

一张是 1920 年上海共产主义小组亦即中国共产党上海发起组的一位同志，在新春佳节来临之际，将还在翻译中的《共产党宣言》中的战斗口号："全世界无产者，联合起来！"写在贺年片的背面寄给同志们。

另一张是 1967 年新年前夕，宋庆龄同志像往年一样寄赠给刘少奇同志的"恭贺新年"的贺年片。此片除了下款宋庆龄同志亲笔所书之外，不著一字，但对刘少奇同志及其一家都是"莫大的鼓舞"。"黄金再贵终有价"。这张"珍贵的贺年片"，给人的力量及其自身所蕴藏的巨大内涵，不是用黄金所能度量的。

（2002.9.9）

世界十大天价名画

梵高的《嘉合医生画像》，成交价 8250 万美元，其天价至今无法可撼。

第二名是雷诺瓦的《煎饼磨坊》，1900 年以 7810 万美元的高价卖出。

梵高的《未留胡子的艺术家画像》，名列第三，1988 年以 7150 万美元拍出。

第四名是塞尚的油画《窗帘·小罐和高脚盘》，1999 年被索斯比在纽约以 6050 万美元成功拍卖。

2000 年年底，佳士得在纽约以 5500 万美元拍卖的毕加索油画《双手交叉的妇人》，是世界第五高价油画。

14 年前以 5390 万美元高价被索斯比拍卖，从而引起轰动的梵高名画《鸢尾花》纪录被刷新，由当时的第一天价名画退位到现在的世界第六天价名画。

接下来的四幅名画全由毕加索包揽，画名和价格分别为《皮耶特婚礼》，1989 年以 5165 万美元在巴黎卖出；《梦》，在 1997 年以 4800.4 万美元卖出；《尤·毕加索》1989 年以 4780 万美元卖出；《灵活的兔子》，1989 年以 4070 万美元卖出。

（2002.8.2）

钞票中的珍品

1848 年，英格兰印刷了 11 张"百万英镑"的巨额钞票。许多专家认为这样大面额的钞票用途不大。于是英格兰银行决定销毁 10 张，保留其中 1 张，盖印注销后送给银行一位职员做纪念。这位职员逝世后，伦敦著名的斯宾克钱币古董店低价收购了这件纪念品。1882年，这张钞票被一位收藏家买去，价格为1.6万英镑。

现在称得上罕见的钞票还有印加时期的纸钞、丹麦格林岛上发行的以鹅为主题的纸钞、中国明朝时期用桑树皮制成的钞票、英国1790年发行的英镑纸钞等。另外，变体纸币更是钞票中的珍品。如漏印英国女王头像的英镑、缺印面额数目的美钞、缺少某项内容的错钞等都属此类。到目前为止，行家公认最怪异的变体钞票是一张有"魔鬼的脸"之称的加拿大1元面额的纸钞。这张1954年出品的纸钞，无论从哪个角度看，都可看到一张撒旦的脸在女王左耳发卷后，若隐若现。这张纸钞价值连城。

（2002.10.7）

年画史话

年画，线条明朗，色彩鲜亮，图案有趣。逢年过节，年画成了人民群众家中节日气氛的点缀。

年画最初并不是画在纸上，而是画在门上。在《风俗通义》等史书记载中，老百姓过年常在门上画一个大门神，借以消灾通福。古时候最早的年画是宋金时山西平阳姬氏刻印的木版年画《隋唐窈窕呈倾国之芳》。而年画中最有名的是明代《天宫赐福》《福禄寿喜》等。到了清朝中叶，年画的制作达到了高潮。戊戌变法时期，维新派彭贤孙在《京话日报》上发表文章，呼吁年俗画配合社会变革，提出了"改良年画"的主张。随即，天津杨柳青、齐健隆画店首先刻印了反映禁吸鸦片、兴办学堂、女子自强等内容的年画。不久，我国形成了驰名中外的四大民间木版年画，即天津杨柳青、苏州桃花坞、四川绵竹、山东潍县。他们的年画都是木刻水印，不但在国内人们都争相购买，甚至远销亚洲不少国家。

后来，上海郑曼陀制造的"挂历年画""月历年画"又风靡一时，把年画的繁荣提到一个新阶段。

现在各种新内容、新形式的年画已普及到广大城乡，摒弃封建迷信等不健康的色彩，生动、活泼地反映了我国人民健康、愉快、幸福生活和昂扬向上的精神风貌。

（2002.8.11）

哪些图书版本有收藏价值

精印本：是指精装印刷本或特殊印刷本。如1993年9月初版《夏洛外传》，只印了精装本50册。

签名本：1991年巴金先生签名的《随想录》编号特精书，在上海卖价高达1.3万元，创下了国内40年拍卖书价的记录。

初版本：初版本书大都由作者亲自监督印刷和校对。如著名诗人臧克家的第一本散文集《乱莠集》，成为收藏界的珍品。

未裁本：是指书的边缘不曾裁剪的书籍，又称毛装本或毛边本。

孤本：黄裳先生的《锦帆集外》一书，当时只装帧两册，因而成了孤品。

港台原装本：港台文史类的原版本，由于印刷精美而备受内地收藏家的喜爱。

古籍版本：年代越久远的图书，越有收藏价值。

"文革"版本：有些"文革"版本的图书也具有收藏价值。

（2002.12.2）

绿宝石之王——祖母绿

绿宝石中要数祖母绿最美丽最珍贵了。它鲜若翠羽，碧如新竹，晶莹剔透，光彩照人，有"绿宝石之王"之称。优质者，其价格可与贵重的钻石相比。0.2克（1克拉）中的优质品，售价可达数百美元甚至上万美元。1977年，一对重3.67克（18.35克拉）的祖母绿耳环，售价高达52万美元。

祖母绿宝石是通过"丝绸之路"传到中国的。"祖母绿"之名源于波斯语"珠姆路得"。陶宗义在《辍耕录》中称"助木剌"，宋应星的《天工开物》记载的"珇坶绿"是波斯语的音译。

祖母绿的矿物是绿柱石，其化学成分是玻铝硅酸盐，含有铁、铬、铯、钒、锂等微量杂质元素，导致绿柱石呈现不同颜色，但只有符合含铬呈鲜绿色的才称祖母绿。在绿柱石宝石的成员中，还有水蓝宝石、星彩绿宝石、绿宝石猫眼石等。湖南省产的海蓝宝石也属于绿柱石宝石的一种。

祖母绿稀少而珍贵，常有赝品出现，如用绿色玻璃及绿色电气石（碧玺）等，冒充祖母绿。现在人造祖母绿也出现了，更需加以鉴别和警惕！

（2002.8.27）

珍品字画的存放和修补

得到一张珍品字画不是易事。有的珍品字画价值连城。那么珍品字画如何存放和修补呢？

先将字画平放在干净的桌案上，然后把手洗净擦干，先松松卷起，再一手握画卷，一手旋转轴头，使边沿齐整，将画卷紧紧卷牢，再用干净的白纸包妥，然后用画带捆扎，平置于书柜内，且不可堆放和竖放，更不可在上面放东西。最好装入楠木或樟木盒中，如无楠、樟木器，也应放入棉布做的画带中，切忌用塑料袋存放，以免不透气而生霉。存放的书柜中还应放上樟脑丸吸湿剂。存放一定时间后，应拿出来挂几天透透气，再存放，以确保字画的艺术价值。

找一块干净的平玻璃，将要补的字画放在上面，用小木板蘸少许胶水或浆糊，均匀涂在字画破口的断面上，然后进行拼接，再用手指背轻轻把接口抹平，待晾干后即可。如果接口处纹粗，可用小刀背轻轻碾压几下就平滑了。如字画撕口较长，可分段修补，以免太长容易起皱。如破损较重，撕口有小洞、小缝隙，可用小刀背面在破口处向里轻轻碾压，使回缩翘起的毛边伸展、复原，再用上法粘补。如遇有含水分少的画纸如素描、连环画等，如做局部修改，宜用相同质量的纸照上法挖补。如能精心修补，就是行家也难发现破绽。

字画有了雨痕时，可放入砂锅中盖片刻取出后晒干，并用重物压平，雨痕则消失。

（2001.12.18）

如何鉴别珍珠水晶玉器

钱币、邮票、文物是收藏者重点收藏对象，珍珠、水晶、玉器也为收藏者所喜爱。但文物市场假货赝品很多，如您缺乏这方面的鉴别知识，就会上当受骗，花了钱买了假货，令您后悔莫及。

如何鉴别真假珍珠

1. 看弹性。珍珠有弹性，如从 70 厘米的高处落到玻璃地板上，真珍珠可弹起 37 厘米高左右。

2. 珍珠分为透明体，具有折光优点，有珠光。

3. 取一粒珍珠用门牙轻轻摩擦珠子，感到毛糙有颗粒状，或者两者摩擦，稍有粗糙感的是真品，非常光滑者为赝品。

天然珍珠是由蚌自然生出来的珠子，但为数极少，市场上大多是养殖珠，分海水和淡水养殖。淡水养殖比海水养殖的价格便宜得多，两者区分方法是看形状，海水珠是极标准的浑圆形，而淡水珠则为扁圆或椭圆形。

此外，市场上还有一种人造珍珠，看起来很漂亮，但价格便宜。区别是分别将两粒珍珠轻轻地对磨，非常光滑的是假珍珠，而稍有阻涩感的是真珍珠。

如何鉴别水晶

人们常说的水晶，一般是指结晶水晶，主要有以下几种：

1. 白水晶。最纯的水晶就是透明的水晶，常用来做首饰、耳环、戒指、别针等。

2. 黄水晶。在所有的黄色宝石中是价格最便宜的一种，其中略带橙红色的，价值虽较高，却不是天然的黄水晶，而是用晶质较差的紫水晶经热处理而成的。

3. 棕黄水晶。常称为茶色茶晶，一般用来做茶镜，光色有深有浅。

4. 紫水晶。价值较一般的水晶高，品质好的紫水晶是切磨成方、长、圆的式样。

如何识别假玉

市场上常见的假玉，有塑胶、玻璃、电色等，识别方法是：

1. 塑料的质地比玉轻，硬度差，一般易辨认。

2. 着色玻璃，拿到阳光下或灯光下检查，如中间有气泡，则是假的。

3. 电色假玉比较难辨认，它是经过电镀，给劣质玉镀上一层装饰的翠绿色外衣，极易被误认为是真玉。此时应仔细观察，如果上面有一些绿中带蓝的小裂纹，是因为电镀时留下的，行家称为"蜘蛛爪"。将其放在热油中，电镀色即消退，露出本来面目，说明是假的，也可用金属棒轻敲一下，声如玻璃者为真，声如石头者为假玉。

要判断一块玉的优劣，主要先看颜色，玉以白色为佳。碧绿色者也较好，色泽暗淡或微黄者次之。

此外，还要看它是否具有浓郁、鲜明、纯正、柔和的特点，如符合以上条件即为白玉，翡翠属于硬玉，是颇受人们喜爱的宝玉之一，市场上的假翡翠不少。鉴别的方法是：首先看其透明度，玉质透明或近似透明为最好，半透明者次之，不透明且发干，不滑润者更次之。

其次看色彩。翡翠有红、紫、灰、绿、黄、白等颜色，其中绿色最名贵，优质翡翠绿色浓郁、透明、无杂质，用硬器敲击清脆响亮。

其三看形状。翡翠形状没有切磨成刻面的，多为圆形、椭圆形和橄榄形，不管什么形状，都以正常、完美的形状为佳。

（2002.1.22）

漫话连环画

我国连环画的历史源远流长，可以追溯到公元以前，早在春秋战国时期的青铜器上，就有记载攻战事迹的连环画。连环画定名为"连环图画"，源于20世纪10—20年代上海出版的一批连环画。这些画册每页以绘画为主，既注意图文结合，又注意画幅之间的连续性。而且这些连续性根据故事的发展，环环相扣，引人入胜，使连环画一跃成为广泛流行的群众读物。连环画最早以上海为发源地，很快风靡全国。"小人书"为连环画的俗称，不仅指连环画的读者为少年儿童，还含有连环画的人物，比大幅画要小，而且有许多人物形象，故名"小人书"。连环图画这个名称一直沿用到新中国成立，50年代初期，又统一改为"连环画"，沿用至今。

20世纪初期的连环画册，大都是石印或铅印，大小相当于现在的48开或50开。绘画吸收旧本小说的绣像画法，基本上是线描，人物刻画注意个性特点，善用写实手法，画幅之间注意衔接。在旧上海的连环画家中，影响较大的有赵宏本、钱笑呆、严绍唐、沈曼云、周云舫、陈光镒、胡若佛、张令涛、颜梅华等。有些连环画家在解放后，继续从事连环画工作，为连环画的普及和发展做出了突出贡献。著名连环画家赵宏本、沈曼云、钱笑呆、陈光镒被誉为连坛的"四大名旦"。

新中国成立后，由于党和政府的重视和大力扶持，连环画事业又有了突飞猛进的发展。1950年，文化部艺术局成立了大众图画出版社，主要出版连环画、年画等通俗美术出版物。随后又组建了连环画编辑和创作部门，上海、辽宁、天津、河北等省市的美术出版社，也都把出版连环画作为一项重要任务，很快出版了一批优秀作品，并建立一支编创队伍。至此，连环画工作呈现出有计划、有规模地进行选题、编绘出版的新局面。

连环画的题材以表现现实生活为主，但又十分广泛多样，当代和古典文学名著、戏剧、电影、外国文学、童话、神话及革命先烈、英雄模范等等都是连环画的内容。连环画的艺术形式也是多种多样，以线描为主，又有线描加皴擦、素描、铜笔复线、水墨、水彩、木刻、剪纸等等。画家的特长得以自由发挥，并逐步形成各自不同的风格。刘继卣绘画的《鸡毛信》、顾炳鑫的《渡江侦察记》、贺友直的《山乡巨变》、王叔晖的《西厢记》、华山川的《交通站的故事》、王弘力的《十五贯》、赵宏本、钱笑呆合作的《孙悟空三打白骨精》、丁斌曾、韩和平的《铁道游击队》、程十发的《孔乙己》、费声福的《风暴》等等，都是五六十年代连环画创作的精品，也是连环画创作的巅峰时期。值得一提的是，这时期还出版了一些根据古典文学名著编绘的篇幅浩繁、工程巨大的长篇连环画，如人民美术出版社编绘出版的 26 集《水浒传》、上海人民美术出版社编绘的 60 集《三国演义》和 15 集《岳飞传》以及根据世界文学名著编绘的《钢铁是怎样炼成的》，高尔基的《童年》《在人间》《我的大学》和《青年近卫军》等等，风格迥异，各具特色，在社会上尤其在青少年中广为流传，经久不衰，至今无出其右者。

从 1949 年至 1963 年 14 年间，我国共出版连环画 1.2 万种，7 亿多册，按当时的全国人口，人手一册还有余。"文革" 10 年中，连环画事业遭到极大破坏。这 10 年出版的连环画，无论品种、数量都不多，质量总体不高，大多是以 "工农兵创作组" 和大批判组集体编绘的反映 "文革" 内容的连环画。但这一时期也有少量精品连环画值得一提，如《白求恩在中国》《无产阶级的歌》《闪闪的红星》《黄继光》《035 号图纸》等，给荒芜多年的连坛增添了几分亮色。从粉碎 "四人帮" 到 20 世纪 80 年代中期，我国连环画创作出版又出现了高潮，无论连环画的品种数量以及质量，都有了巨大发展和提高，呈现出更加绚丽多彩的繁荣局面。令人遗憾地是，从 20 世纪 80 年代中期开始，由于文化图书市场在拜金主义的冲击下，国外卡通连环画大量涌进，而我们的一些出版社和编绘者，在利益的驱动下，粗制滥造的 "跑马书" 充斥连坛市场，败坏了广大读者的胃口。而连环画的编创出版发行等方面的改革，一时跟不上新的需求，致使连环画事业走向低谷，出现萎缩局面，步入新的困境，至今也没翻过身来。

现在，连环画不仅仅是通俗普及读物，也成了广大连环画爱好者的收藏品了。因而，一些 "文革" 前和 "文革" 中的名家编绘、名社出版的品相较好的连环画，成了人们收藏的重点和热门货，其价格也火箭般的上升。一本解放初出版定价 8 分钱的连环画《人民公敌蒋介石》，现在拍卖到数百元甚至千元左右。20 世纪五六十年代出版的 60 册一套的《三国演义》，当时价格只有十几元，现在升值为 1 万多元，还常常有价无市，很难购到。总之，"文革" 前和 "文革" 中出版的品相较好的精品连环画，每本大都在数百元左右。现在 40 岁以上的连环画爱好者，还深深怀念那个时期连环画的兴旺景象，每个人都能说出一段钟情连环画的故事。令人欣喜地是，人民美术出版社、上海人民美术出版社为了连环画的发展和繁荣连坛市场，满足连环画爱好者的愿望，这几年又有计划地陆续重新整理出版"文革"前和"文革"中部分连环画精品，纸张、印刷都很精美，开本也比过去大，美观精致大方，使人爱不释手。当然价格也不菲。

我们相信，有着五千年辉煌历史和悠久文化的泱泱大国，尽管连环画现在仍在低谷中徘徊，但这只是暂时的现象。时代需要优秀的连环画，人民需要优秀的连环画，尤其是广大少年儿童需要优秀的连环画。哺育了我们一代又一代并伴随我们成长的优秀连环画，具有永恒的魅力和生命力，它不会永远消亡，必将再放射出绚丽的光彩！

（2002.1.28）

简述新中国连环画创作全国四次评奖情况

新中国成立后，由于党和政府的重视和大力扶持，连环画事业有了突飞猛进的发展，呈现出一派欣欣向荣的景象。

1963 年，由文化部和中国美术家协会联合举办了首届全国连环画创作评奖活动，共有 53 部作品获绘画奖，27 部作品获脚本奖。此外，还对长期从事连环画创作脚本编写和编辑工作有突出成绩的同志授予连环画工作劳动奖。绘画一等奖共 6 部，它们是《山乡巨变》（贺友直绘）、《穷棒子扭转乾坤》（刘继卣绘）、《铁道游击队》（1—10 册，丁斌曾、韩和平绘）、《孙悟空三打白骨精》（赵宏本、钱笑呆绘）、《我要读书》（王绪阳、贲庆余绘）、《西厢记》（王叔晖绘）。

《渡江侦察记》（顾炳鑫绘）、《交通站的故事》（华三川绘）、《东郭先生》（刘继卣绘）、《屈原》（刘旦宅绘）等 12 部作品获绘画二等奖。另有

35 部作品获绘画三等奖。

《鸡毛信》《穷棒子扭转乾坤》《风暴》《屈原》获脚本一等奖；《铁道游击队》等 8 部作品获脚本二等奖；《交通站的故事》等 15 部作品获脚本三等奖。卢敦良、孙世涛、刘兰等 14 人获连环画工作劳动奖。

1981 年，由文化部、中国美术家协会、国家出版局联合举办了全国第二届连环画创作评奖活动，共 110 件作品获奖，其中绘画 77 件，脚本 33 件。《白求恩在中国》（许荣初，许勇绘）、《白光》（贺友直绘）、《十五贯》（王弘力绘）、《白毛女》（华三川绘）、《伤痕》（陈宜明、刘宇廉、李斌绘）共 5 部作品获绘画一等奖；《十五贯》（贺友直绘）、《十二品正官》（胡博综绘）等 72 部作品获绘画二等奖。《中国成语故事》《胆剑篇》《草原上的小路》获脚本一等奖，《十五贯》《十二品正官》等 30 部作品获脚本二等奖。王里、王叔晖、叶坚铭等 19 人获连环画工作荣誉奖。

1986 年，由文化部、中国美术家协会联合举办了第三届全国连环画评奖活动，共 123 件作品获奖，其中绘画 62 件，脚本 40 件，封面设计 21 件。这届在评选奖项上与前面两届有所不同，设立了作品荣誉奖、绘画创作奖、优秀封面奖、优秀编辑荣誉奖。

《人到中年》（尤劲东绘）、《月牙儿》（李全武、徐勇民绘）、《邦锦美朵》（韩书力绘）、《罗伦赶考》（高云绘）共 4 部获作品荣誉奖、绘画一等奖；《嘎达梅林》（许勇、顾莲塘绘）、《辛弃疾》（陈全胜绘）、《钗头凤》（卢甫圣绘）、《雪雁》（何多岺绘）共 4 部获绘画二等奖；《人生》（聂鸥、孙为民绘）等 15 部作品获绘画三等奖。

绘画创作奖一等奖空缺，《长生殿》（高云绘）、《廖仲恺》（雷德祖绘）等 31 部作品获二等奖；《红楼梦故事》（戴敦邦绘）等 31 部作品获三等奖。《人到中年》《中国诗词故事》《钗头凤》《广告楼》4 部作品获脚本一等奖；《乐叔和虾叔》等 16 部作品获脚本二等奖；《袁世凯窃国记》等 20 部作品获脚本三等奖。《长生殿》等 21 部作品获优秀封面奖。王丽铭、甘礼乐等 7 人获优秀编辑荣誉奖。于沙、王弘力等 49 人获连环画工作荣誉奖。

1991 年，由新闻出版署、中国美术家协会、中国出版工作者协会等联合举办了第四届连环画评奖活动，共有 72 部作品获奖，其中绘画 30 件，套书 23 件，脚本 12 件，封面 7 件。

《地球的红飘带》（沈尧伊绘）、《靖宇不死》（赵奇绘）、《呼兰河畔》（侯国良绘）获绘画一等奖；《春桃》（颜宝臻绘）等 12 部作品获绘画二等奖；《斗牛人》（李树仁绘）等 15 部作品获绘画三等奖。鉴于 80 年代后期连环画套书迅猛突起之势，连环画园地出现了新的生机，所以这次评奖专门增设了"套书奖"。《世界文学名著》连环画丛书（共 15 集，雷德祖、丁世弼绘）、《西游记》共 10 集（高云、于水、胡博综、徐恒瑜绘）、《中国古代传奇话本》（贺友直等绘）获优秀套书奖一等奖；《新编十万个为什么》（陈大元等绘）等 8 部作品获二等奖；《世界寓言话库》（高燕等绘）等 12 部作品获三等奖。《十日谈》（李曙光等绘）等 7 部作品获优秀封面奖。《我的儿子安珂》（胡莘华）获文学脚本一等奖；《谁对谁不对》）（朱小莹）等 6 部作品获脚本二等奖；《探险奇观》（海岩）等 5 部作品获脚本三等奖。

这四次全国性的连环画评奖，虽然不能说全部囊括了连环画的佳作，但绝大部分佳作精品尽在其中。也可以看出连环画创作出版的迅猛发展和取得的辉煌成就！

（2002.3.28）

悼念"连坛"大师贺友直

贺友直先生是 2016 年 3 月 16 日去世的，享年 94 岁，高寿。解放后连环画名家基本上都是解放前成长成名的，没几个高学历，大都是中小学毕业。由于家贫，早早走向社会养家糊口。看来，要把事情做好，勤奋少不了，还需要天赋。贺老会生活，爱吃会吃，喜欢饮酒，是个吃货。但住的房子很狭仄，是几十年前的老房子，因为住惯了也不愿搬家。他画农村题材连环画最拿手，是连坛大家，中国一流画家。其代表作《山乡巨变》1963 年获第一届连环画评选绘画一等奖。当时一等奖共有 6 件作品，是从全国几十万部作品中评选出来的。除了《山乡巨变》外，还有赵宏本、钱笑呆的《孙悟空三打白骨精》，刘继卣的《穷棒子扭转乾坤》、王叔晖的《西厢记》、丁斌曾、韩和平的套书《铁道游击队》、王绪阳、贲庆余的《我要读书》。当时的一等奖没什么奖金，只发个获奖证书。如果是现在，给几十万也不算多。人是要有点精神的，没钱不好办事，光有钱也未必办成。贺老除了《山乡巨变》外，代表作还有《朝阳沟》《李双双》《白光》《十五贯》《小二黑结婚》等。贺老是个认真勤奋的人（当时的连环画工作者都具备这样品格和精神）。他在创作《山乡巨变》前，除了反复读小说原著外，还和脚本改编者一起到湖南农村，同社员同吃同住同劳动，深入体验生活很长时间，仔细认真观察了解人物的一举一动。他的连环画绘画方法基本都是线描，但和王叔晖等线描工笔大师不一样。王叔晖的线描非常细致，无论是人物还是背景，都十分细致，丝丝入扣。而贺友直先生虽也采用线描的方法，但他的线描还带有漫画的幽默夸张的风格。无论是正面人物还是反面或落后人物，寥寥几笔，维妙维肖，栩栩如生，令人忍俊不禁。这需要对生活认真体验，仔细观察，反复构思，更需要深厚的功力。他常常为一幅画面画了很多幅，反复比较修改。随着老一代连环画家的谢世，他们的作品也成了绝响。

（2016.3.18）

电影漫话

电影是一种特殊的媒介手段，是物质生产和精神生产的结合物，是一门综合艺术。电影是一种用现代科技（声、光、电、化、自动控制等）手段全面装配起来的集艺术、审美及大众娱乐功能于一体的媒介手段。

电影的发明，经过 19 世纪许多科学家无数次的探索和试验。但它真正诞生的日子，通常是从 1895 年 12 月 28 日，法国人卢米埃尔兄弟在巴黎第一次公开放映他们制作的《工厂大门》《火车进站》等最初的电影片段时开始算起的。电影形成的时候，正是资本主义迅速向全世界扩张的时期。电影这个帝国主义时代的新奇发明，也随着殖民者的足迹迅速地蔓延到世界的各个角落，也很快传到了中国。电影自诞生以来历经默片（1895—1927）、有声片（1927—1935）以及彩色有声片（1935 年以后）等发展阶段。

中国不仅在亚洲是最早首映电影的国家之一（另一国家为印度），而且在世界各国也是较早传入电影的。电影是 1896 年上半年经由香港传入中国内地的，但最早进行商业放映的地方是在上海。据上海《申报》所刊广告，1896 年 8 月 11 日，在上海徐园内的"又一村"放映了"西洋影戏"，这是目前所知电影在中国放映的最早记载，距电影诞生（1895 年 12 月 28 日）仅半年多。

电影的传入对于现代中国文化与现代中国人的精神生活产生着深刻久远的影响，开阔了中国的眼界。电影是一种有效的商业性的大众传播媒介，也是一种高艺术水准的文化产品。电影的动态的综合造型手段使得中国人的审美意识产生了飞跃。而影院观赏窥视心理也冲击着中国人传统的伦理泛化的艺术接受心理。中国人的文化生活由传统向现代的这一转变，不仅对各个领域的中国现代文学艺术的创作产生着直接的深刻的影响，而且也潜移默化地影响着现代中国人的社会公众领域与个人生活方式，从而使电影成为电视出现以前中国人最主要的文化消费领域。

中国自行摄制的第一部无声电影是京剧片《定军山》。

中国第一部无声故事片是《难夫难妻》。

中国第一部电影刊物是《影戏杂志》。

中国第一所电影演员培训学校是中华电影学校。

中国第一部无声动画片是《大闹画室》。

中国第一部无声武侠片是《火烧红莲寺》，共18集。

中国第一部蜡盘配音有声电影是《歌女红牡丹》。

中国第一部有声影片是《旧时京华》。

中国第一部有声侦探片是《翡翠马》。

中国第一部有声动画片是《骆驼献舞》。

中国第一部音乐喜剧片是《都市风光》。

中国第一部在国际电影节获奖的影片是《渔光曲》。1935年在莫斯科国际电影节获得"荣誉奖"。

中国第一部反映抗日战争题材的影片是《保卫我们的土地》。

中国第一部用国产摄像机拍摄的影片是《一江春水向东流》。

解放前中国拍摄了许多无声有声电影，产生了重大影响。比较著名的老影片有定军山、火烧红莲寺、庄子试妻、故都春梦、歌女红牡丹、啼笑因缘、共赴国难、十九路军抗日战史、女性的呐喊、铁板红泪录、三个摩登女性、到西北去、渔光曲、桃李劫、新女性、风云儿女、十字街头、马路天使、夜半歌声、八百壮士、保卫我们的土地、日出、雷雨，中华儿女、天涯歌女、塞上风云、胜利进行曲、家、中国共产党第七次代表大会、八千里路云和月、一江春水向东流、幸福狂想曲、天堂春梦、松花江上、乱世儿女、万家灯火、大团圆、希望在人间、三毛流浪记、丽人行、乌鸦与麻雀等。

电影传入中国到新中国成立前的50多时间，也涌现出一些著名的影星，如洪警铃、王献斋、王汉伦、魏鹤龄、杨耐梅、张积云、胡蝶、徐来、阮玲玉、金焰、陈波儿、金山、王莹、黄耐霜、王人美、舒绣文、赵丹、石挥、黎莉莉、陶金、周璇、袁美云、龚秋霞、英茵、陈云裳、白杨、顾兰君、上官云珠、李丽华、王丹凤、叶秋心、陈娟娟等。

新中国成立后，我国的电影虽然也受到极"左"路线的干扰和冲击，但也涌现出一大批优秀的影视片，有些影片还在一些国际电影节获奖。如：

中华女儿、白毛女、我这一辈子、武训传、翠岗红旗、南征北战、渡江侦察记、鸡毛信、梁山伯与祝英台、董存瑞、平原游击队、李时珍、上甘岭、红日、祝福、海魂、林家铺子、林则徐、聂耳、青春之歌、红旗谱、五朵金花、革命家庭、英雄虎胆、野火春风斗古城、林海雪原、海鹰、兵临城下、女篮五号、大闹天宫、红色娘子军、刘三姐、甲午风云、小兵张嘎、李双双、阿诗玛、英雄儿女、早春二月、闪闪的红星、海霞、在烈火中永生、桃花扇、创业、巴山夜雨、少林寺、天云山传奇、西安事变、喜盈门、庐山恋、人到中年、黄土地、高山下的花环、人生、边城、日出、知音、少年犯、大阅兵、芙蓉镇、孙中山、血战台儿庄、红高粱、老井、菊豆、秋菊打官司、开国大典、焦裕禄、大决战、开天辟地、周恩来、香魂女、被告的山杠爷、鸦片战争、小城故事、汪洋中的一条船、人在纽约、大红灯笼高高挂、霸王别姬、少帅传奇、四世同堂、凯旋在子夜、末代皇帝、红楼梦、西游记、三国演义、水浒、渴望、围城、十六岁花季、中国神火等等。

我国的著名电影制片厂

长春电影制片厂　前身为东北电影制片厂，是新中国第一个电影生产基地。1955 年 2 月，东北电影制片厂改为长春电影制片厂。长影拥有颇负盛名的电影艺术家队伍，如导演吕班、沙蒙、张辛实、刘国权、严恭、苏里、郭维、林农、王炎、王家乙、武兆堤、于彦夫、赵心水、陈戈等；编剧孙谦、于敏、林杉、沈默君、胡苏、张天民等；表演艺术家庞学勤、张圆、方化、浦克、梁音、刘世龙、李亚林、郭振清、金迪、达奇、贺小书、印质明、田烈、崔超明、韩兰根、殷秀岑等。东影和长影拍摄了许多优秀影片，如中华女儿、白毛女、董存瑞、平原游击队、上甘岭、芦笙恋歌、党的女儿、红孩子、战火中的青春、我们村里的年轻人、五朵金花、甲午风云、冰山上的来客、英雄儿女、创业、人到中年、开国大典等，受到国内外观众的欢迎。

北京电影制片厂 1949 年 4 月 20 日成立北平电影制片厂，同年 10 月改为北京电影制片厂。首任厂长田方，后由汪洋接任。从制片厂成立至 1992 年，北影厂共拍摄了故事片、舞台艺术片 400 余部，其中不少优秀影片深受国内外广大观众的喜爱和欢迎，如新儿女英雄传、六号门、龙须沟、祝福、林家铺子、青春之歌、风暴、红旗谱、洪湖赤卫队、停战以后、小兵张嘎、早春二月、海霞、小花、骆驼祥子、边城、良家妇女、红楼梦等。几十年来，北影建立了一支电影艺术家队伍，著名导演有崔嵬、水华、成荫、凌子风、谢铁骊、谢添、陈怀皑、李文化、董克娜等；著名编剧海默、孙谦、颜一烟、岳野、苏叔阳、李洪洲等；著名演员陈强、于蓝、于洋、张平、项堃、王人美、谢芳、葛存壮、赵子岳、李仁堂、赵联、凌元、秦文、安震江、于绍康、张雁、郭允泰、李林等。

上海电影制片厂 成立于 1949 年 11 月，简称上影。1957 年 4 月，上影改组为上海电影制片公司，下辖海燕、江南、天马三个故事片厂，另分立上海美术电影制片厂、上海电影译制厂、上海电影技术厂。1958 年江南厂撤消。1977 年海燕、天马两厂合并，恢复上海电影制片厂厂名。上影厂集中了一大批力量雄厚的创作队伍，有不少是早在三四十年代就从事电影创作，享有盛誉的著名电影表演艺术家，如编导张骏祥、汤晓丹、郑君里、沈浮、桑弧、石挥、应云卫、陈鲤庭、徐昌霖、陈西禾、瞿白音、吴永刚、孙瑜、刘琼、舒适、顾而已、谢晋、岑范、叶明、徐韬、董韧、赵明、白尘、李天济等；作曲家王云阶、陈歌辛；老影星赵丹、白杨、秦怡、张瑞芳、孙道临、上官云珠、金焰、石挥、魏鹤龄、王丹凤、黄宗英、吴茵、张翼、顾也鲁、韩非、张伐、冯喆、程之、陈述、康泰、关宏达、钱千里、夏天、穆宏、高博、乔奇、白穆、王蓓、蒋天流、温锡莹、奇梦石、沙莉、范雪朋、宣景琳、石原、黄宛苏、汪漪等。后起之秀的编导黄祖谟、石方禹、艾明之、李洪辛、林艺；作曲家黄准、葛炎、寄明、吕其明；影星仲星火、牛犇、冯笑、铁牛、李保罗、梁波罗、郑敏、阳华、祝希娟、杨在葆、达式常、尤嘉、向梅、朱曼芳等。至1990年，上影厂共摄制故事片、戏曲片400余部，题材、样式、风格丰富多彩，其优秀影片如：翠岗红旗、南征北战、渡江侦察记、鸡毛信、梁山伯与祝英台、天仙配、家、铁道游击队、女篮五号、护士日记、不夜城、林则徐、老兵新传、今天我休息、聂耳、枯木逢春、红色娘子军、李双双、红楼梦、红日、阿诗玛、白求恩大夫、霓虹灯下的哨兵、舞台姐妹、巴山夜雨、天云山传奇、喜盈门、城南旧事、牧马人、芙蓉镇、人·鬼情、开天辟地等，受到国内外广大观众的欢迎。

八一电影制片厂　中国人民解放军综合电影制片厂，1952年8月1日正式建厂，原名中国人民解放军电影制片厂，1956年7月1日更名为中国人民解放军总政治部八一电影制片厂。最初仅拍摄军事教育片和纪录片，1955年开始拍摄故事片，以军事题材为主。从1955年拍摄脚印、冲破黎明前的黑暗起至1990年，八一厂共摄制故事片190部，其中柳堡的故事、五更寒、英雄虎胆、永不消失的电波、回民支队、万水千山、战上海、林海雪原、红珊瑚、东进序曲、槐树庄、哥俩好、农奴、野火春风斗古城、怒潮、抓壮丁、雷锋、苦菜花，音乐舞蹈史诗东方红、闪闪的红星、归心似箭、风雨下钟山、四渡赤水、祁连山的回声、巍巍昆仑、晚钟、大决战等优秀影片深受广大观众欢迎，并在国内外影坛多次获奖。几十年来，八一厂建立了一支有深远影响的电影艺术家队伍，如王苹、严寄洲、李俊、王冰、华纯、刘沛然等导演；陆柱国、史超等编剧；巩志伟、傅庚辰、李伟才等作曲家；王心刚、王晓棠、田华、王润身、林默予、陶玉玲、张良、李炎、里坡、张勇手、师伟、袁霞、曲云、高保成、刘季云、邢吉田、刘江、周凫等表演艺术家。

之后成立的西安电影制片厂、珠江电影制片厂、峨眉电影制片厂，无论是规模、电影艺术家队伍，都比上述四厂差些。

中外重要电影节

奥斯卡奖（美国）：美国电影艺术与科学学院奖，现已成为世界上最有影响力的电影奖项之一，始于 1928 年，每年 3 月举办。奖项称为"奥斯卡金像奖"。

柏林国际电影节（德国）：创办于 1951 年，于每年 2 月 7 日至 18 日举行，最高奖名称为"金熊奖"。

戛纳国际电影节（法国）：创办于 1946 年，于每年 5 月 10 日至 21 日举行，最高奖名称为"金棕榈奖"。

卡罗维法利国际电影节（捷克）：创办于 1946 年，于每年 7 月 5 日至 15 日举行，最高奖名称为"水晶球奖"。

莫斯科国际电影节（俄罗斯）：创办于 1959 年，于每年的 7 月 16 日至 29 日举行，最高奖名称为"圣·乔治奖"。

蒙特利尔国际电影节（加拿大）：创办于 1977 年，于每年的 8 月 25 日至 9 月 4 日举行，最高奖名称为"美洲大奖"。

威尼斯国际电影节（意大利）：创办于 1931 年，于每年的 8 月 31 日至 9 月 9 日举行，最高奖名为"金狮奖"。

圣塞巴斯蒂安国际电影节（西班牙）：创办于 1953 年，于每年的 9 月 21 日至 30 日举行，最高奖名为"金贝壳奖"。

东京国际电影节（日本）：创办于 1985 年，于每年的 10 月 28 日至 11 月 5 日举行，最高奖名称为"东京大奖"。

马塔布拉塔国际电影节（阿根廷）：创办于 1989 年，于每年的 11 月 6 日至 25 日举行，最高奖名称为"金树商陆奖"。

开罗国际电影节（埃及）：创办于 1976 年，于每年 11 月 7 日至 18 日举行，最高奖名称为"金字塔奖"。

上海国际电影节（中国）： 创办 1993 年，每两年的 10 月到 11 月举行，最高奖名称为"金爵奖"。

《大众电影》百花奖（中国）：1962 年举办。"文革"前已举办了两届，第三届本已评出结果，未颁奖。1979 年复刊后，恢复"百花奖"的评选活动。

中国电影金鸡奖（中国）：1981 年创办。每年评选一次，每年 5 月 23 日举行颁奖大会。

广播电影电视部优秀影片奖（中国）：也称"政府奖"、"华表奖"，1956 年创办，每年举办一次。

台湾电影金马奖（中国台湾）：全称"行政院新闻局国语片金马奖"。台湾电影最高奖。始于 1958 年，从 1959 年开始每年举行一次。

香港电影金像奖（中国香港）：创办于 1982 年。由香港电台、《电影双周刊》联合举办，每年一届。

香港国际电影节（中国香港）：1977 年由香港市政局创办，不举行比赛和评奖，目的在于通过更多的交流和合作，扩大影片的全球销售市场，并且使香港观众能够看到世界各地的影片，使电影成为了解亚洲电影和世界电影生产的主要窗口。

附：

中国电视金鹰奖（中国）：创办于 1983 年，每年举行一次。

中国电视剧飞天奖（中国）：电视剧最高政府奖，1981 年创办，每年举办一次。

新中国二十二大电影明星

1961 年，我国评选过 22 位"新中国人民演员"，俗称"二十二大电影明星"，他们是：赵丹、白杨、谢添、秦怡、于蓝、于洋、陈强、崔嵬、张平、张圆、金迪、田华、谢芳、孙道临、王心刚、上官云珠、王丹凤、张瑞芳、王晓棠、庞学勤、李亚林、祝希娟。其中女明星 12 位，佔了一半多。如今健在还有 8 位：秦怡，女，1922 年出生，97 岁；田华，女，1928 年出生，91 岁；于洋，男，1930 年出生，89 岁；王心刚，男，1932 年出生，87 岁；金迪，女，1933 年出生，86 岁；王晓棠，女，1934 年出生，85 岁；谢芳，女，1935 年出生，84 岁；祝希娟，女，1938 年出生，81 岁。

世界上没有绝对公平的事情。按照当时的评选条件，还有不少优秀演员，如金焰、刘琼、舒适、田方、舒绣文、赵联、魏鹤龄、浦克、方化、程之、陈述、郭振清、中叔皇、黄宗英、韩非、张伐、高博、冯哲、张良、杨丽坤、高保成、里坡等也完全符合 22 大明星标准，但由于名额有限和其他种种原因而遗憾落选。

20 世纪 80 年代，中国电影姹紫嫣红、百花盛开，出现了新的高峰，又涌现出人们耳熟能详的众多优秀演员，如：李秀明、刘晓庆、张瑜、陈冲、张金玲、宋晓英、斯琴高娃、娜仁花、潘虹、岳红、陈烨、赵静、程晓英、达式常、龚雪、姜黎黎、黄梅莹、盖克、吴海燕、洪学敏、方舒、郭凯敏、罗燕、韩月乔、沈丹萍、张小磊、周洁等。有的已经离去，有的定居国外，有的离开影视圈从事其他工作，有的继续活跃在荧屏上。

中国电影已走过一百多年了。一百多年前的 1905 年，中国人靠自己的聪明才智，拍成了第一部中国电影《定军山》。从那时到现在，我国已拍摄了 7000 余部电影，这是一笔巨大的精神财富！使我们文艺百花园地，更加流光溢彩，春意盎然！正是一代代电影人用他们的赤诚、智慧和创造，才使中国电影毫不愧色地融进了中华民族不屈不挠、顽强奋进的奔腾之河，绘就了波澜壮阔，撼人心弦的史诗，令我们每个中国人为之自豪和骄傲！

中国影视的明天会更好！

（2019.6.18）

中国四大名镇四大菩萨和四大名山

景德镇、佛山镇、汉口镇和朱仙镇是我国古代四大名镇。

景德镇，得名于北宋景德年间，"景德"为北宋真宗的年号。

据说，当时有一种釉色介于青白瓷之间的"影青瓷"，进入了"白如玉、明如镜、薄如纸、声如磬"的艺术世界，在同类产品中首屈一指，并出现了一大批世代相传的能工巧匠，有"取之不竭、用之不尽"的瓷用原料，加上一条横贯城区的昌江，水运十分方便。它在不断满足宫廷榨取和国内外市场需要的过程中，形成"陶舍重重倚岸开，舟帆日日蔽江来"的繁荣局面。皇帝便下诏谕，改"昌南镇"为"景德镇"。

佛山镇，地处珠江三角洲平原。相传这里有一个"塔波岗"的土丘，每到深夜便发出异彩，活像宝石垒成的山。人们诧异之余，掘地三尺，挖出了三尊铜佛像，从此，"佛山"之名就传开了。

汉口镇，因地处汉水之口处而得名。原称"夏口"，亦称"沔口"，是武汉三镇中商业最发达的一个镇，曾出现过"十里帆樯依市立，万家灯火彻宵明"的繁荣景象。

朱仙镇，以"朱亥旧里故名"，"为水陆舟车汇集之所"。它作为"我国四大名镇"之一而闻名全国，乃是在元代开通贾鲁河之后。

菩萨，在佛教中是仅次于佛一等的。佛教最早是在东汉传入中国。隋唐以后，中国的佛教信徒通过各种附会，逐渐请印度著名的菩萨东来定居，自立道场，慢慢形成了中国佛教的四大菩萨和四大名山。

文殊与五台山。据说文殊在诸大菩萨中智慧辩才第一。它的典型法相是顶结五髻，手持宝剑，坐莲花宝座，骑狮子，这是智慧、辩才锐利、威猛的象征。

因此有"大智文殊"的美名尊号。关于他的住处，有文献载，"在东北方有菩萨住处，名叫清凉山，文殊住在此山。"中国的佛教信徒则以五台山应之，并且不断地在山顶建寺设斋立碑，唐宋以来，五台山就成了我国最大的一处国际性道场。

普贤与峨眉山。普贤与文殊相对，代表着"德"与"行"，因此有"大行普贤"的美名尊号。晋代在峨眉山上始建普贤寺，今名万寿寺。万寿寺有铜铸普贤骑象一尊，象身白色，象背上普贤坐莲台，手持如意。白象是他愿行广大，功德圆满的象征。

观世音与普陀山。据古书记载，观世音能现 33 种化身，救 12 种大难。遇难众生只要念诵她的名号，"菩萨即时，观其音声，"前往拯救解脱，而不分贵贱贤愚。所以她有"大慈大悲救苦救难观世音菩萨"之美名尊号。据传，唐代有一位印度僧人，曾在浙江舟山群岛的普陀山，亲眼看到观世音现身说法，于是后人传普陀山为观世音显圣之地。历史上，每逢观世音的生日、成道日、涅槃日，朝拜者踊跃前往普陀山。日本、朝鲜和东南亚的善男信女，常不远千里而来。普陀山已成为近代中国的国际性道场。

地藏菩萨与九华山。除了观音之外，地藏菩萨在旧中国下层的信徒最多。据说，他是于唐高宗时航海来中国的。最初随访参访，游化数年，后来到安徽的"东南第一山"九华山结庐苦修。他的美名尊号是"大愿地藏"，大愿是孝顺父母，令草木花果生长，祛除疾病。这些内容，特别受到中国农民的欢迎。

（1985.10.12）

趣说地名

我国有许多地方，如若研究其命名特征，可以分为以下几种：

以方位命名：东胜、西安、西宁、南京、南宁、北京、北戴河、中卫、中宁；

以数字命名：零陵、一平浪、二连浩特、三门峡、四平、五原、六安、七台河、八家子、九江、十堰、百色、千阳、万县；

以颜色区分：红安、黄岩、蓝山、白城、青岛、绿春、黑山、紫阳；

以水面大小区分：洋县、海口、川沙、江阴、河口、湖口、溪口、泉州、井泾；

以矿产为名首：宝山、金山、银川、铜川、铜陵、铁岭、铅山、煤山；

以食物为名首：稻城、米易、谷城、盐城、酒泉、茶陵、乳山、蚌埠、鸡西、渔合；

以花果为名首：菏泽、梨树、桃园、荔波、枣庄、焦陵、梅县、桂林、莲花；

以动物为名首：龙江、虎林、象山、鹿港、马鞍山、狼山、蛟河、凤凰山、鹰潭、鹤岗。

另外，我国还有许多地方，以其特产或在某个方面的突出贡献而用别名称它，如：歌舞之乡——新疆库车县；烤烟之乡——福建永定县；杂技之乡——河北吴桥县；陶器之乡——江苏宜兴市；武术之乡——河北沧州市；毛竹之乡——浙江安吉县；山歌之乡——福建上杭县；葵乡——广东新会县；箫笛之乡——贵州玉屏县；牡丹之乡——山东菏泽市；排球之乡——广东东莞县；桂花之乡——湖北咸宁市；花爆之乡——湖南浏阳县；玫瑰之乡——山东平阴县；人参之乡——吉林抚松县；红松之乡——黑龙江小兴安岭；矿泉之乡——山东崂山县；绒绣之乡——山东烟台市；酒乡——浙江绍兴县；桔乡——浙江黄岩县。

世界上还有一些城市，因具有独特的风貌而闻名于世。如意大利的哥酋洛，被人们称作"蛇城"。在这个奇特的城市里，每年举办一次"蛇节"。这一天，家家户户把自己喂养的蛇放出来，任其满街爬行。意大利的威尼斯，处处是水，被称为"水上城市"。

捷克斯洛伐克的哥特瓦德夫，被称为世界上的"鞋城"。年产各种鞋两亿双左右，畅销世界上近百个国家。

瑞士的伯尔尼盛产各种钟表，素有"表都"之称。瑞士每年生产的钟表有数千万只，平均每个瑞士人可分 8 只。

有些城市自然环境特异，如秘鲁的首都利马，被称为"无雨之城"，年降雨量只有 37 毫米。

英国首都伦敦，因雾多而被称为"雾都"。有时，一连几天浓雾不散，几步之外什么也看不到。

还有些城市，以其独特的景色和绮丽的风光令人迷恋，如墨西哥城以画迷人，被称为"壁画之都"。

缅甸的文化古都蒲甘，以塔迷人，被城为"万塔之城"。

奥地利首都维也纳，是欧洲许多著名古典音乐作品的诞生地，有"世界音乐之都"的盛誉。

保加利亚的首都索菲亚，以花迷人，在欧洲素有"花园城市"的盛名。

大千世界，无奇不有。世界上还有许多有趣的地方，有的至今还是一个谜。

印度尼西亚的爪哇岛西部的苏加武眉，气候十分奇特：这里清晨时风和日暖，像春天一般；到了中午时分，太阳像一盆火，给人以盛夏之感；傍晚天高云淡，略带凉意，似乎到了深秋；夜里气温急剧下降，裹上被子都难以抵抗刺骨的寒风，大有冬天来临之势。故被称为"一年四季"的地方。

地处南美洲的厄瓜多尔中部的火山钦博腊索山的高度虽然只有 6272 米，但因其离赤道较近，使得其厚度高于珠穆朗玛峰 2151 米，是世界上最厚的地方。

美国科学家宣布，他们在南美洲海岸外的大西洋中发现了他们认为世界上最薄的地方。这儿的厚度只有 1.6 公里。一般地壳的厚度介于 15 到 75 公里之间。

日本一批测量学家通过探测宣布：太平洋中最深的马里亚纳海沟，最深处是 10924 米，直径为两公里左右的洼地，是地球最深渊处。

在澳大利亚的堪培拉与悉尼之间，有一个周期性消失和重新出现的湖泊——乔治湖。乔治湖最近一次消失是在 1983 年。从 1982 年至今，它已经先后消失和复现了 5 次。科学家虽研究多年，但至今未能提出一个令人信服的解释。

1831 年 7 月 10 日，一艘船在地中海航行途中，经西西里岛时，发现一处海面在沸腾，水汽弥漫，并发出沉闷的声音。一周后，该船再次经过此地时，发现此地出现一座数米高的小岛；再过一周，地质学家到这个区域考察时，发现小岛已高出水面 29 米；8 月 4 日，这个小岛又高出水面 60 米左右。令人奇怪的是，这个突然形成的小岛，当年 12 月又突然消失。此后，这座小岛时现时失，最近一次出现是在 1950 年。当人们为它的主权争论时，它又不见了。这座小岛至今还是个谜。

（1985.10.16）

动物趣闻

世界上有千千万万种动物，和人类共同生活在这个星球上，维系着生态平衡，具有很高的经济价值和研究价值。其中有许多有趣的动物，为科学工作者提供了研究对象，为大千世界增添了丰富多彩的内容。

美国有一种德克萨斯鼠，专门吃蛇。不管是大蛇小蛇，有毒蛇无毒蛇，只要撞上这种鼠，便大祸临头了。这种鼠反应极快，上蹿下跳，而且一出动便是一大群。没等到蛇咬到它们，就把蛇肉一块块地撕了下来。

猫吃老鼠，这是人们都知道的事情。但非洲生活着一种大老鼠，专门吃猫。这种老鼠身上有 22 个腺体，一见到猫后，就会放出一种奇怪的味道，猫闻到后，顿时全身发软，瘫倒在地，动弹不得。这时老鼠们会叫来伙伴们爬到猫身上，大吃大嚼，最后剩下一堆猫骨头。

在非洲詹姆斯敦的树林里，有一种非常灵巧的小鸟，叫花鸟。当它栖息在树枝的时候，张开的双翼极似五个美丽的花瓣，它的头极似花芯，既可骗过鹰的袭击，又能轻取前来吃花露的小虫。

企鹅喜欢五光十色的贝壳和石子，常常把这种东西衔来收藏起来。有的企鹅为了得到更多更好的贝壳和石子，还会偷偷地把邻居的石子衔回来。

喜鹊和乌鸦也喜欢收集漂亮的石子、贝壳和带光泽的瓷器碎片。有的连人们放在窗台上的纽扣、汤勺甚至眼镜也会衔走。乌鸦还会把这些东西集中在安全的地方，一旦别的鸟类发现了这些"宝贝"，它就立即把这些东西转移到别处。

大西洋里有一种凶猛的旗鱼，体重660公斤，身长5.28米，它的身上剑长1.54米，时速70哩，能够穿透船只的钢壳板。

在印度尼西亚的热带森林里，有一种很奇特的青蛙，它的脚趾大而长，指间的蹼膜很宽，类似蝙蝠的翅膀。人们称它为飞蛙。它在"飞"之前，先是用肺吸足了气，使自身的体积增大，相对的重量就小了。这时，它收拢腿，张开脚蹼，能从很高的树上斜飞到另一棵树上。

盛产在法国的布尔贡吉亚蜗牛，可说是举重冠军。它的体重20公斤，却能负荷250公斤的重量。它可以不用帮助，拖动超过它体重200倍的汽车。它的肉还有丰富的矿物质，所含的维生素丙，比奶油多19倍。

据报载，山西新绛县柳泉乡狄庄村，某一农民买来的一头小母牛，在今年7月生下了一头两张嘴、四只眼的怪牛犊。其大小和平常的牛犊一样，满身黄色的绒毛，只是它的头略大，左侧还有一张小嘴。每当正面的嘴吃奶时，左侧的小嘴也跟着不停地嚅动，还不停地用小舌头舔嘴唇。在这个小嘴的上方，也有两只眼睛，不停地眨动。

山西高平县寺庄镇伯方村某农民喂养的一头母猪，一次产下17头猪崽。猪崽发育良好，据说这种猪产仔多，育肥快，8个月便可育成180斤的大肥猪。

动物的睡觉姿势也各不相同，有的还很有趣。

唐鸦、白头翁是一只脚站着睡觉，另一只脚蜷着，嘴夹在翼下。

松鼠一般是蜷着腿睡的，它把自己的长毛大尾巴盖住。如果是两只松鼠，那就经常抱着睡的。

印度的大象是伸腿侧睡的。它们先曲下前腿和后腿，然后小心地躺下。要是站着睡觉，那就是它病了。然而，非洲的大象始终是站着睡的，有的靠墙，有的靠树。

黑猩猩睡的时候和人一样。低级的猿猴是靠墙坐着睡的。刺猬睡觉时把身子蜷成球状，鼻子稍稍露在外面。它甚至还会打鼾。海狸一般白天睡觉，仰头而睡。有时睡着了还磨牙。小海狸睡觉时很有趣，它们并排睡，其中有些还爱把小手掌枕在头下睡。

（1985.10.18）

话鸟

每年的 4 月 2 日至 8 日为"爱鸟周"。我国共有鸟类 81 科 1183 种，是世界上拥有鸟类种数最多的国家。

鸟类是人们的近邻和朋友。在人类历史的长河中，它有着不可磨灭的功绩。当人类还以渔猎和采摘野果为生时，鸟类就作为人类的食物，滋养着人类。鸟类的肉和蛋，营养价值极高，含有丰富的蛋白质、脂肪以及钙、铁、磷和各种维生素，是补养人类的佳品。今天的家禽鸡鸭鹅，就是由野生的驯化而成的。

鸟类在提高农林业生产和维持自然生态平衡中的作用是不可忽视的。鸟类是各种农林害虫的天敌。一只黑啄木鸟一天能吃 600 多条害虫，被称为"森林医生"。两只营巢育雏的灰椋鸟一个月能吃蝗虫 10.8 公斤。一只猫头鹰一年捕食田鼠 1000 只，能保一吨粮食。一只燕子在一个夏季能捕捉害虫两万多只。杜鹃特别爱吃许多鸟不敢吃的毛虫，一年可吃松毛虫 5 万多条，对森林和果园大有益处。一只灰喜鹊一年能吃灰毛虫 1.5 万条。一只大山雀一天捕食的害虫相当于它的体重。一只红脚隼一天能捕食田鼠 15 只和蝗虫 50 条。一只秃鼻子乌鸦一天能捕食蝗虫 30 多条。就连一度被错划为"四害"之一的麻雀，它消灭害虫的功，远远超过它糟蹋粮食的过。此外，鸟类作为昆虫、植物的捕食者或消费者，传播花粉、种子，参与生态系统的能力和转化物质循环，起着极为重要的作用。

鸟类还有极大的经济效益，它为人类提供大量的肉、蛋、羽绒和粪肥。在监测大自然环境污染上，鸟类最为敏感，被称为人类环境污染的报警者。只要注意观察，发现哪个地方没有了鸟，说明哪个地方环境污染已经构成对人类的威胁。因此说，鸟类又是衡量人类生存环境恶化程度的重要标志。

鸟类还是人类文明象征和科学技术发明创造的模拟对象。在航空邮政出现之前，飞鸽早就担负着出色的"航空邮递员"了。古希腊奥林匹克运动会就靠信鸽向各地传发比赛的特快消息。在第二次世界大战中，盟军一支部队被德军包围，消息传不出去，靠一只信鸽将书信带出，使援军及时赶到，挽救了数万将士的生命。古代人航行出海，也靠信鸽与陆上的人取得联系。在我国古代，也有鱼雁传书的传说。打开一部中国文学史，在许多脍炙人口的诗篇里，鸟也是文人们描写歌颂的内容之一。泣血的杜鹃、百转的莺儿，高洁出尘的仙鹤，端庄美丽的天鹅，象征爱情的鸳鸯，顾影相怜的白鹭……这些文学上的名鸟，不都是文人们着意描写的对象吗？

此外，一些鸟还能起到预报天气的作用。燕子低飞，预示着天将要下雨；老乌鸦朝什么方向站着，就可知道吹的是什么风，因为它的头朝风向，保护羽毛不受损坏；麻雀若是早上东跳西跃，发出"吱喊"的歌声，预示着天气晴朗，若是它缩头缩脑，发出"吱——吱——"的长声，则表示不久将有阴雨；杜鹃的鸣声出现，则表示天气将转暖；燕雀在恶劣天气时"欷歔"，秃鼻子乌鸦飞得比往年早，均预示着天气暖和的早。

据有关资料介绍，世界上鸟类最多时达 11600 种，由于保护不好，仅 20 世纪以来，就有 139 种和 39 种亚种，在地球上消失了，其中 1/3 是在近 5 年内绝迹的。还有 181 种正濒临绝灭。例如朱鹮，现在世界上仅有 20 只左右；我国的大天鹅、黄腹角雉数量也越来越少，亦有灭绝的危险；丹顶鹤、马鸡、虹雉、灰冠鸦雀、黑额山噪鹛等，也已罕见，若不加以保护，不久也会绝灭于世。其主要原因是森林大面积减少，环境污染恶化和滥捕乱猎所致。

上述表明，保护鸟类、保护环境、保护和发展物种资源，已成为刻不容缓的当务之急！人类和动植物，都是地球生物链上的一环，缺一不可，谁也不比谁高贵。保护动植物就是保护人类自己，保护我们的家园。我国人民自古以来就有爱鸟的传统。在建设精神文明的今天，我们更应该把保护鸟类看成是一种美德并提到议事日程上来，采取具体强有力的措施，保护鸟类的生存和发展！

（1985.10.21）

花卉漫谈

许多人喜欢养花。养花可以陶冶性情，美化生活。我国人民有数千年养花、赏花的历史。

当年汉唐京都长安，被称作"花城"，仅一处林苑，奇花异果就有3000余种。在我国传统农业中，花卉生产曾占有重要的地位。如今，更有南有花市，北有花展，国有花"公司"，民有花"状元"。

周恩来同志最爱马蹄莲，它的花儿洁白，象征纯洁。1964年11月，周总理从前苏联参加十月革命47周年纪念活动归来时，毛泽东、刘少奇、朱德等同志亲自到北京机场欢迎，送给周总理的就是一束盛开的马蹄莲。

刘少奇同志喜欢多种花卉。亭亭玉立，出淤泥而不染的荷花，在干旱贫瘠的地方也能开出艳美花朵的令箭荷花，大众化的月季和扶桑等，少奇同志都称赞过。

朱德同志喜爱兰花为世人所知。他在1962年重上井冈山时，亲手挖下兰花带到北京。他老人家逝世后，他收藏的兰花送到了北京植物园。他说过："不要把养花当成玩物，它可以陶怡性情，美化生活，养花也有经济价值。"

花不但可供人观赏，确实还有重要的经济价值。世界上花卉消费量最大的是欧洲。每年消费鲜花约73亿美元，每人用于购花的开支近22美元。世界上最大的花卉市场首推西德。1978年，西德的花卉销售额达到22亿美元，占欧洲总销售额的30%。世界上最大的花卉出口国是荷兰。仅花卉的出口，每年有13亿美元的外汇收入。

花卉还有重要的药用价值。

牡丹根的皮，中医把它称为"丹皮"，是我国的特产药材。它能够促进血液循环，可退热消炎，对热病、惊风、出血以及经闭、阑尾炎、高血压等症都有很高的疗效。

荷花，除观赏外，也有多种药用价值，适量煎汤可当茶，有清暑解热之效。花的雄蕊叫莲须，有固涩、止血的作用，可治遗精、吐血、便血和子宫出血诸症。

丁香花的香味，含有丁香油酚等化学物质，杀菌能力很强。室内如陈列一两盆盛开的丁香花，会有预防传染病的作用。

月季花俗称月月红。其花蕾在盛开或微开时摘下，亦可入药，能治月经不调。

菊花是一种常用中药，黄菊和白菊煎服，可治高血压等病。凤仙花，可治跌打损伤、毒蛇咬伤。

世界上最香的花是十里香，是白色的野蔷薇，最臭的是苏门答腊的纳夫来亚的藤蔓，最大的花是印度尼西亚的大王花，有五片花瓣组成，花的直径超过一米，重量达到8.9公斤，最小的花是无花果的花，小到只有用显微镜才能看清。

（1985.10.30）

树

树木与人类生活和建设有密切的关系。树木不但可以调节气候，维护生态平衡，固沙，防止水土流失，还有巨大的经济价值，这是人们所熟知的常识。树木与人类长寿还有直接关系，已被大家公认。凡是森林茂密的地方，往往是长寿老人集中的地区。例如我国广西西部的巴马县，被称作"长寿之乡"。这个不到 3 万人的小县，90 岁以上的长寿老人就有 253 人，其中超过百岁的就有 25 人。

苏联格鲁吉亚加盟共和国，地处黑海沿岸，背靠高加索山，到处长着茂密的树林，自然环境十分优美。据统计，这里 90 岁以上的长寿老人超过 3000 人。

森林为什么和人们的长寿有直接的关系呢？因为森林可提供充足的氧气供人体需要。森林中还有一种有利于人们长寿的被人们称为"空气维生素"的阴离子。森林中的树木，还能散发出对人体有益的芳香物质。森林中不少树木还能分泌出杀菌液，杀死空气中的细菌，使疾病减少。森林还为人们提供了安静的生活环境。人们在漫长的岁月中，越来越认识到树木对人类的作用。所以，古今中外，都把植树造林当作一件大事来抓。

植树造林在我国源远流长。陕西黄陵县东部黄帝陵下的轩辕庙里，有一株全国最大的古柏，树高 58 尺，下围 31 尺，上围 6 尺，俗称轩辕柏，相传是中华民族始祖黄帝亲手所植的。北京安定门内胡同有株大槐树，传说是南宋民族英雄文天祥所栽。唐代大诗人白居易喜欢栽树，尤其喜欢植松。著名唐宋八大家之一柳宗元也喜欢种树，他的诗文中有不少地方记载了他植树的情形。他不但爱植树，而且对种树很有研究。清代抗击沙俄侵略的爱国将领左宗棠，在新疆抗击沙俄凯旋班师时，命令士兵种树，从新疆种到甘肃阳关一带。数年后，三千里不毛之地绿树成荫。"大将筹边尚未还，湖湘子弟满天山。新栽杨柳三千里，引得春风渡玉关。"（清·杨昌浚）。伟大的民主革命先行者孙中山先生，一贯重视和倡导植树造林。他曾说："我们研究防止水灾的根本方法，都是要造森林，要造全国大规模的森林"。为了纪念孙中山先生，1929 年把植树节改为每年的 3 月 12 日，即孙中山逝世纪念日。

解放后，党和政府一贯重视植树造林的活动，并取得了显著的成绩。周总理生前非常重视植树造林，即使出访期间也不忘植树造林。1964 年 3 月 21 日，在巴基斯坦首都伊斯兰堡城南的山上，亲手栽了一棵青翠挺拔的乌柏树，这棵树后来被人们誉为"中巴友谊树"。党和国家领导人邓小平、胡耀邦等，更是身体力行，带头种树。经邓小平提议，人大会议通过，把每年的 3 月 12 日定为我国的植树节。

另外，世界各国都很重视植树造林。日本长野县南相木村政府规定：从 1980 年 1 月起，新婚夫妇必须栽种五六棵树，为营造"新婚者森林"出力。植树后，新婚夫妻就在树前立碑，写明姓名和结婚日期。所载的树，权益属于自己所有，但须 50 年后方有权砍伐。波兰有一些地方规定，凡是新生小孩子的人家，都要种植 3 棵树，取名为"家庭树"。坦桑尼亚不少地区有这样的习惯，谁家生了孩子，就把胎盘埋在户外，在上面种 1 棵树，表示孩子像树一样成长长寿。印度尼西亚地区规定，凡是提出离婚的人，必须种 5 棵树，取名"离婚树"。朝鲜政府规定：每年 4 月 6 日为植树节，4 月和 10 月为植树月。造林 3 个月后，国家按成活率 95% 标准验收。菲律宾规定：凡 10 岁以上的国民，在连续 5 年内，平均每年每人种 1 棵树。印度阿默达巴德市宣布一项强制造林规定：凡新建的住房，在房屋周围植树 5 棵以上，方能获得竣工证明。马尔巴什政府规定：凡 21 至 55 岁有劳动能力的男性公民，每人每年必须种树 50 棵。

（1985.11.12）

说山

读史，发现一个现象，那就是中国农民革命和中国共产党领导的革命战争，大都和山密不可分。

秦朝末年，刘邦斩蛇起义，率囚犯上了砀砀山，聚众反抗秦王朝的统治，最后夺取了天下，建立了大汉朝。公元18年，赤眉军首领樊崇领导农民起义，以泰山为根据地，痛击官兵，经过6年血战，终于推翻了王莽的黑暗统治，给地主阶级以沉重打击，对社会历史的发展，产生巨大而深刻的影响。公元611年，翟让领导农民起义，以瓦岗山为根据地，史称瓦岗军。他们冲锋陷阵，英勇作战，歼灭和牵制隋王朝的大量主力，在反隋斗争中起到了极为重要的作用。北宋末年，为反抗宋王朝的黑暗统治，宋江聚众起义，占据八百里水泊梁山，攻城掠地，给宋王朝以沉重打击。公元1120年，方腊在浙江起义，以地势险要的邦源洞为根据地，杀得官兵望风而逃，震动了东南半壁。明末李自成在陕西米脂县西川起义。潼关大战后，起义军几乎全军覆没，只有18骑突出重围，隐蔽在陕西省商洛山中养精蓄锐，重整旗鼓。经过14年的战争，终于推翻了明王朝的统治，建立了"大顺国"。

到了中国共产党领导的革命战争，更是离不开山。

1927年大革命失败后，毛主席领导了秋收起义，亲自缔造了一支人民武装。经过三湾改编，向井冈山进军，创建了井冈山革命根据地，为中国革命开创了农村包围城市，武装夺取政权的唯一正确的道路。红军长征到达陕北，延安成了中国革命的圣地。延安有宝塔山、凤凰山、清凉山、万花山。陕北本身处在黄土高原上，崇山峻岭、连绵不断。毛主席、党中央在陕北13年，领导中国革命，终于推翻了三座大山，埋葬蒋家王朝，建立了新中国。

中国革命胜利了，革命的重心由农村转移到了城市。新中国成立50多年来，我国的形势发生了巨大的变化，人民向小康社会迈进。但是，我们不能忘记，为中国革命作出了巨大贡献的人民群众，不少还生活在大山里，仍过着贫困的生活，甚至还没有解决温饱。他们的许多子女上不起学，穿着破烂的衣衫，一年难得吃次肉；老人们年迈了还要干活，终日辛苦劳作，甚至有的一辈子没到过县城，更不知家电为何东西。

西部大开发，实际上就是加强老少边穷地区的开发，使他们早日摆脱贫困，和全国人民一道进入小康社会。吃水不忘挖井人。我们相信，大山孕育了中国革命，共产党永远不会忘记山里的人。随着西部大开发，大山一定会插上腾飞的翅膀前进，山里的人一定会过上美好富裕的生活，中华民族的伟大复兴一定会到来！

（2001.7.28）

自古巾帼英雄多

中华民族是一个文化悠久、人才辈出的民族。尽管中国妇女在漫长的封建社会，深受封建礼教的压迫和奴役，埋没了不知多少妇女的聪明才智，但还是涌现出了许多杰出的人才，载入了中华民族的史册，为人们所称道、所传颂。

女娲补天，嫦娥奔月，精卫填海，天女散花，勇敢的七仙女，钟情的湘夫人，不都是为人们所津津乐道的女神仙吗？我国最早的知名女诗人，是春秋时代许穆夫人，为《诗经》中的《鄘风·载驰》的作者。我国最早的妇女学著作是东汉文学家、史学家班昭所写的《女诫》。班昭在其兄长班固去世后，补写了《汉书》的八表和天文志，使《汉书》得以完篇。我国最早的回文诗是晋代苏伯玉妻所写的《盘中诗》。她的丈夫出使蜀国，长久未归，她在一块圆盘上写了一首回文诗，从中间一圈圈由内向外盘旋环绕，排列巧妙奇特，组成了一首诗，抒写了作者的思念，谴责了丈夫的无情。我国第一位女皇帝武则天，雄才大略，为唐王朝的发展做出了积极的贡献。花木兰替父从军，梁红玉抗击金兵，穆桂英等杨门女将抗击外族侵略，早已在我国家喻户晓，妇孺皆知。至于王昭君、文成公主的外交，李清照、朱淑真的诗词文采，黄道婆的技术发明，秋瑾烈士的壮烈多才，更为后世交口称赞、有口皆碑。叶小纨，又是我国最早的女剧作家，是明末杂剧《鸳鸯梦》的作者。清代道光年间，福州的女作家李桂玉，用毕生精力写成的《榴花梦》，是我国最早的古典小说。陶贞怀是我国最著名的女弹词作家，写有长篇弹词《天雨花》。一代名妓小凤仙掩护蔡锷逃离北京，举起了讨袁大旗，加速袁世凯的垮台。到了民主革命时期，尤其是社会主义建设时期，广大劳动妇女积极投身于革命斗争和社会主义建设中去，充分发挥了她们的聪明才智，真正起到了"半边天"的作用，涌现出了无数的革命家、文学家、艺术家和各行各业的杰出人才，如群星丽天、彪炳史册。向警予、蔡畅、邓颖超、杨开慧、贺子珍、康克清、张琴秋、陈少敏、李贞、雷洁琼等都是我国著名的老一辈革命家和妇女界的领袖，为中国革命和社会主义建设建立了不朽的功勋。东北抗联的"八女投江"气壮山河；"生的伟大，死的光荣"的刘胡兰，更成为一代青年的楷模；张海迪被称为新时期的"青年榜样、时代楷模"，在亿万人们心中引起了强烈反响；中国女排冲出亚洲，走向世界，获得"五连冠"者；中国女足，勇夺亚运会三连冠，1996年亚特兰大奥运会女足亚军，1999年第三届女足世界杯亚军，被国人誉为"铿锵玫瑰"。

李贞，是我军中唯一女将军；丁雪松，我国第一位驻外女大使；林巧稚，我国最早的科学院学部女委员（院士）、著名的妇产科专家；丁玲、谢冰心、萧红、张爱玲等，又是我国现当代著名女作家；白杨、秦怡、于兰、上官云珠、张瑞芳、王丹凤、王晓棠、田华、张园、金迪、谢芳、祝希娟是20世纪60年代评选出的中国22大影星中的女影星，占了一半还多；顾秀莲，我国第一位女省长；万绍芬，我国第一位女省委书记；范瑾，我国最早的女市长；吴贻芳，我国第一位大学女校长；韦钰，我国第一位电子女博士……至于文学界、艺术界、体育界和其他各行各业的突出人才，更是数不胜数。

以上事例说明，我国妇女，哪一点也不比男子差。他们勤劳、勇敢、智慧，吃苦耐劳，勇挑重担，为世人所公认。一切歧视妇女的观点都是站不住脚的，摧残压迫妇女的行为，都是必须坚决反对的！我们相信，广大妇女的伟大作用和力量，随着历史的发展，会越来越显示出她们的重要地位，她们的聪明才智，必将得到最大的发挥。

（1988.3.8）

谁说女子不如男

3月8日是国际妇女节，但是在世界各地，除了"三八"节以外，还有许多属于女性的节日，而且几乎每个月都有。

掌权日：每年的1月4日，是瑞士某地区的"妇女掌权日"。在为期4天的节日中，家里的大小事务全由妇女说了算。

求爱日：每逢闰年2月29日，是英国旧俗中的"妇女求爱日"。这一天，妇女可以摆脱世俗的清规戒律，大胆地向意中人或未拿定主意的情人示意。

女市长节：西班牙的"女市长节"也是在2月份。当日由女性主持市镇公务，发号施令，男人如违规，就会被公众群起攻击。

少女节：3月3日是日本的"少女节"，又称"姑娘节"，是全国性的节日。日本人认为这时正值红桃报春，是女性美的象征，所以也叫"桃花节"。

妈妈节：4月在印度有一个"妈妈节"，这一天，已为人母者穿上色彩缤纷的"纱笼"，带上各种首饰，显得风姿绰约。这一天也是一年中她们最受尊敬的一天。

母亲节：5月的第二个星期日，是美国、加拿大和欧洲一些国家的"母亲节"，其主要内容是尊敬母亲。5月29日，是中非的"妈妈节"，母亲要带着孩子参加游行。

太太节：8月23日至9月15日，是德国汉堡的"太太节"。由妇女组成的演艺团体专演一些宣扬男女平等的戏剧节目以示庆祝。

狂欢节：10月10日至15日是德国莱茵地区的"妇女狂欢节"。在此期间，妇女"大自由"，男人们不得查看妇女活动内容，违者会抓起来问罪。

世界上第一份争取妇女权利的宣言，是法国女作家奥伦比·德·古杰，于

1790 年发表的《妇女权利宣言》。《宣言》中要求妇女得到与男子平等的权利，提出了争取妇女权利的具体措施。

世界上最早的妇女解放运动的经典论著是《女权拥护论》，1792 年由英国女作家玛丽·沃斯顿克莱夫脱发表。

世界上第一位女部长、女大使，是前苏联的柯伦泰。1923 年前苏联驻挪威大使。

世界上第一位女总理，是班达拉奈克夫人。1960 年出任斯里兰卡总理，1970 年再次担任总理。

世界上第一位民选女总统，是冰岛的维格迪斯·芬博阿多戴尔女士，1980 年任总统至今，连任四届，是世界上任期最长的女总统。

世界上第一位联合国大会女主席，是印度的潘迪特夫人，1953 年，她成为联合国大会第一位女主席。

世界上"国际妇女运动之母"是克拉拉·蔡特金。她是德国和国际工人运动活动家，国际社会主义运动领袖之一。1907 年发起第一次国际社会主义妇女代表大会，当选为国际妇女联合会书记处书记。

世界上最年轻的女总理，是巴基斯坦的贝纳齐尔·布托。1988 年她任总理时才 35 岁，她也是穆斯林世界唯一女总理。

世界上最年轻的女部长是津巴布韦政府社会发展和妇女事务部部长、民盟妇女同盟总书记依戈夫人，1980 年任部长才 25 岁。

（2002.11.4）

也说杨修之死

杨修，东汉末年弘农华阴（今陕西华阴县）人，字德祖，好学能文，才思敏捷，任曹操主薄。他开始很受曹操器重，后因屡屡忤逆曹操，44岁时被曹操所杀，令人扼腕。

按常理说，聪明人办聪明事，应受到上司的器重。为何他很不讨曹操喜欢，正当英年，却被曹操所杀呢？史书上说他有智谋，又是袁术的甥，曹操疑有后患，遂借故杀之。我认为这不是主要理由。人聪明就该杀吗？历史上聪明人多的是，并没有一个个都被杀掉，有的结局还很不错。至于说他是军阀袁术的甥，所以被杀，也没有什么道理。曹操阵营中，归臣降将多的是，只要你忠于曹操，确有才干，一般都会受到重用。在历史上，曹操也是个爱才惜才雄才大略的英雄人物，为何唯独杨修不容于曹操呢？我认为是以下主要原因。

杨修虽是个聪明人，但爱处处出风头，抖机灵，卖弄显示自己，屡犯曹操之忌。古今中外，有不少领导，并不喜欢属下聪明才智大大超过自己，不知道自敛，那不是显得领导相形见绌吗？不是所有的领导都很有气度和雅量的。真正的聪明人装愚卖傻，大智若愚，知道了装不知道，处处突出领导的聪明才智和形象。这样的部署，哪个领导不喜欢呢？你老兄却偏偏相反，处处显示自己、突出自己，好像你就是"核心"，"一国之君"似的，这不是自找倒霉吗？

曹操要造一座花园，竣工后，来看了一眼，一言未发，在门上写了一个"活"字。大家都不解（我敢说肯定有人知道，只不过人家装糊涂不说罢了，这才是真聪明）。你老兄按捺不住了，又耍小聪明了："嗨，这不简单吗？门内添一活字，那不是阔吗？丞相嫌门造大了，赶快改小些。"曹操再来一看，很高兴，问是谁的主意。大家都夸是杨修杨主薄的主意。曹操嘴上没说什么，心"甚忌之"。还有一次，塞北送来一盒酥，曹操尝了尝，觉得味道不错，就在盒上写了"一合酥"三字。杨修溜了进来，招呼大家吃了个干净。曹操问谁干的？杨修不认错，反而振振有词地说："盒上写着一合酥，分开念就是一人一口酥。我们哪敢不吃呢？"人家曹操就是城府深，还笑眯眯地夸了你一句，其实心里早把你恨死了！历代帝王立嗣，是个极敏感、复杂的事。为了争当太子，机关用尽，兄弟反目，骨肉相残，谋臣们唯恐避之不及，你老兄倒好，偏偏介入其中，为曹操视为"华而不实"的曹植出谋划策。没几个回合，曹植失宠，曹丕得志，立为太子，你杨修还有好日子过吗？千不该，万不该，关键时刻，你又出昏招，犯下了弥天大罪。那是公元219年春，曹操亲率大军和刘备争夺汉中。曹操不是诸葛亮的对手，屡战屡败，进退失据，心情十分烦躁。你老兄又往枪口上撞。当听到那晚的口令是"鸡肋"时，你又坐不住了，便叫手下的人准备撤退。有人问，丞相尚未发话，你怎么准备行装撤退呢？你又耍起了小聪明："鸡肋者，食之无肉，弃之可惜。现进不能胜，退恐人笑，在此无益，不如早归。今先收拾行李。免得到时慌了手脚。""寨中诸将，无不准备归计。"当曹操得知此事，气不打一处来："汝怎敢造言，乱我军心？"喝令刀斧手推出去斩了，将首级号令辕门外示众。

有人说，曹操嫉贤妒能，厌你太聪明。笔者认为，聪明反而成为罪过，都当傻瓜就好了吗？曹营中足智多谋的谋士多了，如郭嘉、程昱、贾诩、荀攸、司马懿等，为什么没被杀，反而都得到了重用，偏偏拿你开刀呢？行军作战，关系国之兴亡，社稷安危，岂是儿戏？是进是退，自有统帅运筹调度，岂由你越俎代庖，自作主张呢？。你不就是个小小的主薄吗？你也太缺乏自知之明了！一个真正的聪明人，能一而再、再而三的犯同一错误吗？人生不需要小聪明，要大智慧。小事可糊涂，大事要明白。说到底，你老兄不过只会耍个小聪明，抖个机灵，决不是大聪明，更谈不上大智若愚，修炼远不到家。"木秀于林，风必摧之；堆高于岸，流必湍之；行高于众，人心非之。"枪打出头鸟，出头的椽子先烂。你连这点常识都不懂，难怪你只活了44岁！

（2001.4.15）

伤马超

马超是《三国演义》中的重要人物，是作者着力描写的勇将之一。

马超，字孟起，右扶风茂陵（今陕西兴平东北）人。出生于凉州豪强家族，东汉末，随父马腾起兵，四处征战。后为偏将军，领腾部署。在曹操眼中，"马超不减吕布之勇"，是作者把他当做英雄来描写。

《三国演义》第十回中写道，大司徒王允与吕布合谋，杀了祸国殃民的董卓，董卓部将李傕，郭汜、张济、樊稠聚众 10 余万杀奔长安。他们战败了吕布，杀了王允，挟天子以令诸侯。西凉太守马腾，并州刺史韩遂引兵 10 万，杀向长安，勤王讨贼。董卓余党李蒙、王方骄横气盛，不听劝阻，去战西凉兵马。两军对阵，马腾、韩遂手指二人骂道："反国之贼！谁去擒之。"言未绝，"只见一位少年将军，面如冠玉，眼若流星，虎体猿臂，彪腹狼腰，手执长枪，坐骑骏马，从阵中飞出。原来那将即马腾之子马超，字孟起，年方 17 岁，英勇无敌。王方欺他年幼，跃马迎战，战不到数合，早被马超一枪刺于马下。马超勒马便回。李蒙见王方刺死，一骑马从马超背后赶来，超只做不知。马腾在阵门下大叫：背后有人追赶！声犹未绝，只见马超已将李蒙擒在马上。原来马超明知李蒙追赶，却故意俄延，等他马近举枪刺来，超将身一闪，李蒙搠个空，两马相并，被马超轻舒猿臂擒了过去。军士无主，望风而逃。马腾、韩遂乘势追杀，大获全胜。直逼隘口下寨，把李蒙斩首号令。"

这一段文字，不足 300 字，洗练生动准确，一位仪表非凡，勇冠三军的少年英雄跃然纸上，为以后马超在渭水大败曹操，使曹操割须弃袍；在葭萌关勇战西蜀猛将张飞，作了很好的铺垫。

《三国演义》第 58 回，作者以浓笔重彩，描写了马超与曹操大战，是描写马超神勇的两个重点篇章之一。马超父亲马腾，被曹操诱骗入京杀害。马超起兵雪恨，20万大军攻入长安，夺了潼关，曹操大惊，亲率大军到潼关抵敌。这潼关大战，马超神威大显，战败曹操数员大将，杀得曹操割须弃袍，险些丧命。接着又在渭水交锋，曹操又被西凉兵迫入舟中，一阵乱箭，幸赖许褚死战得脱。

在《三国演义》中，有三处描写了马超单打独斗的场面，一是第10回，年方17岁的马超杀王方、擒李蒙，是略写，战斗场面不大，是为后面的两场恶斗铺垫。两场单打独斗的恶战，一是第59回，马超大战许褚；一是第65回，马超在葭萌关大战张飞。这两场恶斗，精彩纷呈，痛快淋漓，给读者留下了深刻的印象。许褚是曹军中第一猛将，"虎背熊腰，目射神光，威风抖擞。"两人先是勇斗了100余合，不分胜负。双方换了马匹，又恶斗了100余合，还是不分胜负。许褚杀得性起，回阵中卸去盔甲，赤膊上阵，又斗了30回合。许褚弃刀挟住了马超长枪，两人在马上夺枪，扭断枪杆，各拿半截在马上乱打。激战场面，令人惊心动魄！

《三国演义》第65回，马超与西蜀虎将张飞在葭萌关大战。两人大战百余合，不分胜负。张飞"不用头盔，只裹包巾上马，"又斗百余合，"两人精神倍加"。天色已晚，二人仍不肯罢休，便进行了夜战。"点起千百火把，照耀如同白日"，又斗了20余合，马超暗挚铜锤在手，回身便打，张飞闪过；飞拈弓搭箭，回射马超，超亦闪过。于是二将各自回阵。

马超在三国中是屈指可数的勇将，在西蜀五虎上将中属佼佼者，不但有勇，也有一定的谋略，否则，不可能在潼关、渭水大战中多次击败曹操。为什么这样一位勇冠三军，武艺绝伦的将军，归顺刘备后，本应独当一面，建功立业，大有作为，却无声无息，郁郁而终呢？《三国演义》和《三国志》中，却很少论及。笔者认为，有以下两个原因：一是马超是"外来户"，既不是和刘备桃园三结义的"铁哥们"，很早就随刘备起兵打天下的心腹将领，不属于刘备核心集团的人物，不是嫡系。也不是在刘备危难时，"单骑救主"，为刘备南征北战，立下了赫赫战功的功臣。二是马超潼关战败后逃入汉中，在穷途末路、进退两难时，无奈归顺了刘备，属于"投诚"将领。基于上述原因，马超在刘备手下，怎能得到重用呢？故他归顺了刘备后，小心谨慎，处境艰难。《三国志·彭漾传》中记载了这样一件事：恃才傲物，狂妄自大的彭漾被刘备贬官到外地，便满腹牢骚来找马超发泄。一开始，郁郁不得志的马超也附和了几句，彭漾以为遇到了知己，便不知天高地厚地"煽动"马超："卿为其外，我为其内，天下足可定也。"马超听了他的一番狂言，默默无语。待彭漾一走，便立马举报。彭漾立即被捕，不久被处死。此事也可看出马超在刘备手下那种战战兢兢，如临深渊，如履薄冰的心态。可想而知，马超在蜀汉受到猜忌和排挤是何其明显。曹操杀了他满门200余口，大仇未报，又寄人篱下，才能无从施展，其心境是悲凉凄苦，孤独寂寞的。刘备称帝第二年，他就病死了，只有46岁。这样一位兼资文武，勇冠三军的大将军，竟是这样一个结局，确令人深深叹息。

（2001.4.14）

冤死的魏延

三国名将魏延是义阳人（今河南信阳市西北），出身卑微，但骁勇善战，屡立大功。魏延最早统兵随刘备入川，取得巴蜀，后又打下了汉中。建安24年，刘备进位汉中王，封魏延为汉中太守，督汉中军事。以后数年，魏延镇守汉中，兢兢业业，并无失误。诸葛亮北伐时，派魏延督前部军马，又领丞相司马、凉州刺史。建兴八年，他又深入羌中，大破魏国雍州刺史郭淮，升征西大将军，进封南郑侯。这就可见其人确有才干，有勇有谋。后来，魏延为何被冤杀呢？有以下两方面原因。

首先，他不是刘备核心集团人物。他原是荆州刺史刘表的部将，后来救了黄忠献了长沙，归顺了刘备，他是降将。看来一开始诸葛亮就对他没好感，说魏延"脑后有反骨"，认定"久后必反"，下令推出斩首。亏得刘备阻止，才免魏延一死。其次（也是最主要的原因）魏延刚烈耿直，不拉帮结派，不会见风使舵，敢犯颜直谏。他对诸葛亮是尊重的，但不盲从，敢发表不同意见，屡屡与诸葛亮意见相左，很不讨诸葛亮喜欢。只不过当时大敌当前，正是用人之际，加之魏延骁勇，屡建大功，不得不用罢了。诸葛亮一生过于谨慎，从不愿弄险。刘备死后，为报先帝三顾之恩，他六出祁山进行北伐，但一次也未成功。原因是多方面的，主要是他的战略指导思想有问题，"兵不厌诈"，攻其不备，出其不意，这是军事常识。但他总在祁山一带正面进攻，绕来转去。由于魏国国力雄厚，兵多将广，防守严密，进攻总难得手。魏延对此大不为然。在诸葛亮经过数年准备，六出祁山时，魏延向诸葛亮建议，愿领兵五千，取路出褒中，循秦岭以东，当子午谷而投北，不过十日，可到长安。丞相可大驱士马，自斜谷而进，如此行之，则咸阳以西，一举可定也。魏延之计，深思熟虑，虽有些弄险，但却是棋高一着。战场上战机稍纵即逝，打仗哪能四平八稳，有百分之百的把握才打呢？那将失去多少机会！突袭、奇袭，敢于弄险而取得成功，古今中外，不乏其例。而诸葛亮却偏偏不采纳魏延妙计，六出祁山，劳师远征，耗费了无数钱粮，终未取得成功，致使国力衰微。难怪《三国志·诸葛亮传》说他"于治戎为长，奇谋为短，理民之干，优于将略。"评价确为精当。

诸葛亮病危时，秘密同杨仪、费祎、姜维商定退军计划。他死后，杨仪秘不发丧，先派人探听魏延的意见。魏延说，丞相虽亡，还有我在，我要率大军攻打司马懿，决不断后。杨仪于是不理魏延，自己引军先退。魏延知道了，却又抢在杨仪前头，先行退兵。杨仪等人从另一路追赶魏延，到了南谷口，两军相遇，展开战斗。由于魏延领的是先头部队，人数较少，很快被杨仪统率的主力部队打败了，魏延被马岱突袭所杀。由于魏延与杨仪素来不和，魏一死，反叛的帽子便扣在他头上了。

一代名将，就这样死了。死后还落个反叛的下场。

唉，魏延，你死得冤，我都为你鸣不平！

（2004.3.28）

和珅其人

1996年央视在黄金时间播出过40集电视连续剧《宰相刘罗锅》，这些天宁夏电视台又在黄金时间热播48集电视连续剧《梦断紫禁城》。由于情节曲折生动，高潮叠起，再加上王刚（饰和珅）等人的出色表演，使两部电视剧可看性很强，收视率很高。这是这些年来古装戏剧中比较优秀的电视剧，受到了观众欢迎也是必然的。但毕竟是两部戏剧作品，不是正史，有很多演义戏说的成分。那么，历史上的和珅是怎样一个人呢？

和珅（1750—1799），纽祐禄氏，原名善保，自号嘉乐堂、十笏园、绿野亭主人，满洲正红旗人。生于乾隆15年，父亲名常宝，曾任福建副都统。他祖上是辽宁清原县人。清初随清帝入关，住在北京西直门内驴肉胡同。

小时候和珅家里并不富有，读书不多，但他聪慧机灵、伶牙俐齿，相貌英俊，善于随机应变。起初，和珅地位低微，只是皇宫内仪仗队护轿的一名校尉。一次偶然的机会讨到了乾隆帝的欢心，由小小的校尉擢升为仪仗总管。从此，和珅时来运转，官运亨通，以火箭般的速度发展。他先后被任命为副都统、户部侍郎、内务府大臣、户部尚书、兵部尚书，仅十年功夫，和珅就一跃成为一人之下，万人之上的文华殿大学士、军机大臣，位列首辅的最高地位。

实事求是地说，和珅还是有一定的才能的。他通晓几种少数民族语言文字，诗文都写得不错，处事干练，善于处理平叛和安抚边疆的事务。当然，他最擅长的还是拍乾隆的马屁，而且每次拍得恰到好处，令乾隆感到十分舒服。乾隆是个唯我独尊的人，喜欢那些唯命是从，歌功颂德的大臣。晚年的乾隆对和珅更加宠信，甚至把自己的女儿孝公主嫁给和珅的儿子丰绅殷德。和珅一家成了皇亲国戚，权势盖过满朝文武。一人得道，鸡犬升天，和珅的弟弟和琳被任命为驻藏大臣，全权处理西藏事物，而他的亲家苏凌阿当了大学士，也是乾隆的红人。至于巴结和珅的文武百官，更是数不胜数，和珅的党羽把持了朝中的大权。

也许和小时候穷有关，和珅一当了官，就开始暴敛财富，官越大，胃口就越大，他的贪欲就像一个巨大的无底洞，永远也没有满足的时候。他贪污受贿，公开索取，盗窃国库，为所欲为，他几乎形成了一个病态的占有欲者，恨不得把整个国库据为己有。他从皇宫里顺手牵羊，更是家常便饭。就连皇子永锡要承受肃亲王的爵位，也被迫把前门外的两处铺面房送给他。每年四方给朝廷进贡的珍品，都先经过和珅的挑选，上等的，归了他，次等的才归皇宫。

嘉庆帝早就憎恨和珅了，一来和珅过于骄横，也没把嘉庆放到眼里；二来和珅太富有，是个大官僚、大地主、大商人、大高利贷者、大盗贼五位一体的亿万富翁。89 岁的乾隆死后刚 6 天，嘉庆就急急忙忙拿和珅开刀了。除掉和珅，既可把他的巨额财产据为己有，又可赢得天下民心，一箭双雕，何乐而不为呢？

和珅的财富超过了所有人的想象。他被抓进大牢的当天，家产就被查封。和珅的家简直就像人间天堂，华丽无比。有房屋 320 多间，还有两座仿宁寿宫的圆明园蓬岛琼台式样的大花园，全部由宫中偷运出来的楠木建成。和珅有田地 80 万亩，当铺 75 座，银号 42 座，赤金 580 万两，生沙金 200 余万两，金元宝 1000 个，银元宝 1000 个，元宝银 940 万两，其他如珍珠、珊瑚、玛瑙、绸缎、古玩、人参、貂皮不计其数。查抄的家产共 109 号，其中已估价值 26 号，值银子 2.2 亿多两。据后人估算，和珅的总财产不少于 8 亿两银子，相当于清政府 10 年国库的总收入。和珅当政的 20 多年里，一大半的国库总收入进了他的口袋，故当时民谣曰："和珅跌倒，嘉庆吃饱。"

和珅入狱不久，就被嘉庆帝赐以自尽。一条白绫带将他带入万劫不复的地狱，这就是一代巨贪的可耻下场！

和珅临死前，还写过三首诗，其中两首是《上元夜狱中对月》。

其一

夜色明如许，嗟令困不伸。

百年原是梦，廿载枉劳神。

室暗难挨晓，墙高不见春。

星辰环冷月，缧绁泣孤臣。

对景伤前事，怀才误此身。

余生料无几，空负九重仁。

其二

今夕是何夕，元宵又一春。

可怜此月夜，分外照愁人。

思与更俱永，恩随节共新。

圣明幽隐烛，缧绁有孤臣。

从以上两首诗可以看出。和珅已预感到自己的余生时间不太长了，末日即将来临，伤感前事，发出阵阵哀鸣。但他至死还执迷不悟，觉得自己一身才华，"怀才误此身"，落到今天这个下场，是自己太有才造成的，真是可笑至极！

（2002.1.28）

韩复榘轶闻

韩复榘，字向方，1890 年出生，河北霸县人。早年辍学投军，在冯玉祥部当兵。1930 年后，任山东省政府主席，历 8 年之久。韩以军人监理省政，在武力万能的时代里，自以为一省之主，不但要管山东省内的军事政事，就是国民党所标榜的司法独立，他也要插手加以干预，搞得乌烟瘴气，笑话百出。他常以省主席身份巡视各地，每到一县总是把监狱里的犯人全部提出审讯，他认为该杀的，立即处决，没罪的当即释放。这样一来，一些罪大恶极的犯人凭着一张巧嘴，逃脱了法网；也有些罪过不大但笨嘴拙舌、不善言辞的，反被诛戮。韩自以为判案如神，自命为"韩青天"。他为了粉饰其治理下的山东太平富裕，竟然想出了一个"绝招"，大捕乞丐，把全省各地的叫花子装上火车，送往省外，让他们流浪外地，不得归乡。

别看韩复榘文化水平不高，腹内空空，还最爱讲话，以他在齐鲁大学校庆讲话最为"精彩"。

诸位、各位、在齐位：

你们好！俺从山东来到济南。今天天气真好，俺十二万分高兴。

开会的人到齐了没有？看样子大概有五分之八啦，没来的举手吧！很好、很好，都到齐了。你们来得很茂盛，鄙人也实在感冒。

今天兄弟召集大家，来训一训。兄弟有说得不对的，大家应该互相原谅。因为兄弟和你们大家比不了，你们是文化人，都是大学生、中学生和留洋生，你们这些乌合之众是学科学的，都懂七八国英文，兄弟我是大老粗，连中国的英文都不懂。你们是从笔筒里爬出来的，兄弟我是从炮筒里钻出来的。今天到这里讲话，真使我蓬荜生辉，感恩戴德。其实，我是没有资格给你们讲话，讲起来就像对牛弹琴。

今天不准备多讲，只讲三个问题。

第一个问题，俺忘了。第二个问题（摸摸上衣口袋），秘书给俺写的稿子忘带啦。今天就讲第三个问题，蒋委员长提倡的新生活运动。

新生活运动，兄弟我举双手赞成，就是有一条"行人靠右走"着实不妥，实在太糊涂了。大家想想，行人都靠右走，那左边留给谁呢？

还有一件事，兄弟也想不通。外国人在东交民巷都建了大使馆，就缺我们中国的。我们中国人为什么不在那儿建个大使馆？说来说去，中国人真是太软弱了。

最后，呼口号，谁不呼，是婊子养的！孙中山不死！错了，错了，不呼，不呼，是孙中山——精神不死！

韩复榘外表粗鲁，其实是很有心机，很狡猾的。否则，也不可能在山东统治 8 年之久。抗战爆发后，韩为保存实力，持观望态度。他时任第三集团军总司令、第五战区副司令长官，指挥山东军事，承担黄河防务，但只派少数部队与日军周旋。1937 年 12 月，弃济南、泰安、济宁，退至鲁西南巨野、曹县一带，与刘湘密谋，阻蒋入川，并派人联络宋哲元，策划刘、韩、宋联合倒蒋，为蒋侦破。1938 年 1 月，韩前往开封出席蒋介石召开的军事会议时被蒋逮捕，24 日以"违抗命令、擅自撤退"罪名遭处决。

（2001.5.23）

《学点武汉的历史》一文中的文史差错

最近在网上看到一篇《学点武汉的历史》文章，该文内容丰富生动，是篇好文章，但存在不少文史差错，美中不足。

张之洞（1837—1909）河北南皮人（出生于贵州兴义），字表达，号香涛，人称香帅，同治进士，与曾国藩、左宗棠、李鸿章并称为晚清四大名臣。

该文说，张之洞 16 岁参加会试，中了举人第一名。古代学子，如想做官，须经过四级考试。先参加县州府三次考试，考中取得生员（茂才，俗称秀才）资格。明、清两代规定，每三年的秋季，在省城（包括京城）举行考试，即乡试，主考官由皇帝委派，考中者称举人，第一名叫解元。张之洞是参加乡试考试，也确实中了第一名（解元），不是参加会试，而是乡试。考中了举人，第二年春季赴京参加会试考试，由礼部（教育部）主持，考中者叫贡士，第一名称会员。然后再参加科举制度最高级别的殿试考试，由皇帝亲自策问或委派大臣主持。录取者分为三甲，一甲为前三名，分别称作殿元（俗称状元）、榜眼、探花，赐进士及第；二甲为第四名（传胪）至后面若干名，赐进士出身；三甲为后面若干名至最后一名，赐同进士出身（相当于进士出身），当年曾国藩也只考中了三甲进士。一甲前三名，即授官职，二甲、三甲进士，再参加翰林院考试，学习三年后等待机会再授官。

该文说，探花，那可是才貌双全的人，人中龙凤。前十名由皇帝钦点，其中文采最好，相貌最好，年龄最小者由皇帝钦点为探花。这些话均是错误。一甲前三名者由皇帝钦点，二甲、三甲进士由主考官定。考进士不是选美男子，和相貌没什么关系，主要靠才学本事。科举制度，始于隋炀帝大业元年（公元605年），终于1905年，共延续了1300年，产生了653名状元，365名榜眼，331名探花。考中进士者，当然有二三十岁的，但大多已四五十岁或五六十岁。考中进士者当然有漂亮的，但很少，尤其前三名者更少，如凤毛麟角。考中状元者，长相也不能太差，如长得吓人，皇上看着别扭恶心，也影响当状元。还是那句话，考中进士，尤其是一甲前三名者，和长相没多少关系。人们主要受戏曲小说影响，以为考中状元必然招为驸马，皇帝的女婿必须才貌双全。其实考中状元招为驸马者极少，史书上很少有这方面的记载。另外，该文把探花和探花郎混淆了。探花为一甲第三名，而探花郎则不是。唐代进士考试结束后，举行盛大庆典活动，在杏花园举办琼林宴，在进士中选两个最年轻英俊的游名园，采鲜花，在琼林苑赋诗，用鲜花迎接状元，这个活动一直延续到唐末。这两人称为探花使，也叫探花郎，但和一甲进士第三名探花不是一回事。

张之洞虽考中举人第一名（解元），又考中一甲进士第三名探花，但其长相却不敢恭维。张个矮、黑瘦、驼背，比较丑陋。但他才高八斗，精明干练，说明才能和长相并没有必然关系。

（2020.2.18）

辑六 所作所咏

小小说三篇

那是可以肯定的

铁书记年迈颟顸，不爱学习，肚里没货，还最爱讲话，逢会必讲，常以"老革命"自居，闹出不少笑话。

他常挂在嘴边的一句话就是，当年老子跟彭总打胡宗南的时候，你们还没出生呢！有知情者说，他是解放后参加工作，什么时候打过胡宗南？他见过彭总吗？

一次，在机关中层以上干部民主生活会上，铁书记讲道，我们的工作有缺点错误，不要怕别人批评，提得对我们就改正嘛。我劝大家放下包袱，轻装上阵，洗个100度的温水澡嘛。100度还是温水，众皆哗然。

又有一次在机关全体干部职工年终总结大会上，铁书记讲话。先机关，后全国，先国内，后国外，越讲越精神，当讲到国际形势时说："当年美国总统勃列日涅夫……"

坐在前排的秘书小崔坐不住了，忙小声提示："是肯尼迪、肯尼迪！"铁书记看了一眼小崔，大声说道，刚才小崔说了，那是可以肯定的！

何不调到老干部局

王为群当了多年的副处长。只因他所在单位年轻人多，大学生多，老王年龄偏大，文凭不高，故一直再未"进步"。

最近，单位又拟提拔一批正处级干部，老王感到自己"没戏"，整天唉声叹气，无精打采，工作中也出现了几处小差错。一日晚饭后，正在家中枯坐，好友老支来家中串门，见老王愁眉不展，忙问其故，老王便和盘托出。老支沉吟一会儿说，你要想升迁，依我看，这事不难。老王愁云顿开，忙拱手讨教。老支说，物以稀为贵。条件再好的人，也怕成堆成团。你们单位年轻人多，文凭高的多。你老兄年龄偏大，再有几年也"到站"了，论文凭，不过大专毕业，这两方面都没有什么优势，再待下去，也难以提拔。说到此处，老支卖了个关子，不说了。可把老王急坏了，又是递烟，又是添茶，忙不迭地说，你快说呀，我到底怎么办，急死我了！老支吸了一口烟，慢悠悠地吐了一个烟圈，说道，听说老干部局年轻干部少，高文凭的也不多，你何不调到那里去？你调到老干部局，年龄也不算大，文凭也不算低，何愁提拔无望？

你别说，高人就是高人，你别不服气。经老友这么一点拨，老王茅塞顿开，喜出望外，拉着老支的双手不断摇晃："难怪人家叫你智多星，名不虚传，在下实在佩服！佩服！"

事不宜迟，说动就动。老王又是托人，又是找关系，没多久，调到了老干部局。一年后，终于"转正"，提为局办公室主任，随心愿矣。

我不提你提谁

老张虽是老大学生，工作努力勤奋，但木讷内向，不善交际，工作多年了，还是个小小的科级干部。久抑成疾，老张住院了。因职务不高，又不善交际，单位没几个人来看他。和他住同一病室的，是位中年人，姓朱。住院长了，两人也熟了，倒也无话不谈。这老朱住院，也没几个人来看他。老张人老实善良，见老朱也没人照顾，又比自己年龄大不少，便主动帮他提水打饭。老朱打吊瓶内急时，帮他拿便盆，扶他方便，老朱甚是感谢。

老张病愈后上班。第二天，单位召开欢迎新领导全体员工大会。老张大吃一惊，新上任的局长竟是自己的病友老朱。半年后，单位调整提拔一批中层领导，老张赫然名列首位。老张妻子也感到奇怪，对老张说，你这个木头疙瘩，从没给任何领导"烧香进贡"，这次咋提拔了呢？老张也感到蹊跷。第二天晚饭后，新局长老朱登门造访，老张全家受宠若惊。寒暄了几句，朱局长说，这次提拔一批中层领导，我在党组会上首先提到了你，有人还不同意，我力排众议，说了你许多优点。我从外地调到这里不久，又没什么亲人、近人，你说，我不提你提谁呢？

（2002.9.15）

虹虹，你在哪里？

小曲、小张结婚多年，一直没有孩子。夫妻俩商量抱养一个，不管男孩还是女孩。一天，在医院妇产科当护士的老乡告诉他们，前几天在医院里发现一个弃婴，女孩，有一两个月大，至今无人抱养，问他们要不要。小曲两口一听，忙说，先看看孩子再说。夫妻俩随护士老乡来到医院，弃婴暂由妇产科的护士轮流照顾，他们正为这事发愁呢。妻子小张立马抱起孩子仔细端详起来。这孩子长得真不错，弯眉大眼，挺鼻小嘴，皮肤粉白。似乎有缘分，孩子一见小张，就咧嘴笑了。小曲两口十分满意，便把孩子抱走了，并办理了相关领养手续，给孩子买了衣帽和奶粉奶瓶，起名"虹虹"，就像天上的彩虹一样美丽。

自从小俩口抱养了孩子，整天喜上眉梢，走路一阵风。这孩子也十分可人，几乎不哭不闹，见谁都咧嘴一笑。小俩口当作心肝宝贝似的。

这年冬，孩子感冒发烧，抱到医院一检查，已转成急性肺炎了，马上住院治疗。治了一段时间，也未见好转，常常呼吸困难，有时嘴唇发紫。大夫建议做彻底检查。这一检查，才知道孩子患先天性心脏病，不易治愈，小曲俩口像挨了一闷棍，呆呆地说不出话来。

夫妻俩抱着孩子回到家，小张已哭成了泪人，小曲也一根接一根抽烟，黯然无语。最后，还是丈夫先开口，这孩子，得了这种病，就是养大了，也是残疾人，长得再漂亮有什么用？干脆，咱们把孩子也扔了吧！小张起初不同意，架不住小曲连骂带威胁，最后也同意了。

第二天天不亮，下着鹅毛大雪，小曲夫妻抱着孩子向郊外走去。这孩子似乎知道了自己被抛弃，一声没哭，两行泪水潸然而下，小嘴嚅动着，悽然地看着小张。小张心软了，说，这孩子怪可怜的，别扔了，抱回去吧！小曲厉声斥骂道，你看她可怜，你养她一辈子？！少废话，赶快走！孩子还是被这狠心的夫妻扔了。

第三天一早，小张实在忍不住了，又独自来到扔孩子的地方，孩子却不见了。她怅然良久，孩子怎么不见了呢？是被好心人抱走了，还是死了被处理了？当她抬起头来，不远处一条大狗正舔着嘴唇，凶狠地瞪着她，小张"噢"的一声，撒腿就跑。

从此，这条街上多了个疯女人，整天喊着："我的孩子！我的孩子！"

虹虹如果活着，也十八九岁了。

虹虹，你现在在哪里啊？

（2001.11.30）

这叫我怎么活？

杜寒琼是我市某重点中学高三尖子班学生。今年高考她以高分被全国某重点大学信息工程专业录取。当收到日思夜盼的高校入学通知书后，全家人喜极而泣。然而，当欢喜的泪水还未擦去，又被那高额学杂费惊呆了：全年学费加上住宿费、代购生活用品费、教材预收费、军训服装费、体检费……共近7000元，这还不包括每月生活费和车旅费。看来，一学年没有1万元，这大学是没法上的。

一家 3 口顿时沉默了，每人心上像压了个铅块似的沉重。

杜寒琼父母是下岗工人，父亲在街上修自行车，母亲摆地摊卖个鞋垫、袜子，日子过得紧巴巴的。

第二天，同学打来电话，说以后见面的机会不多了，大家凑个份子在一起聚聚。母亲给她 30 元。没过两天，又有同学打来电话，说老师教咱们这么多年，辛辛苦苦不容易，总得请老师吃顿饭吧。杜寒琼没勇气再向母亲张口，只好把过去用过的课本收拾捆扎，拿到校门口卖了 50 多块钱，才凑够了"谢师宴"的钱。

又过几天，又有好友约她到风景名胜区玩玩，杜寒琼囊中羞涩，只好婉拒了。

入校的日子一天天临近，这 1 万元学杂费还没个着落。小杜的父母忧心如焚。第二天一大早，父母分头去借钱。

母亲先来到妹妹家。妹妹在医院当护士，妹夫是教师，生活虽不富裕，但比姐姐家日子好过。一进门，还没张口，妹妹就诉起苦来，说儿子不争气，中考差了 6 分，未考上高中，要想上重点高中，就得花高价，1 分就是 2000 元，这 6 分就是 1 万 2 呀！我们挣死工资的，哪来这么多钱啊！说得小杜的母亲坐不住了，只好起身告辞。妹妹似知道姐姐来意，忙从抽屉里拿出一个小红包递给她，说外甥女考上了全国重点大学，真争气，这 600 块钱算是送给外甥女的茶水钱，你别嫌少。推让了半天，姐姐只好收下。借钱的话还未说出口，就被妹妹把嘴堵住了，她只好怏怏不快地来到弟弟家。一进门，两口子正在吵闹。弟媳向她哭诉，说这个没良心的，自从当上了开发公司经理，经常不回家，在外头养了个小婊子。弟弟一听大怒，扬起巴掌要打她，被姐姐死死拉开。弟弟气愤地说，我一天忙得脚不沾地，接待这个投资洽谈的，送走那个客商，立项目，搞开发、征土地、去货款，哪炷香没烧到，哪位"神"没拜到，今天停你的水，明天断你的电，我容易吗？你不支持我工作，还在后院"放火"，你是人吗？见两人吵得不可开交，小杜的母亲无法开口，只好告辞下楼。弟弟送到楼下，掏出一个信封说，外甥女考上重点大学，我忙得也顾不上去你家看看，这 2000 元钱你拿去用，以后有了再还我，实在没有就算了。

小杜的母亲跑了一天，只借到 2600 块钱，回到家里，已是掌灯时分。她正在做饭，丈夫回来了，说是跑了一天，只借到 3000 块，有钱的怕你以后还不起不肯借，没钱的心有余而力不足，这 3000 块钱，还是从五家借来的。

妻子见丈夫脸色蜡黄，说话有气无力，问他是否病了，丈夫说没有。再三追问，丈夫才说到医院卖了血，凑一点算一点。孩子快开学了，不能为学费耽误孩子的前程。夫妻二人默默地流着泪，谁也无心吃饭。

第二天一早，夫妻二人再去借钱。傍晚，妻子回来了，只借到 1000 多元钱。正在做饭，医院急救中心打来电话，说丈夫出车祸了。妻子一听，大脑一片空白，匆匆赶到医院，大夫正在抢救。丈夫身上缠着绷带，昏迷不醒。原来丈夫出去借钱跑了一天，只借了不到 2000 块钱，疲惫不堪的骑车回家，被一酒后驾驶的司机撞成重伤，司机逃逸，还是被路过的两个好心人打"120"送到了医院。

女儿学费还未凑够，丈夫又出了车祸，生死未卜。杜寒琼的母亲只觉得天旋地转，喊了一声，"这叫我怎么活？"便昏倒在地……

（2002.8.24）

外遇

小钱大学毕业后在市某机关工作，不久就和办公室打字员小尚结婚了，小两口感情很好。工作、家庭都很顺利的小钱，总觉得生活太平淡了，没有什么波澜。女儿出生后，家务活小尚几乎独担了，小钱就更悠闲了，单位同事都说小钱有福气。

最近，办公室又调来一位年轻漂亮的小赵，这姑娘能说会道，聪明能干，在办公室很有人缘。尤其是小钱，更喜欢与小赵单独在一起，两人总有说不完的话。一次下班后，两人竟然聊到了晚上 9 点。小钱到家时，孩子已经睡了。

小尚和往常一样，坐在沙发上等他回来，茶几上的饭菜早都凉了。望着妻子深情的目光，小钱不但不领情，还发火，嫌妻子干吗老要等他回来。小尚还以为他在外面碰到什么不顺心的事，并没有责怪丈夫，只是默默地到厨房为丈夫热饭。可小钱怎么看妻子都不顺眼了，腰没有以前细了，脸也不如当姑娘时光洁白嫩了，总之，哪点也比不上小赵。

随着与小赵接触的深入，小钱已不满足于在办公室里与小赵聊天了。他们在公园、饭店、舞厅频频约会，爱得如胶似漆，甚至山盟海誓。两人大有相见恨晚之感，小赵也表示非小钱不嫁。

就在小钱开始琢磨与小尚离婚的时侯，一天上午，跑来一位中年妇女，她怒容满面地闯进办公室，一把揪住小赵，大骂起来。大家赶忙过来劝架，那女人喘了半天才缓过气来说出事情原委。原来小赵和她丈夫——某局局长在舞厅认识以后，两人就难舍难分，多次做出越轨的事。这次她是来找小赵这个"狐狸精"算账来了。小钱暗自吃惊，原来和自己海誓山盟的小赵是这样一个人！幸亏没和妻子离婚，否则就铸下大错了。

冷静下来的小钱再看小赵，感觉她是那么的丑恶，还是自己的老婆小尚顺眼可爱。对于外遇，他再也没有任何非分之想了。

（2003.11.28）

停电以后

崔兰和张东是下乡时认识的。他们本不在一个知青点。后来胜利公社成立毛泽东思想文艺宣传队，两人被抽了上来。崔兰能歌善舞，张东能拉会弹，日久生情，两人相爱了。知青大返城两人回到了城里，开始都在街道小厂工作。1978年，张东考上了大学，崔兰也上了电大。张东毕业后，分到了政府机关工作，崔兰电大毕业后,也调到了某局机关搞文秘工作。这时,两人都30出头才结了婚。

由于条件限制,一间旧平房粉刷一下,置办一些简单家具,请亲朋好友吃顿饭,就算结了婚。那时虽然生活清贫,但两人相亲相爱,其乐融融。夜晚灯下,崔兰织毛衣,张东看书,看到精彩处,还绘声绘色地讲给妻子听。小平房里,充满了欢乐和温馨。

一晃十几年过去了。妻子仍在局机关工作,丈夫前些年辞职下海做生意,办公司,收入颇丰。这些年,家中添置了彩电、冰箱、空调、组合音响、微波炉、洗碗机等,还住上了100多平米的大房子,可两人在一起话愈来愈少。丈夫要么在外应酬不回家,要么回来后躺在沙发上看电视或看影碟。妻子和他说个话,也带搭不理的。慢慢地,两人形同路人,常常一天也说不了几句话。

崔兰有时一人坐在宽敞明亮的大房子里,望着满屋的电器音响,反而感到寂寞孤独。她怀念过去的日子。有时,她看着这些冰冷的电器就来气,恨不得砸个稀巴烂!有时赌气回娘家住上一段时间,有时晚上出去跳舞、打麻将,可两人关系不但没有好转,还愈来愈僵,都有了要离婚的心思了。

这天下班后,妻子无精打采地做晚饭,张东照例躺在沙发上看电视。一看没图像,停电了。他感到很扫兴,见妻子在厨房忙乎,他想了想,也走进去,给妻子打下手。崔兰心想,多少年了,你进过厨房吗?今天不是停电,你能这么勤快吗?张东主动和崔兰说话,崔兰也懒得理他。饭毕,因停电洗碗机没法用,崔兰只好用手洗。还把过去懒得洗的攒了一摞的碗、碟拿出来洗。妻子洗碗,张东也不好意思闲着,便洗碟子。两人话渐渐多了起来。

丈夫说,小兰你还记得吗?那年咱们在小河边约会,你从哪搞到一个苹果,你一口我一口,别看苹果又小又青,吃起来咋那么甜呢?妻子笑了,说,你还说呢,你第一次到我家,看你那傻样,坐也不是,站也不是,惹得我妈抿着嘴笑你。给你倒了一杯茶,你一紧张,说了句:伯母,我不会喝水。逗得我们全家都哈哈大笑……

张东也笑了,似乎又回到当年的时光。丈夫见妻子突然不说话了,眼睛里溢满了泪水。他一把把妻子搂到怀里，两人抱在一起，谁也不说话。不知过了多久，突然灯亮了，来电了。两人你看我我看你，都哈哈大笑起来。原来，丈夫手里还拿着一个湿漉漉的碟子，妻子手里还拿着一只碗。

（2002.5.11）

狼

我的少年是在陕西省白水县度过的。白水县多山，20世纪50年代狼多，出门常会遇到。狼这种动物，没有虎豹凶猛，但残忍狡猾，很不好对付。

50年代后期，某年正月初三。天色微明，母亲叫醒我，让我提上一小篮馍馍走亲戚。亲戚离我家十几里，要翻越一座山。那时候，人们的生活水平很低，亲戚间走动无非是你送我一小篮馍馍，我还你两碗油炸食品，不像现在送高档烟酒，送大补品，送电器。由于起得早，路上还没有行人。翻过一座山，走了一半路程，意外出现了：一条大灰黄狼，蹲在前面的路旁。我犹豫了，是继续向前走，还是返回去？那时我还不到10岁，手里还拿着一根打狗棍。这样回去怕别人笑话，继续往前走，确实有些胆怯。最后，还是壮着胆子走过去。这头狼确实狡猾，蹲在路旁，两眼微闭，似睡非睡，像在等待谁。我刚走过狼前五六米，狼似乎"醒"了，不紧不慢地跟在我身后。我快走，狼也快走，我慢走，狼也慢走，我停下，狼也停下，真叫人无可奈何。由于狼在后面跟着，我走得很费劲，边走边回头，生怕狼突然袭击我。这时天已大亮，亲戚住的窑洞，高大的核桃树、皂角树已依稀可见。这时，狼突然加快了脚步，原来距我五六米，此时已经到了我屁股后面。我举起棍子，狼不像狗，根本不吃这一套，理也不理。怎么办？真和狼搏斗起来，我一个孩子，岂是它的对手？走不能走，停也不行，真怕它突然扑了过来。我急中生智，忙从篮子里抓出一个点着红点的馍馍扔了过去。这一招还管用，我趁狼吃馍馍时快步往前走。但走不多远，狼又跟了过来，我又扔了一个，快走几步。就这样，一小篮馍馍扔了一半了，狼还在后面跟着。正危急时，突然从村子里蹿出七八条狗，狂吠着向狼扑去。狼看狗多势众，才不甘心地落荒而逃。

我还听到这样一个惊心动魄的故事。

某年夏天，老宋哥俩上山割麦子。时近中午，俩人都饿了，老宋对弟弟说，你先回家吃饭吧，我割完这半块地再回去。弟弟回到家里，吃完饭，正要上山替换哥哥，突然看见哥背着一头狼大步流星地回来了。邻居们见状。忙跑了过来，七手八脚将狼捆住，老宋一屁股坐在地上，气喘不止，裤子被狼蹬个稀烂。大家忙问其故，老宋缓过劲来，说出事情的经过。

老宋说，我正低头割麦子，不知谁拍了我一下肩膀，我正要回头看，突然想起一些老庄稼人讲的一件事：某天中午，一个人正在山上低头割麦子，感到谁拍了他一下肩膀，扭头一看，啊！一头饿狼两只前爪搭在他的肩上，正凶狠地瞪着他。不待他叫出声来，饿狼咬住了他的喉管……今天我会不会也遇到这种情况呢？身后静悄悄地，没一点声息，感到搭到肩上的是两只爪子。生死关头只有拼了，用老庄稼人说的办法对付这头饿狼了。我突然抓住狼搭在我肩上的两只前爪，迅速将头一低，猛然上抬，死死顶住狼的下巴颏，向家中飞奔。狼被我突如其来的动作搞得不知所措，待反应过来，欲待挣扎，怎奈两只前爪被死死抓住，头被紧紧顶住动弹不得，只有两只后爪拼命在我屁股上蹬。我忍着疼痛向家中飞奔……

这头狼剥了皮，肉也被分着吃了。后来我还问过他们，狼肉好吃吗？他们说有些酸，不太好吃。

风雪雨霜，几十年过去了，我也离开陕西到宁夏上学工作了。后来遇到陕西来人一打听，现在陕西已基本见不到狼了，看来也快绝迹了。近读陕西作家贾平凹先生的小说《怀念狼》，别有一番滋味在心头……

（2001.2.10）

凤城春来早（外一首）

凤城披银装，

瑞雪兆丰年。

一年复始万象新，

贺兰含笑黄河欢。

红灯门前挂，

凤城霞光染。

"元旦社论"指方向，

批修整风力量添。

塞上春来早，

春早花满园。

一马平川八百里，

送肥路上歌声欢。

开山劈岭摆战场，

村外马嘶试响鞭。

眼望北京城里的毛主席，

捷报紧相连！

春节慰问

佳节慰问队，

踏遍万重山，

一路欢歌一路笑，

来到军属院里边。

歌声亮，

舞翩翩。

闪闪红灯照大地，

"铁梅"悲壮唱样板。

彩绸挥舞花千万，

"喜儿"起舞头绳旋。

掌声如滚雷，

阵阵笑语甜。

屋内亲人叙长短，

一群孩子手不闲：

铺新毡，挂新画，

窗明几净水缸满。

军属大妈激情涌，

滔滔如浪话当年：

"昔日过春节，

骨肉难团圆，

朱门嬉笑酒肉臭，

穷人心中滚油煎……

‘喜儿’舞唱红头绳，

如今谁缺扎头钱？

迎着朝阳扛起枪，

‘大鬼’‘小鬼’全完蛋！”

抬头看，

大字金光耀眼前——

"幸福不忘毛主席，

党的恩情大无边"。

（1973.2.15）

打麦场上

麦的山啊，麦的海，

麦山麦海连云彩。

丰收歌，声声唱出云天外，

社员心，一江春水沸腾开。

脱粒机，张巨口，

万顷麦浪装在怀；

扬场机，吼不停，

震天动地好气派！

肩儿挑，车儿载，

车车队队进场来。

社员登上麦山顶，

撕朵彩云把汗揩……

（1973.7.27）

双手敢擎半边天（二首）

女电工

在二十二万伏高压线上，

你像雄鹰展翅高高飞翔。

严寒酷暑激励你的斗志，

飞雪骄阳磨练你的翅膀。

攀山越岭，竖起座座输电塔，

跨河过江，织成张张银线网。

合闸，电源脉脉通千里，

笑把光明、温暖送城乡。

喜看抽水机欢歌禾苗翠，

铁水奔流钢花放。

夜晚灯火如明珠九天镶，

红心巧手为大地绣新装。

谁说女孩子没胆量，

带电作业照样把"虎穴"闯。

双手敢擎半边天，

多凶的"电老虎"也能降！

条条线路通往城乡厂矿，

个个线头连接祖国的心脏。

架杆引线走过万水千山，

步步都在毛主席革命路线上。

女司机

新时代的好儿女，

人民的女司机。

驾车如飞乘长风，

脚踩油门行万里。

送晚霞，迎红日，

上高山，穿戈壁。

顶风冒雪闯险关，

车行云中笑天低。

给山村送去"大寨种"，

多少梯田林园添新碧；

为工厂运来"大庆油"，

多少捷报飞呈毛主席。

谁说妇女只能伴锅台，

祖国锦绣山河任飞驰。

车头红旗舞东风，

革命路上车行疾。

问她汽车朝向哪里开？

姑娘笑声朗朗汗湿衣。

加大油门手指正前方——

"大目标直奔主共产主义！"

（1973.8.24）

喜为祖国绘新容

闸门打开烟雾腾，漆瀑飞泻似长虹。

一年任务九月完，丹心捷报相映红。

激情滚滚出歌喉，车载漆桶万里行。

彩漆巧调千种色，喜为祖国绘新容。

（1973.10.13）

新苗茁壮（三首）

—— 自治区党校工农理论学习班生活速写

夜读

夜静更深灯光闪，

月照西天人未眠。

老教师，新学员，

同学《哥达纲领批判》。

一个是当年"抗大"老八路，

鬓发如雪，岁月征尘染；

一个是生产中的突击手，

工装上，带着车间的尘烟。

认真读，滴滴甘露洒心房，

深探讨，把马列著作细钻研。

句句是战斗的号角，

字字是燃烧的火焰……

伟大导师马克思，

力挽狂澜指航线。

绝不拿原则做交易，

不克顽敌不休战！

巴黎公社战火飞，
炮声震撼魔鬼的宫殿。
无产阶级要专政，
共产主义一定会实现……

读啊读，
革命导师形象立眼前；
谈啊谈，
两颗红心紧相连。

月落星稀走出门，
咦，个个房间，灯光灿烂。
看明日大批判的鏖战，
将炸响多少发枪弹！

攻　关

老主任查铺，
来到学员宿舍门前。
已是夜静更深，
为何房内人声喧？

听话语——
是刚来的新学员，

隔窗看——

是回、汉、蒙族小青年。

"谁说咱工农学员，

攻不下理论关？

党送咱们来学习，

阶级委托重如山！"

呵，钳工小哈一席谈，

放牧员巴图心潮卷。

亲人叮嘱话语耳边响，

昔日奴隶苦难眼前现……

两眼喷火桌前站，

双手又捧起《共产党宣言》。

"为保江山红万代，

高山挡道也能搬！"

你一语，他一言，

犹如战前向党把誓宣。

老主任猛地推开门——

"好战友，咱们一起来攻关！"

学习专栏

又一期学习专栏，
贴在教学大楼前。
聚千声惊雷，
掣万道闪电。

多少人细观看，
低头交谈笑开颜。
这是向党交的答卷，
这是掷向敌人的炸弹！

回族学员小马的论文——
《无产阶级专政威力无限》
"为了永保红色江山，
必须时刻紧握枪杆！"

讨论是谁创造了历史，
汉族学员挥笔冲在前。
不靠"天命"靠革命，
勇往直前迎来艳阳天！

蒙族学员扎木彦，
不怕年老文化浅。
钻研两条道路斗争史，
挥笔疾书谱新篇。

工农兵把上层建筑占，

一代新人绣山川。

新生事物百花开，

敌人咒骂也枉然！

啊！一排排学习专栏，

如队队雄兵挺立阵地前。

向座座堡垒开战，

张张批判稿化作熊熊烈焰！

（1974.8.27）

送代表

今早欢送咱代表，

前去参加先代会。

满厂歌声和笑语，

鼓锣敲得人心醉。

集合的哨子吹三遍，

不见代表来站队。

老书记连忙派人找，

只见人去不见回。

最后他也等急了，

一路找到炼油车间内。

是谁？炉膛深处战烈火，

千条火龙身边飞。

改炉战斗正紧张，

为了加大火力节省煤，

边改炉灶边生产，

喝令"灶王爷"听指挥！

老书记看的笑展眉，

连声叫好像打雷。

棉袄一脱忙助战，

嗬，咱们的代表全在内！

干群鏖战劲百倍，

超产的箭头凌空飞。

改好炉灶再集合，

抬着喜报去开会。

（1975.4.3）

塞上春早（外一首）

马配鞍，

车装围，

公社备耕夜送肥。

　一杆红旗村头飘，

　人勤春早不知累。

书记赶车前面面跑，

　迎风踏雪把春催。

　　车成串，

　　马结队，

　送肥车队长流水。

　力争农业大跃进

　人抖精神马撒威；

　一鞭抽开千里雪，

学大寨歌声迎春回。

支农

　　踏雪唱早春，

　　路上多行人。

过来的是车水马龙，

走去的是队队人群。

　歌声串串沿路撒，

　风展红旗似火云。

　田间老农停下锹，

拦路招手含笑问：

"满载的车儿拉的啥，

喇叭声声响不停？"

司机师傅刹住车，

满脸神秘笑盈盈。

"要问车上拉的啥

车车载的都是'春'——

"农具、农药、化肥粉，

车犁耧耙件件新。

"生产用具支农店，

今晚开张在咱村。"……

老农听罢放声笑，

笑声伴着车轮滚：

"工交财贸各行业，

都是咱们的好后勤，

"老大哥送来龙江水，

赢得农业大跃进。"

喇叭长鸣声声脆，

浩浩荡荡驰进村……

（1975.12.25）

拍不尽张张新彩画

铁管云中竖，

钢梁凌空架。

焊钳走处一线红，

朵朵银花迎风洒。

电焊机一开大地抖，

激情如同水出闸。

寸把厚的钢板巧剪裁，

焊条当针绣春花。

焊工作业班，

五个姑娘家。

火线上成长的突击队，

专和顽敌来拼杀！

锅炉渗水要抢修，

炉火一掏往里爬。

一腔热血沸千度，

纯钢顽铁也能化。

登高仰焊大天车，

阵阵烟雾锁云霞。

万颗金星撒彩雨，

巍巍蓝天五座塔。

　

群山拥在怀，

月亮当灯挂。

大干快上好气派，

长风为姑娘把汗擦。

　

铁臂一挥宏图起，

焊接金桥凌空跨。

跃进战歌飞天外，

为共产主义铸大厦。

　

铁骨红心女焊工，

偏在险处把营扎。

电弧光如同摄影机，

拍不尽张张新彩画。

（1976.2.15）

七律·痛悼伟大领袖毛主席逝世

塞上惊闻噩耗传，神州顿时失欢颜。

千山含悲悲难尽，万花溅泪泪不干。

壮志誓作回天力，遗愿定化宏图展。

他年寰球花烂漫，主席含笑在其间。

（1976.9.30）

七绝·献给敬爱的周总理（二首）

其一

扫除"四害"尽开颜，全国人民挥热汗。

宏伟蓝图化锦绣，万张捷报做花圈。

其二

总理骨灰撒神州，丹心一片耀千秋。

浩然正气融冰雪，今朝花开分外秀。

（1977.1.8）

油漆厂抒情

油漆厂，彩色的世界，
赤橙黄绿青蓝紫。
我疑心这是春的使者，
令人目眩神迷。

如果世界上只有一种色彩，
生活将变得多么不可思议，
人们需要阳光、甘泉、土地，
更需要美，生活才如此丰富神奇！

色彩自有色彩的性格，
它与生活是这样不可分离——
黄的，温和；红的，热烈；
白的，纯洁；蓝的，秀丽。

让生活充满希望的色彩，
让人间充满青春的活力。
开拓者的步伐才更富有朝气。
勤奋者才能奏出人生更美好的旋律。

莫再唱春归去得疾，

花开花谢，何用惆怅叹息！

这里的每个漆桶都盛着一片春色，

春夏秋冬，都为生活打扮出婀娜身姿。

（1983.9.11）

致园丁

当年，你们快活的像条小鱼，

在青春的波涛中穿梭。

三十载风雪雨霜，

白发书写着岁月的坎坷。

默默地耕耘着荒瘠的土地，

潺潺清溪滋润着干枯的小禾。

桃李早已满天下，

仍唱着那支耕耘的歌。

莫说歌声不够嘹亮，

即使低沉也绝不是微弱。

每一个跳动的音符，

都燃烧着生命的烈火。

你有你的自豪，

开学典礼的大会上，

像司令员把队伍检阅；

你有你的骄傲，

当又一支梯队，

走进开拓者的行列。

（1984.10.15）

念奴娇·"七一"抒怀

百年长夜，叹神州，空流英雄碧血。一声号炮开新天，东风送来马列。明灯指处，旌旗翻舞，几番潮起落。倭酋俯首，蒋军灰飞烟灭！

试看今日环宇，几家欢笑，几家愁欲绝。血火征程非寻常，炼就一代雄魄。含沙鬼域，善变妖魔，岂能奈我何！赤帜威扬，万里征途如铁！

（1991.7.1）

满江红·抗洪救灾英雄赞

滔滔洪水，天上来，汪洋泽国。东南望，万千军民，人魔相搏。浪涛卷起千堆雪，擎天巨臂大江锁！我神州自古多英雄，向天歌。

炎黄后，同枝叶；血浓水，心共热。携手铸长城，遍地豪杰。感天动地鬼神泣，凌云壮志昭日月。愿血肉化作五彩石，补天裂！

（1998.8.26）

水调歌头·贺自治区四十大庆

何处觅旧踪,弹指一挥间。白发赤心铁骨,慷慨忆当年。各路英贤汇聚,漠北塞外荒域,大旗舞天半。热血催新碧,野畴任巧剪。

豪情纵,春雷动,换新颜。乡关何处,万丈高楼接霄汉。征途几多风雨,多少未了心愿,忠骨埋青山。健儿争相继,挽弓射狂澜!

（1998.10.25）

后记

由于家贫，1964 年冬，我不到 16 岁就参加了工作，先后在两家工厂工作过。当过工人、代班长、车间负责人。搞过共青团、宣传、民兵、党务等工作。1978 年考入宁夏大学中文系，担任过班长、党小组长、中文系学生党总支宣传委员、代理书记、中文系团委副书记。大学毕业后，当过教师。1986 年调到宁夏回族自治区政协，先在秘书处工作，后筹办《宁夏政协报》（《华兴时报》前身），做过编辑、记者。之后担任政协教科文卫体委员会、民族和宗教委员会、文史和学习委员会办公室主任、政协办公厅副巡视员。曾给多位政协副主席兼任过秘书。2009 年退休时，已工作了 45 年。

20 世纪 70 年代初，我开始业余文学创作，至今也近 50 年了。创作的作品数量不算多，质量也不能说高。这本拙著，是我从在报刊上发表过和未发表的作品中遴选出来的，200 多篇，20 多万字。我的侄子刘军等同志，牺牲业余时间，把 20 多万字的书稿在电脑上打出，甚为辛苦。谨此，向他们表示衷心的感谢！

自退休后，基本上每天凌晨休息，有看不完的书，学不完的知识。在这个信息爆炸、日新月异的时代，稍一懈怠，便会落伍。我要活到老、学到老，不叫一天虚度。

勤勤恳恳工作，认认真真学习，清清白白做人，是我一生的行为准则。

作者

（2021.1.15）